Die Berliner Journalistin Gabriele Tergit, Autorin des legendären Romans ›Käsebier erobert den Kurfürstendamm‹, flüchtete 1933 über Prag nach Palästina. Wie bei vielen anderen Emigranten war auch Tergits Ankunft in Haifa geprägt von Trauer über das Verlorene, von Skepsis und von Angst. Sie unterbrach die Arbeit an ihrem Buch, ›Effingers‹, um alles, was sie jetzt unmittelbar beobachtete und erlebte, festzuhalten. Schreibend bahnte sie sich einen Weg durch das »Völkergewimmel« in Jerusalem, Haifa, Tel-Aviv und Bethlehem. Sie erzählt von Orangenhainen und der Wüste, von arabischen Frauen, polnischen Gelehrten, englischen Soldaten oder russischen Musikern und schildert eindrucksvoll das Nebeneinander von Abendland und Orient auf engstem Raum. Ihr besonderes Interesse aber gilt dem Judentum mit seinen Festen und unterschiedlichen Ausprägungen – von den toratreuen Orthodoxen bis hin zu den hoffnungsvollen Siedlern in den Kwuzot. Feinfühlige Porträts von Händlern, Pionieren und Künstlern aus aller Welt sind so entstanden, in denen sich Selbstbewußtsein, Trotz und die Begeisterung für den riskanten Neubeginn ebenso widerspiegeln wie Resignation und alte Vorurteile. Die erstaunliche Unmittelbarkeit, poetische Kraft und zeitgeschichtliche Bedeutung der erst 1996 zum ersten Mal veröffentlichten Reportagen machen dieses Buch zusammen mit den beeindruckenden Photos aus dem Archiv Abraham Pisareks zu einem wahren Kleinod der Literatur.

Gabriele Tergit (Dr. Elise Reifenberg), in Berlin geboren, studierte in München, Heidelberg, Frankfurt und Berlin Geschichte und promovierte 1924. Von 1925 bis 1933 gehörte sie zur Redaktion des ›Berliner Tageblatt‹. 1931 erschien ihr Roman ›Käsebier erobert den Kurfürstendamm‹, mit dem sie schlagartig Berühmtheit erlangte. Schon im März 1933 emigrierte sie zunächst in die Tschechoslowakei, dann nach Palästina und später nach London, wo sie bis 1982 lebte.

Gabriele Tergit
Im Schnellzug nach Haifa

Mit Fotos aus dem Archiv
Abraham Pisarek

Herausgegeben von Jens Brüning
und mit einem Nachwort versehen
von Joachim Schlör

Fischer Taschenbuch Verlag

Veröffentlicht im Fischer Taschenbuch Verlag GmbH,
Frankfurt am Main, April 1998

Lizenzausgabe mit freundlicher Genehmigung des
TRANSIT Buchverlags, Berlin

Druck und Bindung: Clausen & Bosse, Leck
Printed in Germany
ISBN 3-596-13922-8

Inhalt

»Das alles war ein Berg für mich.«

Vorwort

Palästina war für Gabriele Tergit die zweite Station des Exils. Nach einem mit viel Glück überstandenen Überfall des SA-Sturms 33 auf die Tergit-Reifenbergsche Familienwohnung in Berlin-Tiergarten hatte sie die Koffer gepackt. Ihr Mann, der Architekt Heinz Reifenberg, fuhr sie nach Spindlermühle, wo sie am Manuskript des dann erst 1951 erschienenen Romans »Effingers« weiterarbeitete. Später in Prag schrieb sie für deutschsprachige tschechische Blätter, für das »Prager Tageblatt« und die »Deutsche Zeitung Bohemia«. In ihren Lebenserinnerungen, 1983 postum unter dem Titel »Etwas Seltenes überhaupt« veröffentlicht, schrieb Gabriele Tergit: »Ich verließ am 4. März 1933 Deutschland, sofort. Ich roch, daß ein so gewaltiger Haß, wenn er freigegeben, zu Mord führen mußte. Heinz baute für den Schwiegervater seines Bruders, der ein Mitbegründer der Jerusalemer Universität war, ein Haus in Jerusalem. 1933 hielten die Zionisten die Konfrontation für eine Klärung, eine Rückgabe der Würde, des Stolzes.« (S. 134)

In einem Gespräch, das Gabriele Tergit im April 1979 in ihrer Londoner Wohnung mit Henri Jacob Hempel aus Berlin führte, erinnerte sie sich an ihre Gefühle, bevor sie ihrem Mann im November 1933 nach Palästina folgte: »Ich habe mich gefürchtet, mit Recht, kann ich nur sagen, vor einer Unterbrechung meiner Arbeit an dem Roman. Auch vor dem Haushaltführen in einem orientalischen Land, das ich nicht gewöhnt war. Das alles war ein Berg für mich. Daß aber mein armer Mann dort allein saß und für sich zu sorgen hatte, das ist mir nicht klargeworden. Ich habe mich nicht gut benommen. Denn ich bin in der Tschechoslowakei geblieben. Mir gefiel's dort, und ich habe mir nicht gesagt: Mein Gott, der Mann sitzt dort in Palästina so alleine, dort gibt es noch nicht einmal ein vernünftiges Restaurant. Wie kann der denn dort leben?«

Ich traf Gabriele Tergit im Dezember 1979 in Berlin, dann noch einmal im August 1981 in London. Beide Male fiel das Gespräch über Palästina recht kurz aus. Ich kannte damals allerdings das Typoskript, das hier in großen Teilen erstmals veröffentlicht wird, nicht. Im ersten Gespräch sagte sie: »Ich bin also erst im November 1933 nach Jerusalem gefahren, zu meinem Mann. Das war eine sehr schwere Zeit. Wir waren alle sehr krank. Ich bin sehr empfindlich und hatte einen schweren Ausschlag, was sehr viele Leute damals hatten. Und Peter, mein Kind, hatte Keuchhusten. Zwei Jahre später, als wir in Tel-Aviv waren, wo mein Mann auch gebaut hat, bekam Heinz Kinderlähmung. Es war schon alles schrecklich, und dann sind wir 1937 zum ersten Mal wieder nach Europa gekommen.« Im zweiten Gespräch erwähnte Gabriele Tergit, daß sie bald nach ihrer Ankunft in Palästina das Manuskript des Romans »Effingers« beiseite gelegt habe, um ganz andere Sachen zu schreiben, ging aber nicht weiter darauf ein. Im Gespräch mit Henri Jacob Hempel vom April 1979 hingegen sagte sie: »Palästina ist sofort auf mich eingestürmt. Ich habe all die ungeheuren Schwierigkeiten, dort zu leben, sofort gesehen ... Ich habe mich mit all den Problemen beschäftigt, habe etwa 700 Seiten darüber geschrieben: Über das Judentum, all die Juden in Palästina, die deutschen Juden, einzelne Existenzen und so weiter. Damit griff ich auf eine journalistische Form zurück, mit der ich bereits beim ›Berliner Tageblatt‹ Erfolg gehabt habe. Meine Kolumne hieß dort ›Berliner Existenzen‹ ... Also, dies habe ich in Palästina geschrieben, auch veröffentlicht. In London hat ein freundlicher Mann, Mr. Leftwich, sie übersetzt. Sie sind dann in jüdischen Zeitungen erschienen, auch in Südafrika. Aber meine theoretischen Sachen habe ich nie angeboten, auch nicht weiter verfolgt.«

In einem Brief vom August 1934 schrieb Gabriele Tergit: »Ich habe in Schmerzen begriffen, daß ich für hier kein Wert bin, außer für Mann und Sohn. Manchmal, ganz selten, schreibe ich kleine

Dinge von hier. Ein paar deutsche jüdische Zeitungen drucken sie.« 1937 besuchten Gabriele Tergit und Heinz Reifenberg die Weltausstellung in Paris und machten einen Abstecher nach London. »Mein Mann und ich waren sehr glücklich in Europa. Wir sind dann nach London weitergekommen, haben uns entschieden, dort zu leben«, berichtete sie Henri Jacob Hempel. »Auch weil wir unsere Bedenken hatten, unseren Sohn in der hebräischen Sprache aufwachsen zu sehen. Auch wußten wir nicht, wie es in Palästina weitergeht ... Im Frühjahr 1938 sind wir nach London gefahren. Ich habe den Haushalt in Palästina aufgelöst, habe die Wohnung gekündigt, aber sonst alles dort gelassen ... Dann kam der November 1938. Wir waren völlig damit beschäftigt, meine Eltern, die Mutter von meinem Mann, seine Schwester, deren Mann aus Deutschland herauszubringen. Nun, das ist uns geglückt, das haben wir fertiggebracht. Meine Eltern sind über England zu meinem Bruder nach Guatemala gegangen, die Schwester und der Schwager meines Mannes sind in London geblieben (das Malerehepaar Rosenbaum-Reifenberg, d. Hg.), sie hatten zwar ein amerikanisches Visum, doch dann ist der Krieg gekommen, deshalb sind sie dann geblieben. Meine Schwiegermutter ist nach Palästina zu ihrem jüngsten Sohn gegangen.« Im selben Gespräch sagte sie noch: »London war für uns ein unbeschreibliches Glück. In einer europäischen Großstadt zu leben und in die Oper zu gehen, ein Ballett zu sehen, das war schon ein Vergnügen, das wir fast nicht mehr kannten.« Bis zu ihrem Tod im Juli 1982 lebte Gabriele Tergit in London.

Das Typoskript, das hier gekürzt veröffentlicht wird, sah ich erstmals 1988 und bekam es in einer ziemlich unsortierten Fassung als Durchschlag von Gabriele Tergits Nachlaßverwalter Fritz Hellendall ausgehändigt. Das von Gabriele Tergit durchnumerierte und in einem braunen Ordner abgeheftete Exemplar mit einem großen »NO« auf dem Inhaltsverzeichnis, die Vorlage für dieses Buch, übergab mir Fritz Hellendall im Februar 1996. Es umfaßt 251 Blatt. 89 Seiten beschäftigen sich ideengeschichtlich mit den »geistigen

Grundlagen Palästinas«, die restlichen mit Beobachtungen über »Land und Menschen«. Dieser zweite Teil wird nun, sechzig Jahre nach der Niederschrift, erstmals veröffentlicht.

Nachdem die Edition verabredet war und Fritz Hellendall mir die Nachlaßverwaltung übertragen hatte, legte er in einem Gespräch im Mai 1996 Wert darauf, daß dokumentiert würde, er habe das Material nur unter großen Bedenken freigegeben. Fritz Hellendall fügte hinzu, »daß man es als aus Deutschland vertriebener Jude nicht gern sieht, daß in Deutschland etwas ›Negatives‹ über Erez Israel veröffentlicht wird.« Und weiter: »In Deutschland steht man auf einem Grill, unter dem die Naziteufel schon wieder das Feuer schüren.« Fritz Hellendall, der 1934 noch als Dr. iur. in Köln promoviert wurde, ist 1912 in Düsseldorf geboren. 1936 hielten ihn bei der Einreise aus seinem Exilort London in Aachen deutsche Grenzbehörden fest und schickten ihn unter Androhung einer Einweisung in ein »Schulungslager« zurück. »Ich mußte zurück, zurück aus dem Zuchthaus in die Freiheit, zurück aber auch aus der Heimat in die Fremde.« (Brief vom 25. Dezember 1936) Hellendall räumte allerdings ein, das Palästina-Typoskript nie gelesen zu haben. Allein ein Hinweis von Gabriele Tergit war ihm bekannt: »Wer druckt schon Dynamit?«

Wie erwähnt, hat Gabriele Tergit ihre palästinensischen »Existenzen«, mit denen sie an ihre Kolumnen im »Berliner Tageblatt« und später im »Prager Tageblatt« anknüpfte, an verschiedene Blätter geschickt. Welche Teile des Typoskripts damals veröffentlicht wurden, ist jeweils angegeben. Andere hier aufgenommene Texte sind nicht in dem erwähnten Konvolut enthalten, wurden aber entweder in der 1938 eingestellten Prager »Deutschen Zeitung Bohemia« oder in der in Berlin erschienenen »C. V.(= Central-Verein)-Zeitung« abgedruckt. Ich fand sie als Ausrisse mit z.T. unvollständigen Quellenangaben im Londoner Nachlaß. Sie sind nach thematischen Gesichtspunkten eingefügt.

Kürzungen im nachgelassenen Typoskript betreffen offensichtlich unfertige Skizzen und thematische Wiederholungen. Die Reihenfolge der Texte hält sich exakt an die von Gabriele Tergit vorgenommene Numerierung. Schreibweise, Zeichensetzung und Grammatik sind der heutigen Form angepaßt. Die Anmerkungen zu einzelnen Passagen verfaßte Joachim Schlör.

Herausgeber und Verlag danken Ruth Gross für die Auswahl der Fotos aus dem Archiv Abraham Pisarek. Sie stammen alle aus dem gleichen Zeitraum, in dem auch Gabriele Tergit Palästina erlebte.

Jens Brüning, im Juli 1996

Überfahrt 1933

Im Jahre 1933 sind in Palästina 30327 Juden eingewandert, davon 5515 aus Deutschland. 1934: 42359, davon 6941 aus Deutschland. 1935: 61000, davon 5464 aus Deutschland. 17 Millionen Juden leben in der ganzen Welt, 500000 in Deutschland. Also wanderte jährlich etwa ein Prozent aus Deutschland nach Palästina, aber aus der übrigen Welt nur ein Promille. In der ganzen Welt herrscht Not. Der Jude, der Kaufmann, der Vermittler, nicht zugelassen zu den krisenfesten Berufen, leidet wie der Arbeiter als erster, die Krise trifft die Ungeschütztesten zuerst. 1920 bis 1934 kamen 197000 Juden nach Palästina, davon über 100000 aus Polen.

Auf dem Schiff nach Palästina fahren die Chaluzim, die Pioniere des Bodens, die friedlichen Eroberer des Landes, kommend vom Ende einer Zivilisation, wie die früheren Mönche gefahren sind, den Boden zu beackern und die Menschen einer neuen Gemeinschaft zu gewinnen, getragen von einer Idee. Die Kwuzah, das Kollektiv zur Bearbeitung eines Stück Landes, ist ihr Kloster, und ringsum werden sie ihre neuen Methoden vortragen, um Frucht zu gewinnen. Die Pioniere tanzen und singen. Tanzen sie jüdisch? Singen sie

Chaluzim: Pioniere. Eine erst in und nach dem Ersten Weltkrieg üblich gewordene Bezeichnung für junge Menschen, die nach Palästina gehen, um mit körperlicher Arbeit beim Aufbau der nationalen Heimstätte des jüdischen Volkes mitzuwirken; Grundgedanke der Bewegung ist die Erneuerung und Revolutionierung des eigenen Lebens durch Arbeit, der Wiederverknüpfung mit dem Boden Palästinas (Erez Israels) und der »Reproduktivierung« des jüdischen Menschen.

Kwuzah: Landwirtschaftliche Gemeinschaftssiedlung in Palästina und Israel; erste Gründung: Daganja 1909/10. Vorform des Kibbutz. Von großer Bedeutung für das Selbstbild der Pioniergeneration: »Die Kwuzah ist eine Lebensform unserer inneren Wandlung in Erez Israel« (»Von Kwuzah und Kibbutz«, 1933).

jüdisch? Sie tanzen russisch. Sie singen russisch auf hebräisch. Sie sind kräftig, und sie haben den hellen, guten Blick, den die Beschäftigung mit der Erde gibt.

Auf dem Schiff fahren alte, gesetzestreue Juden, der Religion ergeben, dem Geist und der Vergangenheit.

Ein Rabbi aus einer kleinen amerikanischen Gemeinde spricht jiddisch den Menschen Mut zu: »Fürchte dich nicht, denn ich bin mit dir, weiche nicht, denn ich bin dein Gott. Ich helfe dir, ich stärke dich, ich erhalte dich durch die rechte Hand meiner Gerechtigkeit.«

Auf dem Schiff fährt eine Familie aus Moskau, Vater, Mutter, Tochter von neunzehn, Sohn von dreizehn. Sie mußten 400 Goldrubel zahlen, um Rußland verlassen zu können. Verwandte im Ausland haben ihnen Geld gegeben und sie eingekleidet. Sie waren auf Reisen in Karlsbad und Italien, und so sehen sie auch aus. Bürgerliche Leute, denen es gut geht. Die Tochter ist sehr elegant, das Gesicht zurechtgemacht. Sie ist nicht einverstanden mit den Eltern, die nach Palästina fahren. Sie ist, elegant wie sie ist, dem Kommunismus zugetan. Sie ist recht unfreundlich, recht unliebenswürdig mit den Bürgern auf dem Schiff, die größtenteils keine mehr sind, sondern entwurzelte, nichts mehr besitzende deutsche Juden. Die Eltern sind still und liebenswürdig, benehmen sich wie gut erzogene wohlhabende Leute. Die Tochter ist neunzehn Jahre alt, das heißt, sie war vier Jahre alt, als die Sowjets die Macht übernahmen. Sie kennt nichts anderes. Die Eltern wollen wieder bürgerlich leben, nicht besser, aber bürgerlich. Die Kinder wollen kommunistisch leben, besser, aber kommunistisch. Sie wissen nicht mehr, wie es früher war. Und wir Leute, die schon vor 1914 lebten, wir vergessen immer, wie wenig Menschen wissen, die 1914 erst geboren wurden. Ein derartig junger Mann, ein halbwegs gebildeter Kaufmann aus Breslau, fragt mich: »Und wie ist es mit der Tschechoslowakei? Hat sie auch so durch den Versailler Vertrag gelitten?« Er weiß nicht, daß es ein Kaiserreich Österreich gab. Er weiß nicht, daß es aufgeteilt wurde. Er weiß nicht, daß Jugoslawien Serbien war. Und da meinen Staatsmänner, man könnte den Menschen von Problemen sprechen. Sie kennen nichts, was früher war, als die Zeit, da sie vierzehn Jahre alt wurden. Vorher war immer die Sintflut.

Auf dem Schiff fahren jetzt die Deutschen. Bald viele, bald weniger viele – ein unaufhörlicher Strom. Sie stehen an der Reling, im städtischen Anzug, in langen Hosen. Der Wind kommt, die Sonne, sie haben nur eine Reisemütze, als einziges, das sie sportlich macht, sie sehen aus wie Herren, zu denen der Arzt gesagt hat: »Ihre sitzende Lebensweise verlangt, daß Sie einmal eine Schiffsreise machen, Ihre Nerven gründlich auskurieren.« Es sind keine Flüchtlinge mit roten Betten und geschnürtem Bündel, es sind *nur* Reisende, aber der Boden wurde ihnen unter den Füßen weggezogen und ihre Namen gelöscht von der Tafel der Börsenmakler, Rechtsanwälte und Kaufleute.

Auf dem Schiff sitzt eine hübsche, gepflegte, gut angezogene Frau. Ihr Mann war Getreidehändler. Die Erlaubnis zum Handeln wurde ihm entzogen. Sie hat zwei kleine Kinder. Sie hat über ihre Füße eine Decke aus bester Wolle, in feinsten Farben gelegt. Sie trägt einen hellen Pelz, der in einem silbergrauen Ton gefärbt wurde. Sie liest einen neuen Roman, einen Bestseller, ein gutes Buch, das Mode ist. Sie nimmt aus einer Bonbonniere auf anmutige Weise ein Stückchen Konfekt. Sie ist – kurzum – eine Frau der Großbourgeoisie, wie sie in allen Ländern Europas ist. Heroismus ist keine Eigenschaft dieser Schicht. Aber nun wird Heroismus von ihr verlangt. Sie soll ablegen Bestseller, Wolldecke und gepflegte Haut, sie soll – 38 Jahre wie sie ist – ihr vergangenes Leben für einen Irrtum erklären, dieses Leben aus Sorge für einen guten Haushalt und gute Kleider, dieses Leben aus Ehe und Kindern, und sie soll das Pflegen von Kühen, das Setzen von Orangenstecklingen in trockener Erde unter glühender Sonne ansehen als Ziel für künftige Generationen, dem sie sich zu opfern hat. Diese reiche Frau besitzt nichts als die 1000 Pfund, die der Palästinaauswanderer 1933 ausführen durfte, die in der ganzen Welt kein Kapital sind und nun plötzlich in Palästina ein Kapital sein sollen.

Auf dem Schiff fahren die jüdischen Ärzte, seit 1000 Jahren jüdische Ärzte, gelehrte und ungelehrte. Spezialisten und Nichtspezialisten. Ihr Wissen ist eitel geworden, eitel ihr Wollen. Die Welt braucht sie nicht. Hier in Palästina werden einige hundert arbeiten können.

Auf dem Schiff fahren jüdische Verkäuferinnen, die tagaus, tagein Mäntel verkauft haben oder Schuhe oder Lebensmittel im Warenhaus – eine von ihnen trägt ein goldenes Armband mit dem Davidstern. Ihre Kollegenschaft, organisiert in der Nazizelle, die sie aus der Arbeit entließ, hat es ihr zum Abschied geschenkt.

Ein Herr mit dünnen Beinen, einem dicken Bauch und einem kleinen, unschönen Stadtgesicht, ist hier auf dem Schiff im Angesicht von Meer und Himmel und dem felsigen Eiland eine komische Figur, aber hinter dem Schreibtisch ein guter Anwalt des Rechts oder ein förderungswilliger Redakteur oder ein gewissenhafter Arzt oder ein Kaufmann für Mäntel oder Emaillegeschirr.

Auf dem Schiff fahren Mutter und Tochter. Die Mutter ist eine alte, vornehme Berliner Bürgerin. Sie spricht mit dem Steward Italienisch, kann es, wie alle Damen ihrer Generation, die es für die Italienreise lernten, die man zwischen 1890 und 1914 machte. Sie denkt an Berlin, wo sie eine Dame der Gesellschaft war, wohltätig und liebenswürdig. Sie liegt im Liegestuhl, schmal, blaß und schön, mit feinen hochhackigen schwarzen Halbschuhen. Die Tochter trägt Stiefel und Windjacke, aus der die geöffnete Sportbluse heraussieht, die glatten Haare sind männlich kurz geschnitten. Sie ist klein und dick, eine nette, tüchtige Arbeiterin, sie wird aufs Land gehen, Kühe zu melken und Hühner zu füttern. Ihr sind die Formen der Gesellschaft, ihre Ansprüche an Kultur und Luxus gleichgültig, tief gleichgültig auch ihre geistigen und seelischen Probleme, ihr Ringen um Kunst und Wissenschaft. Sie hält den Aufbau eines national jüdischen Lebens – kleines Leben auf eigenem Boden – für wichtiger.

1000 Pfund: Summe, deren Besitz gegenüber der britischen Mandatarmacht nachzuweisen war, wenn man mit einem »Kapitalistenzertifikat« in Palästina einwandern wollte.

Auf dem Schiff fahren zionistische Akademiker. Viele von ihnen waren von echter Bewegtheit. Sie waren keine Emigranten, sondern Heimkehrer, erfüllt von unklaren Erwartungen, in denen sich die Sehnsucht nach einer Vereinigung mit anderen Volksgenossen mischte mit dem uralten Blutsgefühl, dem Messiasglauben an Erlösung durch das Land Israel. Wer mit einem leidvollen Herzen nach Palästina fuhr, galt ihnen als Hochverräter. Sie betrachteten die Katastrophe mit Erklärungen, nicht mit Empörung. Sie hatten alles erwartet. Die deutschen Ereignisse würden sich morgen in Frankreich und übermorgen in England wiederholen. Die Entwurzelung der deutschen Juden bestehe seit der Emanzipation, die Entwurzelung nämlich aus dem Judentum. Eine Verwurzelung im Deutschtum gebe es nicht. »Durch die deutschen Judengesetze«, sagte ein Herr auf dem Schiff, »ist die Lüge der Emanzipation aufgehoben worden, die Lüge, daß die Juden keine Nation seien. Es gibt keine Auswanderung nach Palästina, es gibt nur eine Repatriierung.« Sie unterschieden zwei Rassen, Zionisten und Assimilanten. Brücken führten zu den Blut- und Bodentheorien des Nationalsozialismus, aber keine Brücke führte zum Assimilanten. Es gab keine Tragödie der deutschen Juden, sondern nur eine Komödie der Irrungen seit 150 Jahren.

Auf dem Schiff fahren vergnügte Leute. Sie waren fleißige Bürger aus kleinen Städten, aus einem unfreien Leben, und diese Vertreibung auf ein Luxusschiff hatte für sie eine ununterscheidbare Ähnlichkeit mit einer Vergnügungsreise auf dem Mittelmeer. Man spielte Bridge und knüpfte Beziehungen an, und das Leben ging weiter.

Andere, die ihrer Heimat beraubt und unter bitteren Leiden aus ihren Berufen geworfen waren, blieben, Verzweifelte, in ihrer Kajüte, weil sie die Verkleinerung ihrer Schmerzen nicht ertrugen. Im Galuth gab es Mitgefühl. Das ist kein Brot. In Palästina würde es ° Brot geben. Aber der Mensch lebt nicht von Brot allein.

Galuth: hebr. Bezeichnung für »Exil« oder (griech.) »Diaspora«; Zerstreuung.

Dort drüben lag Hellas. Aus der gerundeten Säule war alle Schönheit Europas aufgestiegen. Teilgenommen und mitgeschaffen hatten an Europa fünf Generationen deutscher Juden. Wir fuhren nach Asien zum großen Menschenbrei, wo von Ewigkeit zu Ewigkeit der leidenden Kreatur die Helfer erwuchsen. Aber die Mehrzahl der Passagiere bekannte sich weder zu Hellas noch zur leidenden Kreatur, sondern zur Politik.

Als wir an Land kamen, sah ich, daß der Mond nicht mehr ging, sondern – ein Boot – auf dem Rücken schwamm, und das Sternbild des Wagens stand nicht mehr auf seinen Rädern, sondern fuhr schief nach unten. Mond und Sterne, letzter himmlischer Trost fürs irdisch leidende Herz, ich erkannte sie nicht mehr.

»Sehen Sie«, sagte ich, »der Mond liegt doch hier, er sieht uns nicht mehr an.«

»Meinen Sie?«

Niemand bemerkte es.

Die Freiheit war untergegangen und der Humanismus, und sie bemerkten es nicht. Aber sie sahen auch nicht, daß die Gestirne ihrer Jugend eine andere Bahn liefen.

Und so stand ich einsam im unbefreundeten Kosmos.

Klima

Nur der Norden kennt den Rhythmus der Jahreszeiten, die Kurve aus Blüte, Frucht und Tod. Nur hier ist der Frühling Ereignis, nur hier das grüne Blatt, entkeimt aus weißem Tode, Leben gebärend, nur hier der Sommer heiße Lohe, zu entzünden, zu betäuben, zu verbrennen. Nur hier ist Wille zu Neuem und Bewegung.

Im Süden geht die Natur ihren Gang und der Mensch seinen ganz anderen.

Im Vorderen Orient, woher die Religionen Europas, Amerikas

und Vorderasiens stammen, begleitet das Klima den Menschen nicht, es widersteht ihm.

Zwei Zeiten hat die orientalische Erde, die trockene von Mai bis Oktober, die nasse von Oktober bis Mai. Nicht riecht es nach Keim und Schöpfung, wenn der Schnee schmilzt, und im Oktober flammt nicht Rot und Gelb, nicht fällt die Frucht, reif und herbstlich, vom Baum. Das ganze Jahr ist Ernte und Blüte zu gleicher Zeit. Immer reift etwas und immer blüht etwas. Alle Bäume bringen ihre Frucht zu ihrer eigenen Zeit.

Im September ist die Hitze noch immer sehr groß. Die Bäume sind grau von Staub, die Straßenränder, die Felder braun und grau. Die Erde ist rissig von Dürre. Alle Büsche, Blätter, Nadeln, Palmen sind dick mit Staub belegt, so daß man mit dem Gartenschlauch herumgehen möchte, Blätter saubermachen. Es war im Juli und August viel heißer, aber nun fängt man an, müde zu werden, schlapp, und man sehnt sich nach Kühle. Man möchte heraus aus dem Dampfbad, aber es ist überall gleich heiß. Wenn in Europa der Tag glüht und die Luft voll von Spannung ist, wartet man, daß der Wind sich erhebe, der dem Gewitter vorangeht. So wartet man hier zwei Monate. Im Oktober beginnen die Gebete der Juden um Regen.

Eines Tages ist der Regen da, und nun spricht man von wenig anderem: »Früh ist der Regen da«, oder: »Spät ist der Regen da«. »Stark ist der Regen«, oder: »Schwach ist der Regen«. Aber man weiß seit Tausenden von Jahren: Es beginnt im Oktober zu regnen, und es hört auf im Mai.

Nach dem ersten Regen beginnt das Land zu grünen. Auf den Äckern sprießt es. An den Wegrändern zeigen sich die ersten Blumen, Wiesenschaumkraut, das hier gelb ist, grünes Blättergras, Löwenzahn.

Und nun kommen die Januarstürme, Donner und Blitz. Regen ist nicht mehr Tropfenfall, Regen ist Wolkenbruch, ist Kübelguß. Regen fällt nicht mehr lotrecht vom Himmel, Regen peitscht schräg an die Häuser. Nichts hält ihn ab, unpassierbar wird das Land, Eisenbahndämme brechen ein. Der Regen dringt über die Terrassen, durch die Türspalte, durch die Fenster, durch Rolläden und Fensterläden. Auf die Fensterbretter legt man Tücher, trotzdem sind im Nu die Zimmer überschwemmt. Das Meer überflutet den Strand von Tel-Aviv. Die ungepflasterten Straßen der Jerusalemer Vororte sind nur hüpfend zu passieren. Vom Karmel stürzen die Wassermassen, Bächen gleich, durch die bergigen Straßen Haifas. Dagegen hilft kein Schirm, kein Regenmantel, nur Gummistiefel und Lederjacke.

Währenddessen ist Apfelsinenernte, währenddessen ankern im Hafen von Jaffa im Sturm die Schiffe für die Apfelsinen.

Aber nicht täglich regnet es. Man kann nicht sagen: »Nun den Ofen geheizt für drei Monate oder vier.« Es ist ein ständiger Wechsel. Pelzjacke und Wollkleid und Tuch um den Hals in der kalten Wohnung, das ist nur *ein* Tag. Schon am nächsten Tag scheint die Sonne. Schon am nächsten Tage ist es warm, man sitzt im Freien, liest in der Sonne, freut sich am Blühen, denn überall sind jetzt rote Anemonen oder kurze rote Mohnblumen dicht über der Erde. Die Obstbäume blühen und die Wiesen, das Getreide ist grün, und die Orangenblüten duften. Und es ist richtig warm, 18, 19, 20 Grad, Mittelmeersüße, bis wieder zwei Tage später Regenguß einsetzt, sintflutartig, als wollte es vierzig Tage und vierzig Nächte regnen.

Wo blieb Frühling, wo Sommer, wo Winter, wenn am blühenden Orangenbaum die goldene Herbstfrucht hängt und daneben blätterlos die Akazie trauert und der Oleander graues Wintergestrüpp zeigt?

Immer ist Ernte. Blumenkohl, groß wie kleine Wagenräder, reift im Dezember, und im Januar kommen die ersten Tomaten. Im April sind Stoppeln auf den Feldern, und gelb wogt das Getreide da im März und da im Mai. Im April beginnen die Oleander zu blühen, Akazien, Goldregen, Mimosen. Im Mai stehen die Gärten in voller Blüte: Büsche von Margeriten, Büsche von Geranien. Im Mai reifen Melonen und Gurken.

Im Mai kommt der Chamsin, ein Wind aus der arabischen Wüste, der unberühmte Bruder des berühmten Samum. Der Samum aus der Sahara geht nach Europa, er weht durch Italien als Scirocco, geht über die Schweizer Berge als Föhn, und noch in Wien werden die Menschen zärtlich, müde oder nervös, weil in der Wüste Tausende von Kilometern entfernt ein Wind sich erhob. Der Chamsin ist glühend. Die Luft steht. Der Himmel ist grau. »Es ist Chamsin«, sagt früh der erste, und man schließt rasch die Fenster, macht die Läden zu, geht nicht aus dem Haus. Die Geschäfte stehen still. Verabredungen werden nicht eingehalten. Im Freien wird nicht gearbeitet. Die Straßen sind leer. Glühend weht ein heißer Wind von Osten. Alles faßt sich an wie gekocht. Die Betten sind warm wie mit einem Wärmekissen.

Ein ungeheurer Kampf hat eingesetzt. Die Wüste, tötend und lähmend, schickt sich an, das Land zu überfallen, um alles Lebendige auszudörren. Das Meer ist wie Blei. Unbewegt und hinter grauen Nebeln versinkt eine trübe Sonne.

Im Kampf der Natur steht man abseits, verhält sich ruhig, ist wie gelähmt. Nur nichts tun müssen! Nur liegen können! Säuglinge überleben diese Tage schwer, kleine Kinder müssen zu Hause bleiben. Die Lilien im Garten werden dünne Stengel. Die Rosen verwelken. Diese Tage ließen die Reisenden in der Wüste vor Durst sterben, und die Skelette der Kamele waren das Wahrzeichen des alles tötenden Chamsin.

Da erhebt sich das Meer. Es wird grün und blau, es tanzt, es hat weiße Schaumköpfe. Die Sonne steht strahlend, legt sich – glühende Schönheit – in ein von rauschenden Vorhängen blau und violett und gelb umwalltes Bett. Das Meer hat gesiegt. Da hört man sie rufen wie Herolde, den Milchmann, den Eismann, Kutscher, Chauffeure: »Der Chamsin ist vorbei.«

Und es weht der Westwind, kühlende Brise vom sieghaften Meer.

Während Juli, August, September herrscht die normale Hitze des Sommers, der trockenen Zeit. Längst ist alles verblüht. Auch die Bäume werden grau und schmutzig. Sand und Dürre treten an die Stelle des Schnees. Es ist ein häßlicher Tod.

37 Grad im Schatten ist die Durchschnittstemperatur des Sommers, aber es gibt wenig Schatten im Land.

Der Tag hat fast immer die gleiche Länge. Rasch steigt morgens die Sonne; wenn sie sinkt, ist es rasch kalt und rasch dunkel. Es gibt keine blaue Stunde, es gibt keine Dämmerung. Jäh ist der Wechsel. Glühend endet der Tag, und schon ist es zu kalt, um im Garten Abendbrot zu essen. Naß wie nach starkem Regen sind die Stühle am Abend vom Tau, und die Wäsche trocknet nur in der Sonne.

Wunderbar sind die Nächte, erfüllt von Sternen, im Februar wie im Dezember, im Mai wie im August. Der Himmel ist höher als im Norden. Der Mond steht im Zenit wie die Sonne. Die Hälfte des Monats beherrscht der Mond die Nacht, bringt in den großen Städten das elektrische Licht zum Schweigen durch seine Helligkeit, wirft einen kurzen, scharfen, schwarzen Schatten. Der Mond ist feierlich und streng, wie Wüste und Sonne.

Das Klima ist nicht gemäßigt. Von Oktober bis Juli ist dreiviertel aller Tage schönes Sommerwetter, blauer Himmel und Wärme. Es ist Riviera, aber ohne Stille. Wind herrscht, Bergwind oder Seewind. Immer klappern Fenster und Türen, immer heult der Wind, immer fängt er sich wie im Segel in der Wäsche, die zum Trocknen aufgehängt ist, immer fliegen Sand und Staub ins Zimmer, immer raschelt Papier, immer bewegen sich die Lampenpendel an der Decke, immer huschen Gespenster, miauen Katzen, schreien Esel, klingt der Schritt nächtlicher Kamelkarawanen auf dem Pflaster oder dem Sand, steigt aus Geklapper und Geheul die Angst der Kreatur. Immer herrscht das Klima, nicht der Mensch, reißt der Sturm, stürzt der Regen, brennt das Gestirn.

(Veröffentlicht 26. April 1938; nähere Angaben nicht ermittelt)

Landschaft

Palästina ist ganz klein. Es ist so groß wie Sardinien oder eine deutsche Provinz. Aber es reicht vom Meer bis zum Schneeberg, umfaßt Ebene, Gebirge, die tiefste Stelle der Erdoberfläche, höchste Fruchtbarkeit und Wüste. Es gibt das kalte Jerusalem und das glühende Jericho. In dem winzigen Land ist zwischen der Jordanebene und dem Gebirge ein Unterschied von sechs Wochen in der Reifezeit des Getreides. Es gibt die nordischen Obstbäume und die tropische Banane, Akazien und Palmen.

Das Land liegt hingestreckt zwischen Mittelmeer und Jordan, der von Norden nach Süden die heutige Grenze bildet, ein schmaler Streifen am östlichen Mittelmeer.

Dort drüben liegt Griechenland. Braune Segel, Fischer und Schiffer seit Odysseus, Klippen und Inseln, tausend Inseln, tausend Häfen, Meer und Land umarmen sich. Meer dringt vor und Land weicht zurück. Land dringt vor und Meer weicht zurück.

Dasselbe Meer ist hier. Aber es gibt keine Beziehung zwischen Land und Meer. Das Meer bespült das Land, das ist alles. Es gibt keine Häfen, es gibt keine schützende Bucht. Am Horizont fahren Fischerboote, weiße Segler am tiefblauen Himmel. Sie kommen von Malta. Am Horizont fahren Dampfer, italienische und französische. Sie kommen von Triest und Marseille. Es gibt keine palästinensische Schiffahrt. Die Juden Palästinas, braun und großartig, dem Wind vertraut, der Welle befreundet, lieben das feuchte Element und denken wie Ben Gurion, der Führer der jüdischen Arbeiterschaft: »Das Meer darf nicht die Grenze bilden, sondern wir müssen das jüdische Erez Israel ausbreiten und erweitern, wir müssen jüdische Schiffe mit jüdischen Kapitänen, jüdischen Matrosen haben und so die Verbindung mit den großen jüdischen Zentren und den Kulturzentren der ganzen Welt herstellen.«

Aber vor Palästina liegt eine Sandbank, dahinter erst leben die

Fische, Krabben und Hummer. Das Meer ist tot an der Küste Palästinas. Das Gesicht des Landes ist nach der Wüste gekehrt. Auch die Juden kamen einst von der Wüste her. Alle Eroberer Palästinas kamen den Landweg. Zum ersten Mal in seiner Geschichte wird es jetzt vom Meer her besiedelt.

Palästinas Küste ist sandig. Hinter den Dünen beginnt die Orangenzone. Meilenweit stehen dunkelgrüne Büsche auf rotem Boden, eingefaßt von gelb blühenden Mimosen oder von schmalen, kleinen, jungen Zypressen oder von grotesken Stachelkakteen. Meilenweit ist nichts zu sehen als die grüne Ebene der Orange, die Plantage, die soldatisch gepflanzte Fruchtproduktion. Dazwischen die rote Erde. Adam heißt Erde, adom heißt rot. Rot und Erde sind Synonyme. Adam, der rote Erdenkloß, aus der zähen, fruchtbaren, fetten, roten Erde Palästinas gebacken.

Zwei Türme kehren immer wieder: Der eine ist viereckig, von einer schwarzen Pyramide gekrönt, das ist der Turm der christlichen Kirche. Der andere ist rund, von einem Kegel gekrönt, das ist der Turm der mohammedanischen Moschee, das Minarett. An der Straße immer wieder die gleichen Bäume: der Eukalyptus, ein Baum aus Australien, glatter, hoher, grauer Stamm wie der Buchenstamm, Zweige wie die der Weide; ein dicker feister Baum, der Johannisbrotbaum; abseits der Straße vereinzelt die Sykomore, die Eiche des Orients, stark und knorrig, von grotesken Formen.

Im endlosen Grün der Orangenzone liegen arabische und jüdische Dörfer, arabische Städtchen und einzelne Herrenhäuser.

Die Häuser der alten arabischen Dörfer haben rote Dächer oder flache mit gewölbten Kuppeln, rundbogige Fenster, Terrassen und Außentreppen, sie sind bewachsen und umrankt. Seit neuestem bauen auch die Araber modern, Schlitzterrassen, flache Dächer, gerade Fenster mit Schattenplatten darüber, genau wie die Juden. Wie in der ganzen Welt nimmt das Eigenleben, das Bodenständige ab

Adam heißt Erde: Adamah ist »Erdboden«, aus welchem der Stammvater des Menschengeschlechts gebildet wurde.

Landschaft bei Haifa

und das Internationale zu, aber zugleich wächst der Nationalismus, das Trennende wird betont und das Zusammenwachsen der Kulturen verschwiegen. Die arabischen Dörfer sind gewachsen, die jüdischen sind angelegt und noch nicht von Grün umgeben. Die arabischen Häuser sind geworden aus endloser, nie unterbrochener Tradition. Die jüdischen kommen bestenfalls aus dem Katalog oder dem Wettbewerb: »Siedlungshäuschen zu 50 bis 200 LP.« Das kann nicht anders sein. Europa dringt in den Orient ein. Kolonialgebiet steht neben Uraltem. Uraltes ist überall schön, Kolonialgebiet ist überall häßlich.

Die Orangenbäume hören auf – der Aktivposten der palästinensischen Handelsbilanz –, und es beginnt die uralte Heimat des Menschen. Ölbäume, dick und grau, stehen im Getreidefeld. Das ist das biblische Palästina, das unveränderte; es ist das arabische. Bei den

Arabische Frauen in Schleiern

Schafen steht im weiten Mantel der gute Hirt, das Lamm im Arm und den Stock in der Hand. Es sicheln die Männer das Getreide, und Ruth geht hinter den Frauen, die die Ähren sammeln und in kleinen Bündeln auf die Erde legen. Sie trägt ein langes, weißes, rotbesticktes Gewand und ein langes, rotes Tuch über dem Kopf. Elieser der Knecht steht am Brunnen, aus dem Rebekka das Wasser schöpft. Man nährt sich von den Früchten des Feldes und schlachtet einen Hammel bei hohen Festen. So leben 500 000 Fellachen.

Zwischen den Getreidefeldern der Juden liegt die moderne flachdachige Siedlung, in der Mitte das zweistöckige Kinderhaus, daneben auf hohen Betonpfeilern das Wasserreservoir. Die Häuser der Fellachen sind aus Lehm gebaut, aus der palästinensischen Erde selber, die jüdischen aus Holz oder Beton.

Der arabische Bauer trägt das uralte lange Gewand des Ostens und ein Tuch auf dem Kopf. Er pflügt mit Pferd und Holzdorn. Im Dorf liegt auf allen Wegen das Getreide. Auf dem Dorfplatz drischt es der Ochse, und es wird ihm nicht das Maul verbunden.

Der jüdische Arbeiter trägt auf dem Felde im Winter die blaue Russenbluse über der Hose, Lederjacke und Schirmmütze, im Sommer Khakihose, den Oberkörper nackt, und runden Strohhut. Er bedient die großen Maschinen, den Traktor, die Dreschmaschine, die das Getreide zugleich schneidet und drischt und das Stroh bündelt. Längst wurde der Getreidebauer Maschinist.

Das arabische Palästina ist das biblische geblieben durch die Jahrtausende, das jüdische ist russisch. Die arabische Frau ist verhüllt. Auch die Fellachin, die das Gesicht frei hat, arbeitet im langen Kleid, sie trägt buntes gesticktes Gewand, farbige Ketten, Reifen um die Arme, Münzen um den Kopf. Die jüdische Frau arbeitet auf dem Felde mit nackten Schenkeln, kurzen Hosen, blauer Arbeiterinnenbluse, mit slawischem Kopftuch, mit manchmal geschminktem Mund, und zwischen der schweren Arbeit raucht sie eine Zigarette.

Der Araber reitet auf einer bunten Wolldecke mit Troddeln, er trägt Tuch über Tuch und einen goldenen Reif auf dem Kopf. Schönheit und Romantik des Orients um jeden einzelnen. Der jüdische Wächter mit der Schirmmütze und der blauen Bluse reitet auf knappem Lederzeug oder sattellos, und wenn er einen Karabiner umgehängt hat, so wirkt er wie in russischen Filmen die Soldaten der Roten Armee von 1920, kühn, revolutionär, mit blauen Augen.

Dort sitzt in der Klematislaube bei sinkender Sonne der Scheich mit seinen Frauen, mit seiner Mutter, mit seinem Bruder, mit seinen Kindern. Hier wandern die Mitglieder der jüdischen Gemeinschaftssiedlung dem Speisehaus zu, Spaten geschultert, Jüngling und Mädchen, die Kinder sind im Kinderhaus.

Dort ist noch alle Rohheit der Frau gegenüber. Der Araber reitet bequem auf dem Esel, läßt seine Frau, die sechzehn Stunden arbeitet, mit der schweren Last auf dem Kopf über die glühende Landstraße zu Fuß hinter sich hertraben.

Hier gibt es zum ersten Mal in der Welt einen Achtstundentag für die Hausfrau in der jüdischen Gemeinschaftssiedlung. Dort auf dem Dach des Hauses tanzen im Mondschein zwei Frauen vor ihrem Mann, der die Wasserpfeife raucht, sie wehen mit den Tüchern, und es ist sehr seltsam.

Hier sehen die beleuchteten Fenster der Gemeinschaftssiedlung in die Mondnacht. Politische Diskussion findet statt, und es wirbelt durcheinander halbgebildeter Unsinn und anständigste Gesinnung, Ringen um die letzten Fragen, Nation und Antikapitalismus, Arbeitsverteilung für den nächsten Tag und daß die Weltjudenheit nicht genug Geld gibt. Und das Weib schweigt nicht in der Gemeinde.

Dort bringt der Araber auf Kamel und Esel die Ernte fort. Hier fährt sie der Jude im Lastauto. Dort bringt die Fellachin, die Bäuerin selber, in einem Korb auf dem Kopf ihre Ware zur Stadt, um sie anzubieten. Hier gibt es die jüdische Verkaufsorganisation, die mit Lastautos die genormte Ware zur Stadt bringt, um sie in Spezialläden zu verkaufen.

Beim Fellachen laufen die Hühner im Hof hinter der Mauer. Im jüdischen Land sieht man die Wellblechhühnerställe, wissenschaftlich erprobt.

Dort lebt der bunte Hahn, hier die weiße Legerasse. Dort kommt ein winziges Ei heraus, hier das landwirtschaftliche Musterprodukt. Dort lebt eine Kuh, mager, knochig, klein, mit zottigem, dichtem Fell wie ein drahthaariger Foxterrier, mit schlechtem Fleisch und magerer Milch. Hier wird nach wissenschaftlicher Methode eine Kuh gezüchtet, die den Vergleich mit den besten Rassen der Welt nicht zu scheuen hat, prall und stark, mit glänzendem Fell, ausgezeichneter Milch.

Das Gehöft des Arabers versinkt hinter der Mauer mit dem ge-

Jüdische Landarbeiterinnen in Nahalal

rundeten Tor. Die jüdische Siedlung umgibt der Drahtzaun. Dort weiden die Ziegen der Beduinen und fressen die jungen Triebe der Bäume und lassen so das Land seit Jahrhunderten immer mehr Wüste werden.

Hier bohren die Juden nach Wasser Hunderte von Metern tief, hier ziehen die Juden Kanäle, und aus der gewässerten Erde strotzt das Gemüse. Dort läßt der Fellache seit Jahrhunderten seinen Weinberg wachsen, den Ölbaum, die Feige. Hier raufen die Juden die Weinberge aus, um Orangen zu pflanzen, und wiederum die Orangenbäume, um Gemüsefelder anzulegen, je nach der Rentabilität.

Dort ist Allah und hier ist Erfolg. Dort sind Dornen und hier ist Versuchsland. Dort ist Morgenland, hier nicht Europa, sondern eine Mischung aus Rußland und Amerika.

So ist das Land. Dazwischen blieb Christliches. Krankenhaus, Kloster, Schule an den heiligen Orten. Nüchternes Europa. Sieht aus nach dem, was es ist: nach russischer Orthodoxie, nach italienischem Franziskanerkloster, nach französischen Schwestern von Notre Dame. Es ist eindruckslos. Es ist saubere Zivilisation, wie die Gebäude, die meist aus dem 19. Jahrhundert stammen. Das Christentum in Palästina ist europäische Wohlfahrtspflege. Auf die jüdischen Kinder, die christliche Schulen besuchen, und es gibt ihrer manche, macht das Geregelte, die Autorität, die Ordnung, großen Eindruck, aber mit den Evangelien hat das nichts zu tun.

Die Kirche ist nur ein in den Orient versetztes Europa. Ihr Standort ist Rom, ist Genf, ist Wittenberg. Mitten im Getreidefeld großartig einsam ein Kreuzfahrerturm. Turm von der Ostsee von 1250. Dieser romanische Turm neben der Palme gibt eine seltsame Vision, Vision von dem Irrsinnigen der Kreuzzüge.

Dort ist eine kleine arabische Stadt. Viereckiger Kirchturm und kleines rundes Minarett. Stadtgarten wie in einem europäischen Badeort: Blumenbeete, Palmen, Bänke und Gitter. Bata-Schuhfiliale, Friedhof, wo die steinernen Bänke mit dem steinernen Fez, die Gräber der Araber, im Schatten hoher Eukalyptus ruhen. Großes offenes Café, Araber rauchen glucksend die Wasserpfeife, trinken aus kleinen Tassen Mokka.

Die Ebene endet. Gepflanzter Regierungswald beginnt. Klein und kümmerlich standen noch vor zwei Jahren kleine Zypressen zwischen den Steinen. Jetzt hat sich alles entwickelt, Wurzel geschlagen, die Steine sind mit Grün bedeckt. Die Pinien sind schon wie Backfische. Johannisbrotbäume entwickeln sich und dazwischen ein rosa blühender Busch, der Rizinusstrauch, der Kikajon des Propheten Jona.

Das Gebirge wird höher. Die Berge sind runde Kuppen, völlig kahl, ausgeglüht. Die Natur hat alles hergegeben an tausend Geschlechter, ist greisenhaft geworden, ist verkarstet. Hoch oben, auf uneinnehmbarem Berg, liegt ein Haus wie eine Burg, beherrschend das Land.

An die Berge sind Dörfer geklebt, die Häuser aus viereckigen Steinklötzen gemauert. Kaum zu erkennen. Es ist die heroische Landschaft des Bibelbildes. Dazwischen liegen blühende Täler.

Hier wächst der Feigenbaum des Paradieses, hier ist der Dornbusch, aus dem Gott zu Moses sprach, hier fällt das Samenkorn zwischen die Steine und wird vom Winde verweht wie im Gleichnis vom Sämann, hier ist der Weinstock Noahs und hier wächst der Ölzweig, den die Friedenstaube heimbrachte und der jenseits der Völkerscheide zu Olympia den Sieger kränzte. Auf solchen Felsen weidete Abel die Schafe und zogen Labans Herden und Jakobs Lämmer, Ziegen springen von Stein zu Stein und fressen die lila Disteln. Um die Feige rankt sich der Weinstock. Obstbäume mit gekalktem Stamm stehen im Tal. Vor den flachdachigen Häusern blüht der Granatapfelstrauch dunkelrot.

Regierungswald: 1907 gründete die Zionistische Weltorganisation den Jüdischen Nationalfonds Keren Kajemeth Le'Israel mit der Aufgabe, Land in Palästina zu erwerben und bepflanzen zu lassen.

Kikajon: Der »Wunderbaum«, in dessen Schatten der Prophet Jona saß und der über Nacht entstanden und über Nacht wieder wurmstichig geworden war.

Nur noch Oliven wachsen weiter aufwärts in den Senken zwischen dem kahlen Gebirge, mächtige, hohle Stämme, wie uralte Weiden, grau und großartig. Langgestreckte schwarze Beduinenzelte, die nach einer Seite völlig offen sind. Ein kalter Wind weht. Hoch oben sieht man wie Berghütten in der Schweiz Safed liegen oder Jerusalem.

Wirrnis Jerusalem

Jeruschalajim ist die heilige Stadt der aschkenasischen Juden, der sephardischen Juden, der orientalischen Juden aus Bagdad, Jemen, Nordafrika, Syrien, Mesopotamien, Persien und Buchara.

Jerusalem ist die heilige Stadt der griechisch-orthodoxen Christen, der katholischen Christen, der armenischen Christen, kurzum der Christen aller Kirchen und Bekenntnisse.

El Kuds – so heißt Jerusalem auf arabisch – ist, nach Mekka, die heiligste Stadt der arabischen Mohammedaner aller Länder.

Jerusalem ist der Sitz des High Commissioner, des Oberhauptes der englischen Mandatarmacht, Sitz der englischen Verwaltung des Landes. In Wellblechbaracken lagert das englische Militär. Tank und Flugzeug, Maschinengewehr und Kanone.

Jerusalem ist der Sitz des Mufti, Sitz des obersten mohammedanischen Rates, Sitz der herrschenden arabischen Familien.

Jerusalem ist Sitz der zionistischen Beamtenschaft, Sitz der Verwaltung des Nationalfonds, der zionistischen Institutionen. Sitz auch des obersten Rabbiners der Aschkenasim, des obersten Rabbiners der Sephardim.

Jede dieser Welten hat ihren Berg für sich, abgeschieden durch ein Tal von der nächsten Welt.

Getrennt durch das Tal Rephaim liegt der Palast des High Commissioners auf einem Berg im Südwesten.

Auf dem Skopus liegt die Universität.

Im Nordosten sitzen die großen Araber auf ihrem Berg.

Durch das Kidrontal getrennt liegt die Burg des Keren Kajemeth im Nordwesten auf ihrem Berg.

Und getrennt von all dem liegt die Altstadt, wieder eine Welt für sich.

Die Altstadt oder Intra Muros

Die Altstadt ist rings von hohen grauen Mauern umgeben, mit gewaltigen Toren, mit zackigen Türmen. Die Stadt aus Stein scheint nicht gebaut, Häuser sind nicht zu erkennen, sie sind Gestein. Dach des einen Hauses ist Straße des nächsten Hauses. Aus dem Felsen wächst ein Haus, uneinnehmbare Burg, mitten in der Stadt. Schicht auf Schicht wohnt dort das Volk. Niemand kennt das Alter seiner Wohnung, vielleicht 2000 Jahre, vielleicht 400 Jahre alt ... Nur schmale Gassen, kein Weg für Pferd mit Wagen, geschweige für Auto, in einer Stadt von ungefähr 15 000 Einwohnern. Zwischen den Häusern, über die Treppen, klettern Esel, Kamel und Maultier, beladen mit Baumaterial, Lebensmitteln und Geschirr. Quer durch die Stadt fällt die Bazarstraße von oben nach unten. In Gewölben sitzt das Handwerk. Beim Goldschmied kauft die englische Reisende den Schmuck, der noch warm vom Hämmern aus des Goldschmieds Hand kommt, der Schmied macht Messinggeräte zum Brühen des Kaffees oder für die Kästen, die die Schuhputzer durch die Stadt tragen. Im dunklen Gewölbe gehen Kamele, mahlen die Sesamkörner zu Öl. Am offenen Feuer brät und backt der Garkoch scharf gewürzte Gerichte. Der Schuster, Brille auf der Nase, schneidet Leder, ein anderer verfertigt Schuhe aus dem Abfall Europas, aus alten

Skopus: Berg in Jerusalem, auf dem sich die Hebräische Universität befindet.

Autoreifen. Der Töpfer dreht Töpfe auf der gerundeten Scheibe, eine Frau strickt kleine runde Mützen zum Verkauf. So einfach ist noch das Leben im Bazar, so wie zur Zeit der Zünfte. Der Handwerker arbeitet gerade so viel, wie er verkaufen kann. Kein Lager bedrückt ihn. Neben ihm, im Gewölbe der Spezereien, findet man dagegen Schweizer Schokolade, englische Konserven, italienischen Thunfisch, amerikanisches Büchsenfleisch. Beim Stoffhändler liegen Baumwollstoffe aus der Tschechoslowakei, England, Deutschland und Japan. Die Fellachin bietet auf flachen Strohtellern ihre Ernte an, grünliche, goldgefleckte Apfelsinen und Mandarinen. Und hier sitzen die Altkleiderhändler – nur von oben fällt durch die Löcher der Gewölbe ein breiter Strahl glänzenden südlichen Lichts in die Mauerfinsternis – hier wird aus dem Abfall Europas, aus der getragenen Männerjacke, ein Winterrock für den Fellachen. Durch die drängende Menge von Lastträgern, Kaftanjuden, europäischen Juden, Arabern, mit Fez, Turban oder dem weißen Kopftuch, das von einem schwarzen Schnurkranz auf dem Kopf festgehalten wird, christlichen Würdenträgern in schwarzer Soutane, Mönchen in brauner Kutte, durch die Menge der Frauen, die auf dem Kopf das Wasser im Petroleumkanister, Stoff, überhaupt jede Art von Last tragen, traben beladene Esel, laufen Kinder, geht der schreiende Blinde, stützt sich der Lahme auf den Einäugigen.

Getrennt durch die Bazargassen liegen die vier Viertel der alten Stadt: das armenische, das christliche, das mohammedanische, das jüdische, streng getrennt, sich hassend, sich nicht kennend.

So ist das armenische Viertel: weit, reich und still, Öllampe an den Ecken zwischen den hohen Mauern, über die die Pinie sieht, hohe schmale Zypressen, das feine zarte wehende Blattwerk des Pfefferbaums und des Eukalyptus, die Welt des armenischen Patriarchen, eine reiche begüterte Welt. Außerhalb der Mauern ist das Patriarchat Hauptgrundstücksbesitzer, Hauptbauherr der Stadt, einbezogen in fallende und steigende Grundstückspreise, innerhalb der Mauern: Stille, Kloster, Mauern und ragende Zypressen.

So ist das Christenviertel: sauber, gepflegt, reich, Schulen, Klö-

Jerusalem, links die Omarmoschee

ster, Stiftungen, Wohnungen der Bischöfe, Popen und des Patriarchen. Gekehrt ist das holprige Pflaster, sauber, jedes Papier entfernt.

Tief versteckt die Grabeskirche, gebaut um die Stätte von Golgatha. Streng geschieden beten hier die einzelnen Bekenntnisse, Katholiken, Armenier, Orthodoxe, in Seitenkapellen die übrigen, Schlägereien gibt es hier, keine Einigung über Kompetenz- und Platzfragen, gerade hier, denn der Eiferer für Gott ist immer intolerant. »Jerusalem, Jerusalem, die du tötest die Propheten und steinigst, die zu dir gesandt sind! Wie oft habe ich deine Kinder versammeln wollen, wie eine Henne versammelt ihre Küklein unter ihre Flügel. Und ihr habt nicht gewollt.«

Die Kirche ist eindruckslos, nirgends ein Kunstwerk, die Gemälde minderwertig wie Öldrucke, die Kapellen vollgehängt wie Lampenlager um 1895. Jede klösterliche Barockkirche, jede Kapelle im Gebirge, von den gotischen Domen ganz zu schweigen, ist eindrucksvoller als die Kirche um Golgatha. Warum sollte sie auch eindrucksvoll sein? Der Ort des Gottes der Juden, Christen und Mohammedaner ist der Mensch, nicht die Natur, nicht die gebaute Kirche, ist die leidende Kreatur, schmutzig und krank, zu scheußlichen Klumpen geballt im überfüllten Haus.

Die Straße, in der Christus das Kreuz trug, ist eine enge, orientalische Gasse, gekreuzt vom lärmenden, handelnden Bazar. Die Katholiken haben hunderttausend Kalvarienberge in allen Teilen der Welt, Via Dolorosa zwischen Wiese, Busch und Baum und Acker, und an ihrem Ende liegt die Dorfkirche. Die wirkliche ist die einzige zwischen Häusern, kommend aus Trostlosigkeit, aus der Steinwüste voll Gräber. Denn nicht zwischen Wiese, Busch und Baum, sondern in Häusern voll Hunger, Schmutz und Unwissenheit wohnt der Blinde, der Aussätzige und der Lahme, und nur in der Trostlosigkeit sucht der Mensch das Himmelreich.

So ist alles Christliche, nachträglich errichtete, die Grabeskirche wie die deutsche Kirche – romanisch wie die Kaiser-Wilhelm-Gedächtniskirche zu Berlin, Stiftung Wilhelms II., – nüchtern. Eindrucksvoll sind die Würdenträger der Kirchen. Die griechischen Mönche haben auf dichten Locken wie die Jünglinge auf alten Statuen die hohen Mützen der russischen Popen, edel geschnittene Gesichter und böse Augen darin. Braune Franziskaner gehen barfuß durch die Menge, und am Eingang des Teiches Bethesda, im schattigen Hof des Benediktinerklosters, steht, in weißer Kutte mit breiter Schärpe und purpurrotem Mützchen und den Kopf mit weißem Spitzbart schief gelegt, heiter lächelnd ein französischer Abt, und die Liebenswürdigkeit, mit der er zum Nähertreten auffordert, das gibt es nur einmal in Jerusalem, der wilden Stadt. Am Teich Bethesda steht in fünfzig Sprachen die Erklärung der Ausgrabungen. Und herrlich, wie die Benediktiner in Weiß, sind die Würdenträger der abessinischen Kirche in schwarzen faltenreichen Togen. Die ebenholzschwarzen Gesichter sind geschnitten wie die europäischer Aristokraten. Aber ihr Gang und ihre Haltung ist die von Königen, wie es sie nicht mehr gibt.

Jerusalems Altstadt

Im mohammedanischen Viertel ist Wimmeln von Mensch und Tier. Unendlich viele Kinder in den blau-weißen fußlangen Kitteln, dazu knappe, braun-beige gestrickte Mützchen, aber viele haben tränende, kranke Augen. Viele haben Wunden im Gesicht. Jeder Mann trägt ein anderes Gewand. Auffallend ist der feine Sinn für Farbzusammenstellungen. Der eine trägt ein beiges Baumwollgewand in sanften Streifen, einen schweren breitgestreiften Mantel aus schwerem Leinen mit feinen goldenen und roten Stichen am Kragen und ein gelbliches Kopftuch, das mit schwarzen Schnüren gehalten wird. Ein anderer trägt einen roten Turban zu einem blau-weißen Kittel, wieder einer einen ganz zartfarbenen grauen Frauentuchrock, eine europäische Männerjacke aus demselben Stoff und einen roten Fez. Und Beduinen kommen aus der Wüste in langen weißen Baumwollkitteln, die von breiten Ledergurten gehalten werden. Leder um Brust und Schulter, und Dolche im Gürtel.

Die städtischen Frauen gehen schwarz gekleidet, schwarzes Cape um die Schulter, schwarzen Schleier vor dem Gesicht. Sie sind manchmal sehr schön, haben herrliche mandelförmige Augen, große gebogene Nasen, volle rote Münder, orientalische Schönheiten. Ganz anders sind die Frauen vom Lande, die unverschleiert gehen. Sie sehen aus wie europäische Bäuerinnen, haben kleine gerade Nasen, vielfach blaue Augen, von Wind und Wetter gebräunte Gesichter, während die städtischen Araberinnen bleich sind unter dem dichten Schleier. Die Landfrauen gehen ebenso farbig, wie die Städterinnen schwarz, sie tragen rote oder blaue Gewänder mit rot und gelb gestickten Brustlätzen, dazu gesteppte rote oder lila Samtjacken mit Pelz am weiten Ärmel, Tuch über dem Kopf, eine herrliche Tracht.

Weiter unendlicher Platz des Salomonischen Tempels, jetzt der Omarmoschee. Liebliche Brünnlein und wehende Bäume und heitere Festtore. Die achteckige Moschee besteht aus grünen und blauen Kacheln, überwölbt von der schönsten Kuppel der Welt aus grauem Blei. Kreuzfahrer sahen sie, brachten Bilder heim mit Schilderungen, und sie wurde auf Tausenden von Bildern der Renais-

Jerusalem, Klagemauer

sance der Hintergrund für Maria und Jesus, wurde Urbild der Gralsburg. Sie ist herumgebaut um den Felsen, auf dem Isaak von Abraham geopfert werden sollte.

Jetzt liegen in der Gralsburg abscheuliche Teppiche, rot und grün, von Abdul Hamid in den neunziger Jahren gestiftet, und machen aus dem heiligen Gral ein bürgerliches Speisezimmer, fehlen nur die Lederstühle, und lächelnde Funktionäre Mohammeds nehmen Bakschisch. Auf dem Platz davor Minarette und Brunnen, an denen die Frauen Wasser schöpfen, Tore und wieder Brunnen und wehende Bäume.

Vor der endlosen Weite des Platzes liegt auf dem grünen Hügel des Garten Gethsemane eine vielkupplige russische Kirche, liegt im Tal des Baches Kidron ein griechisches Kloster, ziehen sich über die steinernen Hügel und Berge, aus denen Jerusalem besteht, die Friedhöfe. Die arabischen mit den steinernen Fezen. Hoch oben, weißes Mausoleum, der englische Soldatenfriedhof aus dem Weltkrieg. Und drüben der uralte endlose Judenfriedhof. Hier werden die Menschen am jüngsten Tage auferstehen. Sie werden über eine Brücke über das Tal Josaphat durch das Goldene Tor einziehen, das die Araber vorsorglich zugemauert haben aus Angst vor den toten Juden, wenn sie auferstehen. Dort liegt, aus rötlicher Erde und grauem Ölbaum gebacken, das Shiloatal, und im Stein versinken die aus dem Stein der Landschaft gebauten Menschensiedlungen.

Jerusalem war eine jüdische Stadt von Ewigkeit zu Ewigkeit. Vertrieben, wieder gekommen, vertrieben, wieder gekommen. 1914, vor dem Kriege, lebten in Jerusalem 80000 Menschen, darunter 50000 Juden, 1933 90000, darunter 60000 Juden. Hier hausen unter Lumpen die kurdischen Jüdinnen, deren Männer Lastträger sind oder Steinhauer, hier wohnen die würdigen Sepharden, die den Fez tragen, mit ihren sauberen Frauen. Hier sitzen in den gewölbten Läden, bleich, bebrillt, das Gesicht von blondem, braunem, rotem Bart umwuchert, das schwarze Käppchen auf dem Kopf, polnische Juden, das Buch vor dem Gesicht, und studieren, während um sie ein kleiner Laden, gefüllt mit Kram, langsam verstaubt. Hier wohnen die orientalischen Juden, die aus Bagdad kommen, aus dem südlichsten Arabien, aus Jemen.

Die Juden aus Polen tragen phantastische Gewänder, Pelzmützen, wie um 1300, bronzefarbene und olivfarbene Samtmäntel wie auf Gemälden von Rembrandt.

Es leben hier die alten Frommen, die in Jerusalem zu sterben gedenken, und die Almosenempfänger aus aller Welt, sie haben ihr Leben Gott geweiht, für ihren Leib muß der Nebenmensch sorgen. Hier liegen die hundert Bethäuser, versteckt, verborgen, durch Häuser hindurch, hinter Höfen, tief in der Erde. Kahl, asketisch, fernab von der heiteren Diesseitigkeit der mohammedanischen Moschee, fernab von der Feierlichkeit der Grabeskirche.

Hier in dieser jüdischen Stadt ist der kahle Saal, versteckt in Hof und Keller, zwischen Armeleutewohnungen, der Tempel der Juden geworden. Sie hatten weder Geld noch Macht zu einem prächtigen Bau, und sie durften auch nicht, solange sie zerstreut waren in alle Winde, einen Tempel errichten, der dem Salomonischen ähnlich sein könnte an Glanz. Sie brauchen nichts Äußeres mehr. Diese Betsäle zu Jeruschalajim sind letzte Geistigkeit. Hier liegt in einer Ecke die Klagemauer, Rest des im Jahre 70 von Titus zerstörten Tempels, nichts als eine gewaltige Mauer, 18 Meter hoch und ebenso tief unter der Erde, westliche Stützmauer des alten Tempelplatzes. Sie steht da, nichts als eine Mauer aus gewaltigen Quadern, einziges sichtbares Zeichen des alten Judenstaates. Aber an diesen Steinen weinen durch die Jahrtausende Juden um ihre untergegangene Freiheit. Tausende winziger Zettel stecken zwischen den Steinen, hineingesteckt, damit Gott die darauf geschriebenen Bitten erfülle. Es weint dort eine Frau, legt den Kopf an den Stein, küßt die millionenfach geküßte Stelle, ein paar alte, kranke Juden, »geschlagen mit dem dreifachen Fluch«, wie Heine es nannte – krank, alt und Jude zu sein –, hocken am Boden, beten sich hinüber ins Jenseits, ein Entrückter wiegt den Körper im inbrünstigen Gebet zu Gott.

Geschäftsstadt

Nur nach Westen ist kein Tal. Hier war das Einfallstor aller Eroberer, aller Kulturen, von Titus bis zu General Allenby, von Rom bis England, von Sultan Saladin bis zu Kaiser Friedrich II., von den Mohammedanern bis zum christlichen Abendland.

Zwanzig Schritt von der Altstadt liegt Zwanzigstes Jahrhundert und Prosperity 1934. Bauplatz, Schutt, ragendes Geschäftshaus und versinkendes, das nur drei Fenster breit ist. Auf der einen Seite bauen die Juden glatte moderne Kästen, auf der anderen Seite das armenische Patriarchat Geschäftshäuser mit Säulen und Reliefs.

Mitten im Übergang vom alten zum neuen Jerusalem liegt eine Enklave des alten Rußland. In der Zeit, als Rußland den vorderen Orient mit Hilfe der griechisch-katholischen Kirche durchdringen wollte, errichtete die reich dotierte Russische Palästina-Gesellschaft ein ganzes Viertel. Nun ist es stehengeblieben. Weite des Platzes, vielzwiebeltürmige russische Kirche, üppige gelbliche Häuser mit grünen Fensterläden, russisches Empire. Früher Hospitäler, Priesterwohnungen und Pilgerheime. Einige alte Russen wohnen noch dort, vergessen von der Sowjet-Union; lange glatte Haare bis zum Kragen, das Gesicht umwuchert von schwarzem Bart, das lange Hemd des Bauern über der Hose, Stulpenstiefel, alte Mütterchen mit dem Tuch. Jetzt sitzt das englische Gericht darin, jetzt üben auf dem weiten Platz arabische und jüdische Polizisten langsamen Schritt. Überall französische, deutsche, englische, italienische Hospitäler, Schulen, Kirchen, Mission Europas: Seelen zu gewinnen.

In den letzten Jahren ist auch das große Touristen-Hotel entstanden, Kastell des europäischen Luxus, gegenüber dem Luxusbau aus amerikanischen Geldern, dem YMCA, dem christlichen Verein junger Männer, der das einzige Schwimmbad beherbergt, seinen wenigen jüdischen Mitgliedern offiziell und herzlich zum jüdischen Neujahr gratuliert: »To our jewish members and friends we wish a very happy and prosperous New Year«, und den »Völkischen Beobachter« in der Lesehalle liegen hat.

In den Nebenstraßen häuft sich im Sommer der Müll, im Winter wird die Straße ein tiefer Morast. Überall Schutt, Geröll, Steine, Papier, Bananen- und Apfelsinenschalen, Blechtöpfe und Petroleumkanister. Aber auch in der Hauptstraße kaum begehbares Eselspflaster neben bestem Asphalt. Läden werden ausgebrochen, die hebräischen Buchstaben der heiligen Schrift reklametechnisch in die Breite und Länge vergrößert, vereinfacht, ihrer Schwünge und Zierate beraubt. Neben dem Keller, in dem alte und minderwertige Felle feilgeboten werden, eröffnet ein Berliner Jude ein elegantes Herrenkonfektionsgeschäft mit allem Glanz westlicher Ladenkultur. Eine neue große Straße ist entstanden. Ein Buchladen, ein Radiogeschäft, Innenarchitektinnen eröffnen Läden für geblümten Chintz und handgeschmiedete Laternen. Neben dem alten Geschäft für Orientwaren – Teppiche, Schafspelze, Silberfiligran, Stickereien – empfiehlt sich eine Schneiderin, die aus der Haute Couture von Paris kommt. Aus Glas und gebogenem Stahl schimmern die Ingredienzen der Schönheitspflege. Restaurants werden aufgehellt und große Lichtkugeln hineingehängt. Mitten zwischen der hebräischen Schrift steht auf berlinisch: »Heute gibts Schlagsahne«. Dicht besät von Fliegen, die mühselig im Sommer mit der Fliegenklatsche verjagt werden, hängen im Gewölbe der Altstadt die Hammel offen am Haken zum Verkauf aus, draußen eröffnet ein ehemaliger Warenhausdirektor aus Deutschland einen gekachelten Palast für Fleisch. Ein breites Glasfenster zeigt den Kühlraum, wo die Tiere – trotz Frigidaire blutige Kadaver – sich den entzückten europäischen Hausfrauen darbieten, und die Fliegenbekämpfung schritt von der Fliegenklatsche zum Ventilator fort.

Das Ghetto von Jerusalem

Dort draußen liegen die Kolonien: Juden am Pflug, Juden mit der Sense, breitschultrig, hochbeinig, kurzhosig, mit nackten Armen, und sie sprechen Hebräisch.

Dort draußen liegt Rechavia. Eine moderne Vorstadt begüterter Juden, die überall leben könnten, elegantes Kleid, gepflegtes Essen, geschmackvolle Wohnung, Rechtsanwälte, Ärzte, Kaufleute, und sie sprechen Hebräisch.

Dort draußen sind die bescheideneren Vorstädte: Juden am Schraubstock, Juden an der Drehbank, Juden mit dem Hobel, Mütze schief, offene Bluse, mit nacktem Knie und Segeltuchhosen. Junge Kerle, rotgesichtig, gesund und derb, lesen den »Dawar«, die hebräische Arbeiterzeitung.

Dawar: Zeitung der Gewerkschaft Histadruth, 1925 als dritte hebräischsprachige Zeitung im Land gegründet.

Tallit: Gebetsmantel. »Das Sich-Einhüllen in den Tallit empfinden die Frommen als ein Sich-Einhüllen in die Allheit der Gebote Gottes, als eine völlige Hingabe an den göttlichen Willen.« (Jüdisches Lexikon)

Tefillin: Gebetriemen (griech. Phylakterien), Riemen, an denen lederne Kapseln oder Gehäuse befestigt sind, die vier Abschnitte aus der Tora, auf Pergament geschrieben, enthalten. Die T. werden in der Regel beim Morgengebet, außer am Schabbat und an den Feiertagen, an die Stirn und an den (linken) Arm angelegt.

Talmud-Tora-Schule: Im weiteren Sinne: Studium der Tora, der Gesetze und Unterricht in Tora und Tradition, die Beschäftigung mit Bibel, Talmud, Kommentatoren und Kodifikatoren; im engeren Sinne: die jüdische Elementar- und Bürgerschule, zunächst zum Unterricht in der Liturgie, Bibel und den Anfangsgründen des Talmud, später auch jüdische Gemeindeschule schlechthin.

Aber mitten in diesem neuen Land liegt eine Insel des ewigen Judentums, des zweitausend Jahre alten Judentums, liegt das Ghetto von Jerusalem, Mea Schearim.

Mauerähnliche Häuser, überfallgewärtig, und Tore. Bethaus an Bethaus. Das Leben nur Unterbrechung von Talmudstudium und Gebet. Armseliger kleiner Markt. Auf dem Markt Stand bei Stand, grauer Käse, Salzheringe, Oliven, Bonbons, unansehnliches Gebäck. Kleine, armselige Läden: schwarze Samthüte, Tallit, Leuchter, Tefillin, Läden für billige Stoffe, Läden für Hüte aus Stroh und weißem Stoff, Kinderhöschen, Strümpfe, Kragen und Nähnadeln, oder ein Geldwechsler oder ein kleiner Laden für Traubenschnaps, Läden für kleine schwarze Käppchen, fliegengeschwärzte Läden für Milch und Butter, dazwischen, geräumig und elegant, die ewig volle Apotheke.

Alte Leute im langen Kaftan. Sie sitzen im winzigen Buchladen, diskutieren. Hoch hinauf reichen die Bücher. Draußen hängen die in hebräischen Lettern gedruckten jiddischen Zeitungen: »Der Tog«, »Der Amerikoner«. Die Leute sprechen Jiddisch. Die Kinder gehen in die Talmud-Tora-Schule, in den Cheder, in die Jeschiwa. Dasselbe haben vor sechshundert Jahren die Kinder in den rheinischen Judengemeinden gelernt. Dasselbe haben vor zweihundert Jahren die Kinder in Frankfurt am Main gelernt. Sie tragen flache, schwarze Schuhe, dazu schwarze Strümpfe, Hemd und schwarze Samtweste,

Cheder: wörtl. Zimmer. Hebräische Elementarschule, in der die jüdischen Knaben ab dem 4. oder 5. Lebensjahr bis zum Übertritt in die Talmud-Tora-Schule unterrichtet werden.

Jeschiwa: Talmud-Hochschule, in der die Studien fortgeführt und abgeschlossen werden. Die Jeschiwa dient(e) der Erhaltung des Traditionsstoffes, aber auch der Heranbildung von Richtern und Lehrern.

Schaufäden: hebr. Zizit, »Quasten«. Gedrehte Fäden, die an den vier Enden des Oberkleides anzubringen sind. Symbolisches Erinnerungszeichen, Mahnung zum treuen Gehorsam.

unter der die Schaufäden hervorhängen, einen kahlgeschorenen Kopf, an dem nur die Schläfenlocken hängen, und auf dem Hinterkopf ein kleines, schwarzes Samtkäppchen.

So gehen sie durch die Jahrhunderte. Die Gesichter sind blaß, groß die Augen, vom vielen Denken die Stirn gewölbt. Junge Leute gehen durch die Hauptgasse von Mea Schearim mit dem langen, schwarzen Rock, mit dem breitrandigen, schwarzen Hut, mit den breiten Schuhen aus dem Amsterdam von 1640. Sie sind eine andere Menschheit, sie sind eine andere Zeit, sie sind ein Erdteil, verschieden von den jungen Leuten am Schraubstock, drei Straßen weiter. Schlank und schmächtig schieben sie sich vorwärts, der Rücken ist gebeugt, das Gesicht schmal, geistig und durchsichtig.

Frauen gehen im bunten Kattun durch die Gassen. Der Leib ist hochgewölbt bei vielen. Kaum ist das eine Kind geboren, klopft schon das nächste. Sie sind müde, sie lassen sich gehen, sie haben den Zug der hoffnungslosen Skepsis. Der Mann lernt, ihnen bleibt die Last, sie tragen den falschen Scheitel, ein schwarzes Tuch überm Kopf, sie falten die Hände überm Leib, sie kaufen auf dem stinkenden Markt ein »Stickl Fleisch«, Mohrrüben und Fisch. Mehr kennen sie nicht, mehr kochen sie nicht. Und gehen zurück in die engen Stuben mit den ewig ungemachten Betten, mit den viel zu vielen Menschen, mit dem spärlichen Hausrat, in die Häuser zurück, die allesamt als Sanierungsviertel gelten.

Kleine Häuser mit verfallenen Holztreppen zum gedeckten Balkon im ersten Stock, Wein umrankt sie, Granatblüten verdecken den Schmutz. Feigenbäume kriechen in die Ecke. In der winzigen Stube des Schneiders sitzt der weißbärtige Mann, näht ein Kleid, die Töchter nähen, ein Sohn bügelt: »Ladies Tailor« steht draußen.

Schläfenlocken: hebr. peot, Plural von pea, »Seite, Rand, Ecke«. Gemäß dem biblischen Verbot, den Rand des Kopfes kreisförmig zu scheren, war es schon in der talmudischen Zeit im Judentum fromme Sitte, eine gewisse Haarmenge an der Schläfe stehen zu lassen. Die Haarmenge und die Länge der peot ist rituell nicht normiert und hängt von der jeweiligen Landessitte ab.

In der Nacht brennen die Petroleumlampen. Man sieht in die Stuben. Weiße bärtige Köpfe, das kleine schwarze Käppchen auf buschigem, weißen Haar.

In der winzigen Stube des Schneiders sitzt der weißbärtige Mann, kleines schwarzes Käppchen auf buschigem weißen Haar, und er studiert. Die Nacht sinkt, und er studiert. Es ist zwei Uhr nachts, und er studiert. Überall sitzen Männer bei der Petroleumlampe und lesen in den uralten Schriften.

Bei Tage Sanierungsviertel, Schmutz und Elend, aber in der Nacht Republik der Gelehrten. Bei der Petroleumlampe sitzen sie, und aus den weißen Seiten und aus den schwarzen Buchstaben kommt ihnen das Leben entgegen. Sie sprechen mit den Weisesten aller Zeiten, sie diskutieren mit den Redegewandtesten.

Am Schabbatabend aber brennen in ganz Mea Schearim Zimmer bei Zimmer die Kerzen. Es brennen die Kerzen im silbernen Leuchter, es brennen die Kerzen im Emailleleuchter, es brennen Kerzen, primitiv auf den Holztisch gedrückt, überall.

Am Schabbat wandeln sie sich. Sie nehmen aus der Truhe die Festgewänder von uralter ewiger Schönheit, über dem gelbschwarzen seidenen Kaftan tragen sie schwarze Samtmäntel, auf dem Kopf breitrandige, kostbare Pelzhüte aus Skunks, aus Zobel, vererbt durch Generationen. Der weißhaarige und weißbärtige Alte trägt ein weißseidenes Gewand, weiß gegürtet, darüber einen purpurnen Samtmantel. Sie gehen in olivfarbenen, in sanftorangenen, in grauen, in blaugrünen Samtmänteln, sie tragen dazu wunderbar abgestimmte Gewänder, sie tragen dazu die großen Pelzhüte. Sie sitzen zusammen und singen bei Kerzenlicht. Die Kerzen beleuchten die weißen Bärte der Greise, die braunen und roten der Männer, die bartlosen Gesichter der schönäugigen Jugend, sie neigen die Körper, das Licht wirft seltsame Schatten nach oben. Die Chassidim aber fassen sich bei den Händen und tanzen. Auf der Straße und im Bethaus. Es ist eine andere Heiterkeit als die der Jugend am Purim in Tel-Aviv. Tel-Aviv ist Freiheit und Glück von Mann und Mädchen, aber die Chassidim von Mea Schearim tanzen in jener

Heiterkeit, von der manche Brücke zu der Heiterkeit der Märtyrer führt. Sie sind so sehr Geist, daß ihnen das wirkliche Leben, Blut und Verfolgung und Schicksal nichts mehr anhaben können.

Die Juden von Palästina mögen die betenden, Talmud studierenden, schmutzigen und armen Ghettojuden nicht. Zum Teil, weil sie jahrzehntelang von Spenden lebten. Sie wollen die nacktarmige, kraftvolle, derbe Jugend der Kolonien. Sie wollen den Schmied und den Tischler, den Postboten und den Schutzmann. Sie wollen das Volk in seiner natürlichen Schichtung, jenseits der Tore, jenseits der Mauern. Aber das Ghettojudentum hat in der dritten Generation die Disraelis hervorgebracht, Bankiers und schöpferische Chemiker, Heinrich Heine und Mayer Amschel Rothschild.

Noch gibt es nur ein gemeinsames Kulturelement in Palästina, das ist das Hebräische. Sonst ist noch nichts geklärt, noch alles im Fluß. Ein Palästinenser, jenseits von Palästina, ist ein selbstbewußter Jude. Was sonst?

Aber das Ghettojudentum trägt alles, was es besitzt, mit sich. Grandios und ewig bleiben seine Werte überall die gleichen. Triefend vor Weisheit trägt es seine Schläfenlocken durch die Grenadierstraße, durch Whitechapel und East-End, durch Krakau, Lemberg und Paris. Dies verachtete, verspottete, verknöcherte Ghettojudentum hat das Judentum erhalten durch die Jahrhunderte. Palästina ist zwanzig Jahre alt, und wenn es hochkommt, vierzig Jahre, aber das Ghettojudentum ist zweitausend Jahre alt. Sein Leben zwischen Abend- und Morgengebet, zwischen Schabbat-Ausgang und Schabbat-Eingang ist überall dasselbe.

Schabbat-Ausgang ist längst vorbei. Noch hört man aus den Fenstern singen, schöne Stimmen voller Glanz, erzogen in der Tradition der Vorbeter, aus der Josef Schwarz herkam, Jadlowker, der weltberühmte Sänger des Sonny-Boy-Kitsches, und Josef Schmidt.

Es ist ganz dunkel. Katzen schleichen auf dem Müll herum, die merkwürdigen Häuser heben sich im Mondschein ab. Am Markt sind die eisernen Läden heruntergelassen. Sonnenplane hängen zerfetzt über der Straße.

Ein Uralter, im weißen, seidenen Gewand und weißem samtenen Mantel, das Gebetbuch in der Hand, schleicht gebückt durch die Nacht.

(Veröffentlicht in C.V.-Zeitung Nr. 38, 21. September 1934)

Die Engländer im Kino

Das Kino in Jerusalem ist ein Betonstall, kahl wie ein Bahnhof, dreiviertel leer, schwach beleuchtet. Es sitzen ein paar Araber da, einfache Leute im gestreiften Baumwollkittel, junge Juden in kurzen Khakihosen und offenem Hemd, einfache junge Mädchen, Angestellte, so wie sie von der Arbeit kommen, alle in kurzärmeligen ausgeschnittenen Kleidern, denn es ist heiß gewesen am Tage. Ein paar englische Soldaten haben die Hände in den Hosentaschen. Alle strecken die Beine weit von sich, müde suchen sie hier Entspannung. Wir haben einen halben Schilling bezahlt. Dafür kriegen wir nun die Wochenschau, die Mickymaus und den Hauptfilm: Heinrich der Achte. So sitzen in Millionen Kinos Millionen Menschen, treffen sich mit der Frau, dem Freund, dem Mädchen, sahen Wochenschau, Mickymaus und den Hauptfilm: Heinrich der Achte, haben gearbeitet, würden wieder arbeiten, lieben sich, sind böse zueinander. Die Mickymaus kreischte: »With the foot little Dolly, with the foot little Dolly, au, au, au.«

Plötzlich erscheint oben im Rang ein kleiner zierlicher Herr, ein feiner französischer Gelehrtenkopf mit weißen Haaren über der weißen Hemdbrust, er schreitet langsam zur Brüstung hin, ihm folgen zehn Paare im Smoking und großem, tiefdekolletierten Abendkleid, groß und schlank, Juwelen, blonde Haare, nackte Schultern gruppieren sich um den kleinen Herrn, umgeben ihn.

Altstadt Jerusalem, Polizeipatrouille

Was ist das? Gespenster von 1914 oder von 1789? Die Hofgesellschaft? Wo aber bleibt die Loge? Geraffter Vorhang? Roter Samtsessel? Wo Logenschließer und Eskarpins? Wo das Parkett im Smoking? Im Glanz auch die Ränge?

Graue Betonhalle, rohe Stühle, am Rande der Wüste, Baumwollkittel, Arbeitshose und offenes Hemd. Das ist die Wirklichkeit.

Diese Gesellschaft dort oben lebt offenbar im Zustand des Als-ob – als ob es sie noch gäbe. Diese Gesellschaft ist tot, tot, soweit mir bekannt war, in Schützengräben vermodert, in Revolutionen zertrampelt, in entwerteten Währungen enteignet. Spuk dort oben, Gespenster.

Oder ist es eine lebendige Reklame für den nächsten Film, der unter feinen Leuten spielt, Possenreißerei und Komödie, Unwirklichkeit und Gaukelei?

Nun spielt ein altes Grammophon »God save the King«. Es ist der High Commissioner selber, es ist die regierende englische Gesellschaft. Alles steht auf. Die Araber, die Juden, die englischen Soldaten. Denn so ist es. Dort oben die Leute, grotesk in dieser Höhle, wie ein Menuett von Sowjet-Arbeitern getanzt, sie sind die Realität, sie sind die Wirklichkeit, sie sind die Macht dieses Landes. Das hier unten ist alles Traum, Spuk, vielleicht liebenswerte Gaukelei, dies nämlich, daß der Araber friedlich sitzt neben dem jüdischen Arbeiter, und der Tommy die Hände in den Hosentaschen hält.

Wenn es dem Spuk dort oben paßt, wenn er dem Land den Rücken kehrt, wenn der Tommy sein Gewehr geschultert sein Schiff besteigt, wird weiter der Araber friedlich neben dem jüdischen Arbeiter sitzen? Ist seine wundervolle, kurzhosige, kraftvolle Wirklichkeit auch dann noch wirklich? Lebt nicht er im Zustand des Als-ob, als ob er gesichert wäre, am Ende der Wanderung,

High Commissioner: »High Commissioner for Palestine« war der offizielle Titel des »head of the British Mandatory government« in Palästina.

° Ahasver am Ziel? Und lebt nicht auch der Araber im langen Kittel im Zustand des Als-ob, als ob es noch ginge, sich zu stemmen gegen Europa, gegen Maschinen, gegen Entblätterung einer alten Kultur?

With the foot little Dolly, with the foot little Dolly, au, au, au.

In der halbdunklen, leeren Betonhalle schnarrt das Grammophon noch ab, nachdem »God save the King« zu Ende ist. Die Damen in großer Abendtoilette, funkelnden Brillanten sitzen um den Rang sehr aufrecht. Die Engländer, Akteure des großen Abenteuers, welches englisches Weltreich heißt, mitten in der Wüste im Smoking. Der High Commissioner in der Mitte.

(1934)

Zwei Kurdinnen

° Amerikanische Jüdinnen haben die Hadassah organisiert, um Palästina ärztlich zu versorgen. Inmitten des schlimmsten Schmutzes der Altstadt Jerusalems kommt man plötzlich in eine moderne Säuglingsstation. Eisenbettchen und Waage und Musterzimmer unter vielhundertjährigem Gewölbe. Tiefes Fenster in meterdicker Mauer, davor das Lehrbett.

Ahasver: Literarisch übermittelte Figur des »ewigen Juden«, des »wandering Jew«. Erste Darstellung in einem deutschen Volksbuch des frühen 17. Jahrhunderts. Ahasveros war der persische König, unter dessen Herrschaft der Minister Haman antijüdische Pogrome geplant hatte (die Geschichte des Buchs Esther) – womöglich hat der Verfasser des Volksbuchs ein Purim-Spiel gesehen und daraus geschlossen, daß »Ahasver« ein jüdischer Name sei.

Hadassah: Die Hadassah, die »Women's Zionist Organisation of America«, ist die größte zionistische Organisation weltweit. 1907 gründete Henrietta Szold die aus einer kleinen Studiengruppe hervorgegangene Organisation mit dem Ziel eines Engagements für das Gesundheitswesen in Palästina. Aus der ersten kleinen Wohlfahrtsstation in Jerusalem (1913) entstand ein großes Netz von Krankenhäusern und medizinischen Forschungszentren.

In einer fensterlosen Höhle, Licht kommt nur durch den türlosen Eingang, hockt eine kurdische Jüdin. Sie ist frisch eingewandert. Im Raum stehen zwei Bettgestelle, vollständig ohne jede Wäsche. Daneben ist ein Korb aufgehängt, über dem eine dicke Filzdecke liegt. Unter dieser Filzdecke, kaum zu begreifen, wie die Luft darunter kommt, liegt ein Säugling, vollständig in dicke Wollsachen gepackt, ohne ein Stück Wäsche. Die Säuglingsschwester der Hadassah nimmt alles weg, macht dem Kind Luft, sagt der Mutter Bescheid. Die Mutter hört zu, ist bereit zu lernen. Sie kommt aus einer wirklichen Höhle, Schrank, Tisch, Stuhl sind ihr fremde Begriffe, diese höhlenartige Wohnung ist für sie ein Fortschritt, ist bereits Aufstieg. Sie hockt auf der Erde, zwischen den Beinen eine Schüssel, in der sie Brotteig rührt. Das alles ist viele tausend Jahre alt.

Einige Schritte von dieser Höhle ist eine blitzsaubere Behausung. Das Kinderbettchen ist genauso hergerichtet wie das Hadassahlehrbett. Die Mutter trägt ein helles, frischgewaschenes Kattunkleid. Sie öffnet einen Schrank und zeigt die weißen Windeln, die mit blauen Bändchen umbunden sind. Sie weiß alles, was die Hadassahmusterstation vorschreibt: daß man die Sauger sterilisieren muß, daß das Kind gepudert werden muß, daß Luft und Licht an das Kind heran müssen. Sie hat strahlend weiße Vorhänge an den Fenstern und eine strahlend saubere Wohnung. Die Schwester sagt ihr wegen eines Kindes, das unterwegs ist, Bescheid.

»Ich möchte in die Klinik zur Entbindung«, sagt sie, und ihre Zöpfe hängen nach vorn aufs Kleid.

Vor einem Jahr Höhle in Kurdistan, und heute ist es ihr bereits zu unbequem, ein Kind zu Hause zu bekommen. Gestern noch keine Ahnung, was weiße Wäsche ist, und heute blaue Bändchen. Gestern noch weise Frau, fern hergeholt im Gebirge, heute Kenntnis des modernen Gebärbetriebes. Gestern noch Amulett ans Kind gebunden und magische Kette an den Korb. Heute Amulett weggeworfen und statt dessen sterilisierter Sauger. Gestern Glaube an Dämonen, heute an bakterienfreie Windeln. Gestern noch wildes Gebirge und

Überfall. Tausend Jahre, zweitausend Jahre blieb alles gleich. Nun sitzt sie da, junge Frau aus Kurdistan:

»Ich möchte zur Entbindung in die Klinik der Hadassah.«

Rechavia

Eine Welt für sich ist Rechavia. Am Eingang die Burg der zionistischen Behörden, großartiger Steinbau, leicht assyrisch. Davor Zypressen, jede einem Gründer des Zionismus gewidmet. Rechavia, Villenstadt der Wohlhabenden, europäisch nach englischer Bauordnung angelegt. Vorgärten, moderne Häuser, glatt, gerade, zwei bis drei Stock hoch, aus dem Stein der Landschaft, weißgrauen Quadern, mit flachen Terrassendächern, breiten, gelagerten Fenstern, schlitzförmigen Loggien, Garagen beiseite, alles mit fließendem Wasser, gekacheltem Bad, mit Zentralheizung für den regengußerfüllten Winter, mit Fliegennetzen, mit steinernen Fußböden für den glühenden Sommer, alles noch baum- und rasenlos.

Innen Bürgertum, Bücherschrank, Couch, Standlampe und Büffet, Damen, die sich zurechtmachen, und Damen, die Bridge spielen, bürgerliche Verlobung, Ehe und Mitgift.

Rechavia ist Beamten- und Universitätsstadt. Und so ist es auch. Die Normalisierung des jüdischen Volkes hat den jüdischen Beamten geschaffen. Enge, Wichtigkeit der Karriere, Wichtigkeit des Gehalts, Patriotismus, Chauvinismus und Überheblichkeit. Man gibt Gesellschaften, man bekommt Gesellschaften, hat Abschiedstees, gibt Abschiedstees, hält sich gegenseitig Reden, hat Empfänge und geht bei 40 Grad im Smoking. Engländer gehen nämlich auch im Smoking. Es gibt die feine Familie und die weniger feine Familie und die ganz feine Familie. Es gibt vielerlei soziale Maßstäbe. Erster Maßstab ist die Stellung innerhalb der zionistischen Organisation, was sowohl mit dem Einkommen zusammenhängt wie mit der

Jerusalem, Jaffa Road

Macht. Zweiter Maßstab ist, wie lange einer im Land ist. Die Mayflower ist kein Spezifikum amerikanischer Entwicklung. Dritter Maßstab ist das Herkommen. Fein ist Rußland, Polen ist weniger fein, Russisch-Polen feiner als Galizien, ganz hinten kommen seit 1933 die deutschen Juden. Hors de concours ist der englische Sprachkreis. Hier wird das komische Spiel der Juden der ganzen Welt fortgesetzt, wo sich jeder als aus der feinsten Familie von, sagen wir, Pinsk fühlte und alle anderen verachtete. In Europa wird das Spiel in westlicher Richtung getrieben, in Jerusalem in östlicher.

Ein zionistischer Beamter mit ostjüdischer Großmutter, wohnend in Rechavia, hat überhaupt keine Probleme mehr. Begraben ist endgültig die Judenfrage. Man weiß alles. Morgen geht es in Paris los, übermorgen in London: »Tja, aber sie glauben uns ja nicht.« Dort draußen ist das Galuthjudentum mit allen schlechten, hier in Rechavia das palästinensische Judentum mit allen guten Eigenschaften.

Zwischen Rechavia und der Klagemauer ist keine Brücke. Aufgegeben ist die Klage um das verlorene Heiligtum. Rechavia wird als endgültig betrachtet, als Sicherheit, Heimat und Rückkehr, und antiquiert und seltsam erscheint der munteren Stadt der Jude, der seine Tränen im Anblick der Jahrtausende vergießt. Ein tollkühnes Geschlecht nennt ein Kino: »Cinema Zion«.

Aber zwischen dem Talmud lernenden Juden, der im alten Laden der alten Stadt nicht anders sitzt als in Wilna oder Pinsk, und jenem neuen Rechavia, das nichts anderes ist, als ein Intellektuellenviertel in irgendeiner europäischen Großstadt, liegen noch weitere jüdische Viertel. Jedes Volkes Aufbau gleicht einer Pyramide, der Fuß die Massen, oben die wenigen Intellektuellen oder Großbürger. Kein Zweifel, auch das jüdische Volk bildet eine Pyramide. In Deutschland oder den Weststaaten sitzt oder saß der Reichtum, die Armut bis auf wenige in Polen, Rußland, Rumänien. Diese Zerreißung von Arm und Reich ergab doppelte Tragödie, Entfremdung der Angehörigen des gleichen Volkes, falschen Aspekt für die Gastvölker. Zwei Drittel der Stadt Jerusalem bilden furchtbare Armenquartiere, gebaut aus dem Blech der Petroleumkanister, aus Latten, aus Dachpappe, in die die Hitze dringt und die furchtbare Kälte des Winters, grundlose Wege, die voll liegen mit Kehrricht, Apfelsinenschalen, Lumpen. Daneben gibt es freundliche Kleinbürgerquartiere, vorn glatte Häuser, hinten große gedeckte Terrassen. Aber selbst das uralte jüdische Elend, die jüdische Armut bringt hier nicht nur Schüler der Talmud-Tora-Schulen hervor, Schüler uralter, aber tagfremder Weisheit, sondern neue Juden wie die Frischeingewanderten: die Bauarbeiter mit der Hornbrille auf der Nase, die nur Hebräisch sprechen, die Chauffeure, die nur kollektiv arbeiten, die Scharen von Handwerkern aller Art.

Sie alle bringen in die heilige Stadt eine Atmosphäre von Kanada. Schutt und Bauplatz machen es nicht allein, nicht ragendes Geschäftshaus neben dem alten arabischen – es ist jene muntere Jugend, die am Schabbat ihre Turnübungen abhält, ihr Fußballspiel, die nicht gerade leise, nicht gerade rücksichtsvoll, untergefaßt die Straßen durchzieht. Sie will nicht den heiligen Studien obliegen, sie sehnt sich nicht nach der bürgerlichen Bridgegesellschaft, sie will – heitere Juden – ihr eigenes Land, Juden für Juden, aufbauen.

Über allem leuchtet der tiefblaue Himmel, malt am Abend die Sonne vom sanftesten rötlichen Violett bis zum sanftesten gelblichen Grün herrlichste Farbenskala über die weißgraue umwehrte Stadt; dahinter beginnt das Land Judäa, beginnt die Wüste, rotgraue Bergwüste hinter den letzten Häusern Jerusalems.

Postämter

In Jerusalem ist die Hauptpost internationales Gewimmel, Brücke in Pera, führend von Asien nach Europa. Die Beamten Araber und Juden. Vor dem Schalter die Kawassen, die Diener der Konsulate, in langen Türkenhosen, einer in Rohseide, durchgeknöpfter Jacke, breite rote Schärpe um den Leib. Der italienische Kawaß in blauem Tuch, silbergestickt, rot-silbernen Brokat um den roten Fez gewickelt, ein englischer Reverend, alte Juden in langen Samtmänteln und Pelzhüten, alte Juden im gestreiften Kittel, mit langem schwarzen Rock, Schotten in kurzen karierten Röckchen, rotweißen Strümpfen, weißen Gamaschen, kleinen Mützen, Polizisten mit schwarzer Pelzmütze zu kurzen Khakihosen, eine junge Jüdin im geblümten Sommerkleid und großem Hut, ein brauner Franziskaner, nackte Füße, Kutte und Strick um den Leib und Tropenhelm, Araber im Straßenanzug und Fez, Araber im langen Kittel mit weißem Kopftuch, ein katholischer Priester mit Tropenhelm, ein Franzose mit breiter schwarzer Schärpe um den langen Prie-

TELEPHONE
טלפון

sterrock. Eine deutsche evangelische Diakonissin, ein arabischer Scheich im weißen Kittel, weißem Mantel, weißem Kopftuch und goldenem Reif darum, eine Araberin vom Lande im rotgestickten langen Leinenkleid.

Briefe gehen an hohe und feierliche Institutionen: an die Bibliothek des Vatikans in Rom, an das Franziskanerkloster in Assisi, an das hohe Rabbinat von New York, an das Colonial Office in London, an das Foreign Office in Downingstreet, an die Regierungen von Deutschland und Österreich und Frankreich und Italien. Es ist hohe Politik und Mission und Sachliches, eifervoll Betriebenes zwischen hohen Funktionären, Mohammedanern und Kirchenfürsten und den führenden Juden der Welt.

So Völkergewimmel. Brückenkopf von Asien.

60 Kilometer davon entfernt. 800 Meter hinab zum Meer. Das Postamt einer kleinen Stadt, dunkel getüncht, eisernes Gitter vor einem langen Tisch. Posttag für die Europapost. Schlangen von dreißig, vierzig Menschen bei jedem Beamten. Die Reihe schiebt sich rasch vorwärts, aber bleibt gleich lang. Alle sind Brüder, alle sind zwischen 19 und 23 Jahre alt, alle haben offene, farbige oder weiße Poloblusen mit kurzen Ärmeln, kurze Khakihosen. Alle sind braungebrannt, alle sind kraftvoll, alle sind gesund, alle sehen klug aus, interessiert, sie sind blond wie die Weizenfelder ihrer polnischen oder ungarischen Heimat, sie sind schwarz wie Orientalen, glutäugig und von bläulichem Haar, sie haben die Gesichter von deutschen Juden, aber so als Menge auf dieser Post sind sie alle uniform durch Tracht, die gleiche Arbeit, die gleiche Sonne und den gleichen Wind. Alle schreiben Briefe nach Hause, alle schreiben in Tausende und Abertausende von Häusern, in kleine Wohnungen, in enge Zimmer, in die ganze Welt, nach Polen und Deutschland und Ungarn und Litauen und Amerika und England und Rußland, die gleichen Briefe an Eltern und Geschwister, überall sitzen Eltern und bekommen und erwarten Briefe und Mitteilungen aus Tel-Aviv. Es ist keine Politik, kein Briefwechsel zwischen Regierungen und hohen Kirchenfürsten. Es ist ein bißchen Menschenschicksal, Sehnsucht und Mit-

Linke Seite: *Jerusalem, Jaffator*

teilung, daß man um fünf Pfund mehr verdiene und ob Eva ihr Zertifikat bekommen habe und Josef wieder eine Stellung.

Nicht weit davon steht ein Marmorpalast, ein edles Bauwerk, da ist nichts berechnet und gespart. Es ist die Post von Jaffa. Sie ist ganz leer. Wird man in Tel-Aviv nicht abgefertigt, läuft man schnell nach Jaffa, dort geht es ganz fix.

Das kränkt die Juden, das ärgert sie.

In Tel-Aviv pulst das Leben, kauft man für Tausende von Pfunden Marken, bereichert man die englische Post, aber man kriegt nichts als die Post einer ärmlichen Kleinstadt.

Jaffa ist tot, hat 30000 Einwohner – gegen 150000 Juden von Tel-Aviv – und hat einen Marmorpalast. Die Juden möchten einen Marmorpalast, die Araber nicht 150000 Juden nebenan. Die Juden möchten ein bißchen geehrt werden, die Achtung der Welt. Die Araber Wasserpfeife rauchen.

Überall ist warme asiatische Nacht.

In Tel-Aviv ist Europa, eine wunderbare tatkraftgeschwellte, eroberungssüchtige, arbeitende Jugend.

Aber auch hier bekommen die anderen den Marmorpalast.

Akko und Haifa

Die Bucht von Akko heißt jetzt Bucht von Haifa. Haifa ist 20. Jahrhundert, Akko ist die Geschichte selber. Akko ist Morgenland. Von Haifa aus ist Akko am anderen Ende der sich rundenden Bucht nichts als ein graues, am blauen Meer verschwimmendes Gebild. Nicht deutlicher sehen die Juden von Haifa aus das arabische Akko. Nicht deutlicher sehen die Araber die Juden, die Juden die Araber.

Am Bahnhof von Haifa hält der arabische Omnibus. Taxis sammeln Fahrgäste für den gleichen Preis. Einer tankt das Taxi, trägt den schwarzen Bolero der Spanier rings mit Bommeln besetzt zu

Zufahrtswege nach Haifa

schwarzen, weiten Türkenhosen. Ist der Bolero spanisch oder arabisch? Wie man fragt, sind die Kastagnetten spanisch oder arabisch?

Haifa liegt hinter uns und die jüdischen Vorstädte, und es beginnt das arabische Land. Acker, Dornenfeld, hohe Palmen und Sumpf. Wo Sumpf ist, ist Vegetation und Malaria. Wo kein Sumpf ist, auf den Dünen, ist Baumlosigkeit, Öde und Gesundheit.

Zwischen den Palmen Silhouette aus Minaretts, Kuppeln und Mauer. Der Mann im weiten Mantel reitet, das Kind vor sich, auf dem Esel. Die Frau, den Korb auf dem Kopf, läuft dahinter. Schön geschmückt im weißen Kopftuch, reitet der Araber seinen Apfelschimmel auf dem Sattel aus bunter Wolle, Troddeln rings um das Pferd.

Gewaltig sind die grauen Mauern. Ein kleiner Durchgang blieb offen, für Mensch, Tier, Wagen und Auto. Die Stadt ist still. Unter großen Bäumen sitzen Männer, rauchen Wasserpfeife, trinken Mokka und schweigen.

Menschen stehen auf der Straße in den ewigen weiten Gewändern. Da gibt es keine europäische Hose und keinen europäischen Hut, weit und farbig und tücherreich, Märchen und Zauberei ist ihr Anzug.

Um den weiten Hof der Moschee ein Kreuzgang. Zwischen dem Pflaster rotblühende Sträucher, üppige Bäume, herrliche Palmen. In der Mitte das Brünnlein unter einem runden Dach. Nur barfuß darf man dort hingehen, um sich die Füße zu waschen. Wir ziehen unsere Schuhe aus und betreten die Moschee. Die Moschee ist viereckig unter einer gewaltigen Kuppel, um die eine Galerie läuft. Auf dem Boden einfache Matten, rings an den Wänden das Ornament der arabischen Schrift. In einer Ecke kniet vor einem Teppich ein junger Mensch und singt in Tönen, die nicht anders klingen als der Gesang der Juden, Suren des Koran. Ein freundlicher Führer steht bei uns. Mitten in der Moschee hängt ein zarter Lichtträger, eine filigrane »Arabeske«. Aber ringsum Petroleumlampen, schlechtester europäischer Fabrikschund von 1890.

Der junge Mann singt, und von oben fällt durch bunte Scheiben gedämpftes Licht. Es ist die Stunde kurz vor dem Sonnenuntergang. Auf der Terrasse vor der Moschee sitzen ein paar Knaben mit einem Lehrer, der den roten Fez mit einem weißen Turban fest umwickelt hat. Am Brünnlein wäscht sich einer die Füße. Wir gehen im Kreuzgang spazieren, sehen die Palmen stehen, die roten Blumen glühen, die unbewegten, dicht belaubten Bäume. Über die Steine huscht eine kleine Eidechse, und im Oleander sitzt ein Vogel.

So schön wird der Mensch, der verwurzelte, der unverfolgte, der seßhafte, in vielen Jahrhunderten. Solche Schönheit hat San Marco in Florenz nicht weniger als der Place de Tertre in Paris und ein Square in Stockholm und Rothenburg in Deutschland.

So wird der Mensch, wenn man ihm Frieden gibt und Ruhe. Er hat Stille, das Kostbarste der modernen Welt. Das Unberechnete, das Gewachsene, die Liebe zu Busch und Baum. Der Verfolgte wird häßlich, er hat Angst, er gönnt sich nie mehr ein gutes Leben, und die Schönheit wird ihm ein Luxus, der nicht für ihn da ist.

Haifa, 1936

Auf das Minarett tritt der Muezzin und ruft zum Gebet.

Durch einen Bogen, über eine runde, geländerlose Steintreppe gehen wir vom Hof herab, stehen am Gefängnis. Am Eingang ist eine Tafel mit Photographien. Es sind Steckbriefe, es sind die Photographien von Juden, die illegal im Land sind und die gesucht werden, um ausgewiesen zu werden. Diese Photographien, in dem arabischen Akko ausgehängt, sind eine Aufforderung der Engländer an die Araber zur Denunziation.

Inmitten der Stadt führt eine Treppe auf die Stadtmauer, von wo aus man den versandeten Hafen sieht mit spärlichen Segelschiffen. Hier landete von den Griechen an alles, was Palästina eroberte. An diesen Mauern verbluteten Griechen, Römer, Byzantiner und Araber, christliche Kreuzfahrer und moslemische Türken, französische Soldaten unter Napoleon und Engländer und Österreicher noch 1840.

Der Himmel ist sehr weit, wir hocken uns auf eine Zinne der Mauer und sehen die Sonne sinken, den langsamen Wechsel von Orange und Zinnober zum nächtlichen Grau. Niemand ist hier oben, ein angefangenes, im Bau steckengebliebenes Haus sieht aus leeren Fenstern auf uns; ein kleines Araberkind spielt herum, es begrüßt uns, sagt: »Schalom, das heißt auf arabisch Saida.« Freundliche kleine Kreatur im blau-weißen Kittel. Drüben ist das gewaltige System der Verteidigung zu sehen. Mauer, Graben, Graben, hohe Mauer.

Nun ist es gleich dunkel. Wir gehen noch ein bißchen in den Bazar, wo es Nüsse gibt, Erbsen und Reis, bunte Stoffe, gute Webereien und den abendlichen Geruch nach arabischem Essen, das fett und gut und stark gewürzt uns in die Nase steigt. Auf großen Schüsseln steht es am Eingang.

Illegal im Land: Die britische Mandatarmacht beschränkte, nicht zuletzt auf Druck der politischen Führer der Araber, die jüdische Einwanderung nach Palästina. Die Restriktionen wurden gerade in den Jahren stärker, als Juden in Europa Zuflucht vor nationalsozialistischer Verfolgung suchten.

Die Männer sitzen im Café, rauchen Wasserpfeife, trinken Mokka, schweigen, und über den abendlichen Platz tönt die Flöte der arabischen Hirten aus dem Grammophon.

Haifa ist Grenze, ist Europa, Weltpolitik, Arbeitersiedlung, reicher Villenort, Petroleum und Zementfabrik, Vorort des gewaltigen sozialistischen Experiments der Kwuzah, ist Hochhaus und Flottenstützpunkt. In der Haifabay beginnt das jüdische Land, Boden des jüdischen Nationalfonds. Die sozialistische Gewerkschaft hat in ganz großem Ausmaß Siedlungen hier angelegt. 1935 gab es neunhundert Häuschen für etwa viertausend Menschen. Jedes Haus hat zwei Zimmer. In Tel-Aviv kostet das Zimmer 2 $\frac{1}{2}$ bis 3 Pfund im Monat. In Haifa das gleiche. In der Haifabay kostet ein Häuschen vierzig bis hundert Pfund Anzahlung und später 1800 bis 2300 Pfund im Monat. Das ist der Unterschied. In den glühendheißen, baumlosen Mittelmeergebieten sind diese auseinandergezogenen Siedlungen im Sand kein schöner Anblick. Die sich übereinandertürmende Stadt Haifa, wo man aus jedem Fenster die herrliche Bucht sieht, ist viel schöner. Bei den geringen Einkommen der meisten Menschen wäre dies die Lösung. Aber solche Häuser bekommen nur die Mitglieder der sozialistischen Gewerkschaft.

In der Haifabay ist ferner eine Siedlung der deutschen Juden. Sie ist nicht so erfolgreich wie andere neue Siedlungen. Die Siedler, bürgerliche Leute in mittleren Jahren, umgeschichtete Intellektuelle, sollten Drainage und Wasserversorgung selbst unternehmen auf eigene Kosten und eigenes Risiko. Die offiziellen Stellen haben sich sowohl in den Kosten wie in der Zeit geirrt. Die Kosten decken jetzt Anleihen, die andere deutsche Juden mit 30 bis 40 Prozent

Umgeschichtete Intellektuelle: »Umschichtung« war das Schlagwort für die angestrebte Veränderung der Berufs- und Sozialstruktur der Juden für ihre Einwanderung in Palästina. Vor allem die starke Gewichtung in akademischen Berufen sollte zugunsten einer landwirtschaftlichen oder handwerklichen Ausbildung abgebaut werden. Kritiker sahen in der oft formalistisch verstandenen »Umschichtungs«-Ideologie eine Übernahme antisemitischer Stereotype durch den Zionismus.

Haifa, Zelt eines Beduinen
und moderne jüdische Bebauung

Verlust in Deutschland bezahlen konnten, um ihr Geld zu transferieren. Weiterhin ist eine Fabrik neben der anderen, alte wie die Zementfabrik Nesher, Mühlen, und eine Menge neuer Fabriken.

Haifa baut sich auf vom Meer zum Berggipfel. Unten Hafen, Araber, Altstadt, Handelszentrum. Auf halber Höhe jüdische bürgerliche Stadt. Auf dem Berg Wohnstadt der Begütertsten. In der Ebene weithin Kleinhaussiedlung und Fabrikstadt.

Haifa ist zukunftsreich. Der Hafen, gepflegt und verhätschelt und Einnahmequelle der Engländer. In Haifa endet die Pipeline, die Petroleumlinie aus Mossul. Haifa hat einen Kai, in Jaffa wird man ausgebootet.

Haifa hat zwei Teile am Meer, eine kleine, alte arabische Stadt und ein modernes Geschäftsviertel, einheitlich gebaut in einem großartigen, modernen Hochhausstil, mit Ausnutzung der gebirgigen Lage, die ähnlich der von Genua ist.

In Haifa fangen die Juden wirklich neu an. Keine Reste sind hier aus den Wohltätigkeitszeiten von Rothschild und Montefiore, wie in Jerusalem. Keine Ghettoreste, keine Reste von kleinen polnischen Nestern und Orten, die in den wolhynischen Sümpfen liegen, nicht konserviert wurde hier Galiziens Schmutz wie in Tel-Aviv.

Ganz plötzlich bauen sie dort ein siebenstöckiges Geschäftshaus, Spiegelglasscheiben, Passage und eiserne Fenster. Gegenüber ein Café mit gepolsterten Sitzen, völlig europäisch. Dann kommen wieder jüdische und arabische alte Läden durcheinander, hohe Häuser im modernen arabischen Stil, nicht schön, aber großartig.

Hadar Hacarmel, die jüdische Wohnstadt von Haifa, ganz neu, ganz modern, steil den Berg hinauf. Dazwischen eine Hauptstraße, das Ganze nicht groß, eigentlich nur ein paar Straßen, aber dazwischen ein wunderschöner Park mit Bänken und Ausruhplätzen. Die Häuser haben von jedem Fenster, von jedem Balkon den Blick auf die beglückende Rundung der Bucht.

Haifa ist die nördlichste, die orientfernste, die wüstenfernste Stadt in Palästina, hier ist nichts mehr vom Grau der russischen Tiefebene, hier ist wirklich nur noch Hafen am Mittelmeer. Dennoch fürchten sich die Europäer vor Haifa. Denn Haifa ist im Sommer heiß und im Winter regenreich und kalt. Haifa hat wie Jerusalem Moskitos und Sandfliegen, die Krankheiten bringen; Papatatschi, eine Art Grippe, und Karara, einen juckenden Ausschlag. Dagegen gibt es nichts.

Wer es sich leisten kann, wohnt auf dem gesunden Karmel, dem schönsten Gebiet Palästinas. Dort opferten die Baalspriester. Eine gewaltige Bergkuppe, von Wäldern bedeckt, Bäume, Gestrüpp, Blumen, Rasen, Stille. Der Prophet Elias versammelte hier das ganze Israel und die vierhundertfünfzig Propheten Baals. Klöster liegen in Gärten, Villen von Engländern, von Juden, Pensionen, schöne Hotels. Von den Juden stammen die meisten aus dem gleichen Kulturkreis. Man geht zum Apotheker und hat eine Unterhaltung wie in einer kleinen Stadt. Man trifft sich auf der Hauptstraße, beim Omnibus, man sitzt unter einem Baum und sieht auf das blaue Meer durch grüne Bäume hindurch. Der Karmel ist scheinbar, wie auf den Südamerikafahrern, die erste Klasse mit Schwimmbad und Rauchsalon, der Hadar die bürgerliche Mittelklasse, aber Tel-Aviv, das ist in vielen Teilen Zwischendeck. Aber das Zwischendeck in Tel-Aviv hat das Geld, und auf dem Karmel leben Leute oft von winzigen Beträgen.

Kühl im Sommer, stürmisch im Winter ist der Karmel. Hier oben gibt es große Zypressen, Bougainvilleen ranken sich um die Häuser, mächtige Geranienbüsche sind zwischen Steinen. Hier auf großen Terrassen in warmen Sommernächten ist die Wüste ganz fern und das Mittelmeer ganz nah, glänzt der Mond, sieht man die Lichter der Schiffe leuchten, die dies Land, ob es will oder nicht, verbinden mit anderen Ländern, und fallen Sterne aus der Unendlichkeit.

Zweimal Tel-Aviv

Jaffa ist uralt, alt fast wie Jerusalem. In der neuen Zeit war es lange judenleer, seit 1820 waren wieder Juden dort, schiffbrüchige marokkanische Juden. Sie ließen andere marokkanische Juden nachkommen. Die Gemeinde vergrößerte sich. 1909 gründeten dann einige jüdische Einwohner Jaffas eine Vorstadt mitten im unfruchtbaren Sand und nannten sie Tel-Aviv, nach dem hebräischen Titel Sokolows von Herzls Roman »Altneuland«. Am Vorabend des Pessach 1917 wurde Tel-Aviv durch den türkischen Kaimakam von Jaffa evakuiert. Die Häuser wurden verschlossen, die Tore versiegelt. Einzelne Wächter blieben zurück. Dezember 1918 wurde das

Land von den Engländern erobert. 1919 hatte die Stadt wieder 2000 Einwohner. 1925 bekam sie einen gewaltigen Zuwachs, als 33000 polnische Juden ins Land kamen, vertrieben durch die Steuergesetzgebung des Ministers Grabski. 1936 hat sie 150000 Einwohner, und diese Zahl wird hochgesprochen, wie die Einwohnerzahl von Städten im Mittelwesten von Amerika 1900, wie Kurse an der Börse.

Eine Stadt ohne Tradition, eine Stadt erbaut von vielen Flüchtlingen, von vielen Armen, von vielen Goldgräbern, von vielen Zukunftsbegeisterten, von vielen Pionieren. Zwiespältig ist das Urteil über Tel-Aviv im ganzen Land.

»Tel-Aviv«, hieß es 1933, »ist eine greuliche Stadt. Die Läden sind verstaubt, dick liegt der Schmutz auf allen ausgestellten Waren, die Nickelkanne ist erblindet, die rosa Schürze ist grau, unwillig bewegt sich der Mann hinterm Ladentisch, wenn man ihn stört, um etwas zu kaufen, unwillig ist der Mensch im Omnibus, der rücken muß, wenn einer einsteigt. Unwillig die Pensionswirtin, zu faul, mehr als ja oder nein zu sagen, erpicht nur auf Geld. Rücksichtslos lärmt alles. Und der Strand, finden Sie etwa den Strand schön, mit den 50000 Erholungssuchenden, die da Liegestuhl neben Liegestuhl einen Lärm vollführen, den 50000 Menschen eben machen? Nichts hat man von dem Strand. Die Straßen sind voll mit Müll, keine Straße ist in Ordnung, vier Meter gepflastert, dann tiefer Sand, in den sich Abfälle mischen, die Straßen, die Häuser, innen und außen, nichts ist fertig, nichts harmonisch, alles stößt sich an allem. Der deutsche Jude am russischen, der russische am polnischen, der polnische am deutschen Juden, der sephardische, der orientalische lebt für sich, der nationalistische stößt sich am sozialistischen, der orthodoxe am Schabbat entweihenden, der Schabbat entweihende am or- °

Sokolow: Nahum Sokolow (1859–1936), hebr. Journalist und Autor. Chef der zionistischen Exekutive seit 1921, 1931–1935 als Nachfolger Chaim Weizmans Präsident der Zionistischen Weltorganisation. Er übersetzte Herzls Roman »Altneuland« und gab ihm den Titel »Tel-Aviv«.

thodoxen. Und dann die Hitze im Sommer, ich bitte Sie, das ist doch kein Aufenthalt für Menschen, das ist doch eine tropische Stadt, und soviel verdienen, daß man sich eine Reise ins Kühle leisten kann, tut man doch nicht.«

»Tel-Aviv ist eine herrliche Stadt«, sagt ein anderer. »Überall ist Leben, muntere Jugend erfüllt die Straßen, zukunftsbereit, bereit aufzubauen, bereit zu handeln. Überallhin wachsen neue Viertel, Hunderte von neuen Häusern in einem Jahr. Hier wächst eine Stadt im Stil von 1930, weiße flachdachige Häuser, Haus bei Haus, Terrasse und Dach, hier allein ist Leben aus Arbeit und Feiertag gemischt, das Leben der Betonmischer und Glaser und Steinklopfer und Maler, hier springt man über die Löcher ungemachter Straßen, jedes Loch verlangt gestopft zu werden, jede Straße verlangt gemacht zu werden, hier werden Gärten angelegt, mit Mühe aus dem Sand Nelken gezogen, Rosen, blühende Oleanderhecken, rote Hecken von Geranien, rostroter Jelängerjelieber und die harte Glocke der roten Granatapfelblüten. Großartige Läden entstehen, Läden für Kunstgewerbe, Läden für Bücher, marmorne Schlächtereien, Lebensmittelgeschäfte, weiß und sauber, sie fangen an, die alten schmutzigen Krambuden zu überwuchern, und Restaurants sind da, eines immer heller und freundlicher als das andere, reizende Gartencafés mit großen Korbsesseln. Hotels gibt es am Strand mit viel Crétonne und vielen hellen Möbeln. Und herrlich ist es, daß diese Stadt an einem Badestrand am Meer liegt, blaugrünes Mittelmeer mit weißen Schaumköpfen, schönstes Meer des Erdballs, blauer Himmel, ewig lachende Sonne. Eine Weile hier am Mittelmeer, ein Leben ohne Forderungen und Politik, und die Ju-

Schabbat: Der 7. Tag der Woche, der Gott geweihte Ruhetag. In der jungen Stadt Tel-Aviv gab es viele Auseinandersetzungen um den Schabbat. Eine starre Einhaltung des Arbeitsverbots und anderer Bestimmungen erschien den »Pionieren« unerträglich. Neue Formen entstanden deshalb, wie die Oneg-Schabbat-Bewegung, bei der die Nachmittag- und Abendstunden durch Gespräch, Gesang, Vortrag etc. »seelische Erhebung und geistige Erfrischung« erbringen sollten. Besonders Chaim Nachman Bialik war in dieser Bewegung engagiert.

den werden sein wie die Italiener, wie die Südfranzosen, harmlos, unphantastisch und liebenswürdig. Herrlich ist es, im Liegestuhl träumend hinauszusehen, auf eine Stunde aus der großen lärmvollen Stadt heraus die Arbeitspause verbringen zu können bei Meer und Himmel und der Ewigkeit.«

So aber ist Tel-Aviv 1936. Es gibt eine Handelsstadt. Viele kleine Handwerks- und Fabrikbetriebe. Der Verdienst ist sehr gering, denn der Umsatz in einem Lande von 400 000 Einwohnern kann nur winzig sein. Keine größere Maschine, keine Massenproduktion lohnt sich. Die ostjüdischen Massen Tel-Avivs kommen aus der bescheidensten Bevölkerung Europas. Sie begnügen sich mit einem Einkommen zwischen fünf und zehn Pfund. Die Erzeugnisse für sie müssen ganz billig sein. Schränke kosten ein bis zwei Pfund, sie sind ganz gerade, einfach, nicht einmal häßlich. Stuhl zehn Piaster, Tisch fünfundzwanzig Piaster. Hemden kosten zehn Piaster. So alles. Dort in der Gegend herrscht die Milchwirtschaft, wo man Eierspeisen bekommt, Milcherzeugnisse, Heringe, dicke Bohnen, vor allem aufgeschnittene frische Gurken und Tomaten mit Öl und Essig. Es ist alles aufs einfachste eingerichtet. Arbeiter essen mittags in so einer Milchwirtschaft Setzeier oder Rühreier, Brot, Gurken und Tomaten. Der Tee kostet vier Pfennige oder zweieinhalb Cents oder einen halben Penny. Weder Wein noch Bier wird getrunken, und abgesehen vom Tee höchstens Soda, Obstsäfte oder Milch. Daneben der Trinkstand, zwei große Glastonnen mit Fruchtsaft und Soda. Mitten in Staub und Schmutz ein Karren, auf dem ein orientalischer Jude schläft, der Lastträger ist. Lastwagen, Omnibusse und weit hinten eine Palme, Orient, Jaffa.

In diesen Gegenden Tel-Avivs herrscht im regenlosen Sommer die furchtbarste Hitze und der entsetzlichste Staub. Dabei wird zu europäischen Zeiten in europäischem Tempo gearbeitet. Die Häuser haben Vorsprünge, Balkons, Dekorationen von unvorstellbarer Häßlichkeit, die das Rührende eines völlig unzulänglichen Wollens haben.

Weiter hinaus gibt es Vororte, kleine Steinhäuser, Holzbaracken, Werkstätten dazwischen. Graue Rhizinussträucher. Man sagte mir, diese Orte unterscheiden sich in nichts von Kowno oder polnischen Dörfern. Das ist überhaupt das Charakteristische: osteuropäische Dörfer in asiatischer oder orientalischer Vegetationslosigkeit. Die Wohnungen sind genau so bescheiden und armselig wie die Menschen. Helle Birne an der Decke, die Grelle, aber kein Behagen verbreitet. Der Schmuck besteht sehr oft aus einem Strohteppich, auf dem ein Tiger aufgedruckt ist, diesen seltsamen Tiger findet man in jeder dritten ostjüdischen Wohnung.

Hier stehen noch die ersten Häuser von vor dem Krieg. Sie haben einen allerletzten Rest von Klassizismus, der in Europa um 1890 aufhörte. Hier hat er sich bis etwa 1914 erhalten.

Versuche zu einem eigenen Stil mißlangen. Orientalische Motive an Häusern für osteuropäische Kleinbürger sind abscheulich. Hingegen sind die ersten Häuser russischer Juden, die ganz einfach ihre Welt hierher mitbrachten und weiterpflegten, nicht ohne Charme, besonders dort, wo sie ein bißchen großzügig gebaut und von schönen Gärten umgeben sind. In der City weicht dies alles bereits modernen Neubauten.

Es gibt den alten Laden: Thermosflaschen, Krawatten, Spielzeug, Seife, Parfüm, billige Hemden, Porzellan, Blechwaren, alles vom Billigsten, was die Welt fabriziert. Hinterm Ladentisch alter Jude mit Käppchen. Eine Scheibe ist seit Jahren kaputt, von der Wand fällt der Mörtel. Daneben modernes kleines Warenhaus mit Kundendienst oder modernes Spezialgeschäft. Schöner Laden aus guten Hölzern, Glas und Chrom. Sie haben alle schwer zu kämpfen, sobald sie Qualitätswaren führen. Man bekommt heute in Tel-Aviv alles, was selbst ein verwöhnter Europäer haben will. Vom erstklassigen Optiker bis zum erstklassigen Delikatessengeschäft.

Es gibt sieben Kinos, die neuen so ausgestattet wie in irgendeinem Lande Europas. Das Filmprogramm ist vorzüglich. In Tel-Aviv gibt es eine runde Straße, den Boulevard Rothschild, warum weiß kein Mensch. Die Boulevards oder Ringstraßen entstanden in den großen europäischen Städten aus den ehemaligen abgetragenen Festungswällen, sie waren daher rund. Bei dieser jungen Stadt so einen Boulevard nachzuahmen, ist zwar völlig sinnlos, aber die Straße, breit, mit Bäumen, hat ein Gesicht.

Tel-Aviv ist die Stadt ohne Hausschlüssel. Alle Häuser sind offen. Die Wohnungstüren haben außen Klinken. Es war noch vor wenigen Jahren nicht üblich, die Tür zuzuschließen. Es gab keine Einbrecher und keine Diebe. Die Häuser haben Zwei-, Drei- und Vierzimmerwohnungen. Alles andere ist Ausnahme. Die Wohnungen haben einen kleinen Vorplatz, Toilette, sehr kleine Küche ohne Herd, den sich jeder Mieter selbst anschaffen muß, und ein Bad, gekachelt, mit Waschtisch, Schmutzwäscheschrank, Seifen- und Schwammschalen, Spiegel, Toilettenschränkchen. Die Wohnungen haben Steinfußböden, die alten meist häßlich gemusterte, die neuen helle, einfache, glatte. Die Wände sind gekalkt, Tapeten gibt es nicht. An der Küche ist ein Küchenbalkon. An den zwei Zimmern noch ein Balkon oder eine gedeckte Terrasse. Diese zwei oder drei Zimmer teilen sich zwei Familien; zwei junge Leute teilen sich ein Zimmer. Tel-Aviv hat so eine sehr starke Wohndichte, aber bis auf ganz begrenzte Gebiete keine ungesunden Wohnverhältnisse. Es ist üblich, keine Waschtische in die Zimmer zu stellen, da jedes Zimmer am Tage als Wohnzimmer benutzt wird und mit Couch statt mit Bett eingerichtet ist. Alle Parteien waschen sich im Badezimmer, das so meist eine ganze Galerie von Waschutensilien aufweist. Auch das reichere Jerusalemer Bürgertum richtete sich meist nur Wohnzimmer ein, die durch geöffnete Schiebetüren einen repräsentativeren Eindruck machen.

Tel-Aviv hat sich dem Meere entlang entwickelt. Dieser neue, seit 1933 erbaute Stadtteil von einigen zehntausend Einwohnern ist besonders von oben gesehen sehr eindrucksvoll, flachdachig und ganz hell. Alle Häuser im gleichen Stil, drei Stock hoch, gerade schmale Front nach der Straße, tiefe zum Nachbargrundstück. Die Häuser sind nach der erlaubten Grundstückausnützung und der Rentabilität gebaut. Balkons ohne Dach werden nicht gerechnet. Loggien werden gerechnet. Also haben die neuen Häuser in Tel-

Aviv fast alle Balkons und keine Loggien. In Jerusalem werden Balkons und Loggien gerechnet, also werden in Jerusalem fast nur Loggien gebaut. Das Gesicht einer Stadt bestimmt nicht das Bedürfnis der Einwohner und das Können ihrer Architekten, sondern die Bestimmungen der Baupolizei und die Rentenansprüche der Besitzer.

Dazu kommt: Der Boden in Tel-Aviv ist beschränkt. Kurz hinter Tel-Aviv beginnen arabische Böden und Böden von deutschen Templern, die nicht verkauft werden; wie auf einer Insel, wie in Manhattan, klettern die Bodenpreise. Die Häuser sind meist gut gepflegt und Gärten davor angelegt, was noch vor wenigen Jahren nicht der Fall war.

Diese modernen Häuser sind scharf unterschieden von einer zweiten Wohnform. Es gibt Boden des Nationalfonds, also unverkäuflichen Boden, auch in Tel-Aviv. Auf diesem Boden gibt es kleinere Häuser, die inmitten meist sehr gut gepflegter Gärten liegen, und einen freundlichen Eindruck machen. Sie werden von Arbeitern bewohnt. Den äußersten Gegensatz hierzu bildet eine Siedlung, die die Schattenseite des Gemeineigentums zeigt. Die Häuser, die den Leuten für eine sehr geringe Pacht überlassen sind, sind meist völlig verkommen, die Zäune verfallen, aus den Mauern brechen Steine heraus, niemand setzt sie wieder ein, zwischen Zaun und Haus ist anstelle eines Gartens ein Stückchen unbepflanzter, mit alten Töpfen, Schalen und altem Papier bedeckter Boden, eine Industrievorstadt, irgendwo in Osteuropa. Die unendliche Trauer der großen russischen Tiefebene liegt auf diesen Straßen in einer Stadt am Mittelmeer. Nebenan könnten die Sümpfe von Brest-Litowsk beginnen. Dieser Teil Tel-Avivs wird zum größten Teil von frommen polnischen Kleinbürgern bewohnt.

Denselben Mangel an Sinn für das Sichtbare zeigt der Strand von Tel-Aviv. Die Privaten bemühen sich, der Strandstraße ein Gesicht zu geben, aber die Stadtverwaltung verhindert es immer wieder. Da wird gegenüber zwei erstklassigen, mit gepflegten Gärten gestalteten Privathäusern ein Rummelplatz angelegt, da ist an einem wunderhübschen Hotel der Strand voll von Müll, da etabliert sich an einem großen Teil des Strandes eine Budenstadt, bestehend aus Möbelkisten, in denen die Möbel deutscher Juden hierherkamen und in denen jetzt einige hundert Leute direkt am Strand wohnen, so daß man nur durch Müll und Abfall hindurch hinabgelangen kann, und an einer anderen Stelle ist eine Schießbude aufgestellt. Dabei ist der Strand die einzige Erholungsstätte Tel-Avivs, da es keinen öffentlichen Park und nur ganz wenige Plätze mit Grün gibt.

Zu den Extremen des Judentums gehört es, daß diesem Volk, das in seiner eigenen Stadt, und zwar an prominentester Stelle, solchen Mangel an Sinn für das Sichtbare zeigt, die großen Augenmenschen unserer Zeit angehören, Reinhardt, Lubitsch und andere große Filmregisseure. Auch in Tel-Aviv lebt so einer, Halevy, und er hat es verstanden, aus dem Purim, diesem in der Diaspora mäßig gefeierten Halbfeiertag, ein bezauberndes Volksfest zu gestalten, den jüdischen Karneval. Auf dem Hauptplatz der Stadt steht das Karussell, der Verkehr wird umgelenkt, Platz zu machen der einzigen Majestät, die es hier gibt, Ihrer Majestät, der Jugend. Der Karnevalszug ist einer der herrlichsten der Welt. Auf Kamelen reiten die Königin Esther und ihr Gefolge. Allen Glanz des Orients in bunten Seiden und herrlichen Teppichen tragen die orientalischen Juden, Jemeniten und Kurden und Bucharen. Russisch-kaukasische Bergjuden reiten wie die Teufel, schießen in die Luft, schwingen krumme Schwerter. Wer in aller Welt würde glauben, daß diese Kerle in den Tscherkessenmänteln, die Patronen auf der Brust, die Pelzmützen schräg auf den Köpfen, die zugleich mit den Pferden tanzen und schießen, Juden sind! Die polnischen Juden fahren mit dem Zug, in

Purim: Das Fest am 14. Adar (Februar/März) erinnert an die Errettung des jüdischen Volkes aus schwerer Gefahr. Haman, der Berater des persischen Königs, will sämtliche Juden des Reichs ausrotten lassen. Sein Plan wird aber durch Mordechai und seine Pflegetochter Esther, die zweite Frau des Königs, vereitelt. Das Fest wird seither »mit Freudenmahlzeit und in Fröhlichkeit« gefeiert. Besonders Tel-Aviv hat sich in den zwanziger und dreißiger Jahren dieses nichtreligiöse Fest zu eigen gemacht und feiert mit Umzügen und der alljährlichen Wahl einer Königin Esther.

Peijes und Kaftan, haben den Mut, sich zu zeigen, wie sie sind, mitten im Festzuge, grau und arm, kleines Häuschen von Steuern erdrückt.

Am Purimabend aber tanzt die Jugend auf der Straße, fährt das Karussell, knallen Platzpatronen und Schießplätzchen, feiert die höchste Freude jedes Volkes, die Lärmfreude, ihre Triumphe. Hier einmal unpolitisch, sind sie wunderbar, heiter, ohne betrunken zu sein, kraftvoll, ohne ordinär zu sein, lebensvoll ohne Brutalität. Hier endlich, Ihr Leugner des Lebens: Ecce Homines!

Ein arabischer Arbeiter kam zu seinem Chef: »Herr«, sagte er, »ich bin der ärmste Mensch unter der Sonne und werde bald Hungers sterben, aber vorher muß ich noch einmal den Purimzug in Tel-Aviv sehen.«

Es ist das Unwägbare, was Freunde schafft, die Anmut, nicht die Gesinnung. Hunderte von Arabern sind zum Purimzug aus Jaffa nach Tel-Aviv gekommen.

Am Strand, diesem vernachlässigten, verhäßlichten, beginnt dennoch das Mittelmeer, sind Tausende von jungen Paaren, alle fast nackt. Aber es ist, als seien sie noch vor dem Sündenfall, sie spielen Ball zusammen, werfen mit Ringen und dem Diskus. Nirgends faßt ein Mann eine Frau an, nirgends drücken sie sich aneinander. Unter diesen Zehntausenden von jungen Juden sieht man nicht zwei, die sich benehmen, wie viele sich benehmen in den großen Seebädern der Welt. Sie liegen in den Liegestühlen, streifen mit einer raschen diskreten Geste ihre Anzüge ab und gehen in das grünliche Mittelmeer.

Junge ostjüdische Mädchen gehen am Strand, bräunlich und schön wie David. Ihre Zehennägel sind rot gefärbt, und ihre Gesichter angemalt wie Tuschkästen, trotzdem sind sie schön. Aber sie lächeln nicht. Junge Leute strahlen sie an, aber sie blicken abweisend zurück. Es schwirrt nicht die Luft von Liebe, wie auf einer abendlichen Promenade in Bologna oder in Barcelona. Diese Frauen haben Karriere gemacht in der ganzen Welt, von den Dolly-Sisters angefangen, sie wissen, was sie wollen. Sie sind gehalten von Er-

Milchhändler in Haifa

ziehung und strenger Tradition, aber auch von kalter Berechnung.

Am Strande von Tel-Aviv gehen deutsche Jüdinnen. Alle diese großen, schönen, blonden oder braunen Mädchen, wer hat sie für Jüdinnen gehalten? Ein paar häßliche, klein und dick, mit dicken Nacken und schwarzer Wolle auf dem Kopf, die rechnete man den Juden zu, aber diese, die die Berlinerin und die Wienerin zu einer der schönsten Frauen der Welt machten, die nannte man Deutsche oder Österreicherinnen. Aber sie sind Jüdinnen.

In der Stadt Tel-Aviv leben sehr viel mehr Männer als Frauen, und zwar Männer zwischen siebzehn und siebenundzwanzig. Es gibt kein Bordell, es gibt keine Absteigequartiere, keine Dirnen. Ohne Gesetz und Zwang hat es sich durchgesetzt, daß es keine käufliche Liebe gibt. Frühehe war die Lösung bei Judentum und Christentum, ist es auch in Palästina in ungewöhnlichem Maße. Die jungen Männer sind zwanzig, die Mädchen ebenso.

Schabbat vormittag ziehen aus den inneren Vierteln der Stadt Tausende und Tausende von jungen Paaren an den Strand von Tel-Aviv. Mann und Frau, das Junge zwischen sich. Die jungen Leute in kurzen Khakihosen, im offenen Hemd oder in der Schwimmhose, die Frauen im Pyjama oder in der kurzen Strandhose. In Tel-Aviv gibt es ein glückliches, heiteres jüdisches Volk. Es lebt sich gut unter Juden in Tel-Aviv. Jeder hat die Möglichkeit, einen Kreis von Menschen zu finden, der ihm zusagt. Die Geselligkeit ist einfach, ein Glas Tee, ein paar Kekse, ein bißchen Obst genügt. Einfach der Anzug. Bis auf die drei Wintermonate läuft man in den immer gleichen einfachen Waschkleidern oder Waschhosen herum. Wenn man sich noch so sehr ärgert, wenn man empört ist, sich ausgeschlossen fühlt, wenn einen Fanatismus und Dummheit rasend machen können, es ist: tua res agitur, es ist deine Sache, um die es sich handelt.

Die Gegner Tel-Avivs sagen: »Diese neuen Läden, diese Bars, diese Hotels, diese Restaurants, dazu haben wir nicht ein neues Land aufbauen wollen, damit der alte europäische Unsinn weitergeht, geschminkte Lippen und gutes Essen, Leben im Korbsessel statt im Samtsessel der ganze Unterschied. Wozu brauchen wir Spiegelglasscheiben in den Läden, wozu gekachelte Badezimmer? Dazu haben die Pioniere nicht bauchtief im Sumpf gestanden, Malaria bekommen und den Acker entsteint. Einem landlosen Volk soll eine neue Heimat geschaffen werden, Auszug aus Ägypten, dem Lande der Knechtschaft. Fruchtbare Erde soll geschaffen werden aus wüstem Gestein. Geld, in den Boden versenkt, trägt tausendfältige Frucht. Was aber geschieht statt dessen in Tel-Aviv? Der Bodenwucher blüht. Jedesmal, wenn große Einwanderungsströme ins Land kommen, steigt und fällt der Wert: 1924: 408000 Pfund, 1925: 1500000 Pfund, 1927 nur noch 50000 Pfund, Erziehung zum Judentum tut not, nicht materielles Glück.«

Die Verächter Tel-Avivs verlangen wie Gott selber, daß das Volk vierzig Jahre durch die Wüste wandern soll, ehe es ins Gelobte Land kommt. Sie fordern, wie alle zünftigen Weltanschauler, die besessen sind von einer Idee, eine neue Generation. Sie wollen keine Städte, und sie werten das Bedienen eines Traktors moralisch.

Wo ist Wahrheit? Wahrheit ist, daß alles richtig ist, daß das Gute aus dem Bösen kommt, aus dem Bösen das Gute, aus der Unfertigkeit die Arbeit, aus der immer neuen Einwanderung die Bewegung, die Größe, die Erweiterung. Aber durch immer neue Einwanderung kann nichts gestaltet werden, nichts kann sich stabilisieren. Auf den Straßen von Tel-Aviv kann man hören, wo es jeweils den Juden am schlechtesten geht. Jetzt hört man Deutsch. Vorher hörte man Polnisch, eine Zeitlang Ungarisch, eine Zeitlang Rumänisch, um 1920 Russisch. Jeder bringt seine Sprache, seinen Kulturkreis mit, ihm ist der Mitjude aus anderem Land fremd. Es herrscht nicht die Freundlichkeit des langen gegenseitigen Kennens. Babel ist Tel-Aviv, Sprachverwirrung, Hebräisch nur Hilfe, nur Verständigungsmittel, nicht Muttersprache, nicht biegsamer Ausdruck feinster Regungen. Aber der flüssige Zustand hat sein Gutes, noch kann alles aus ihm werden, noch alles aus ihm kommen. Die Stadt Tel-Aviv ist aufgeregt wie die Jugend, aufregend wie junger Wein. Sie sitzt da und lernt und erwartet wie der Schulentlassene alles noch vom Leben, alles von der Zukunft. So ein junger Mann ist Tel-Aviv, er ist noch nichts, aber er erwartet Unsterblichkeit.

Und wenn die Propheten Jona kommen und sich beklagen über die Stadt Tel-Aviv, wie alle Propheten sich immer wieder erzürnten ob der Sündhaftigkeit von Städten, so soll man ihnen antworten, daß es den Herrn selber erbarmte ob der großen Stadt, »in welcher sind mehr denn hunderttausend Menschen, die nicht wissen den Unterschied, was rechts oder links ist, dazu auch viele Tiere.«

Bethlehem

Bethlehem ist ein hebräisches Wort und heißt Haus des Brotes, genau wie auf arabisch Beth Lahm.

Elegante Autobusse verkehren zwischen Bethlehem und Jerusalem. In zwanzig Minuten ist man von Jerusalem in Bethlehem. Jerusalem ist nach der Seite von Bethlehem wohl noch stärker ein Mixtum compositum als nach andern Seiten hin. Da folgt einander der Blick auf den Ölberg und die in bläulichen Dunst gehüllten Berge Moab, auf den Bahnhof der Bahn Jaffa-Jerusalem, auf die Kolonie der deutschen Templer – das sind Pietisten aus Württemberg, die hier 1861 eine landwirtschaftliche Kolonie gründeten, ein deutsches Dorf, heute grün verwachsen –, auf das Militärlager der Engländer, Blechbaracken, Schotten im bunten Röckchen, dahinter der natürliche Kasernenhof der fruchtlosen Ebene, Kommandos und Beinschwingen, auf eine jüdische Villenvorstadt, auf neu-arabische Häuser mit Spitzbogen und eingesetzten Majoliken.

Am Rande der Autostraße liegt das Grab Rahels, vielleicht die einzige Wallfahrtsstätte, die gemeinsam ist für Christen und Juden und Mohammedaner. Ein türkischer Pascha baute vor 300 Jahren das erste Grabmal. Sir Moses Montefiore, ein englischer Jude, das jetzige um 1860. Die Christen verehren das Grab, und die Muslime der Gegend begraben ihre Toten dicht am Grabgewölbe. Im ganzen Land wird eine sehr schöne Ansichtskarte verkauft: Auf einem Mäuerlein sitzt ein Araber in seinem malerischen Mantel unter einem Ölbaum, daneben das schöne gekuppelte Grab. Sonst völlige Einsamkeit.

Aber das ist wieder mal ein Beweis, daß Photographien lügen können wie die Statistik. Das Grab liegt hart an der Autostraße, und der Ölbaum ist bestaubt und schmutzig. Bethlehem aber liegt in Grün gebettet, in dichten Feigen- und Olivenhainen, zwischen Weinbergen und blühenden Gärten. Da sieht man die Bethlehemitinnen in jenen seltsamen Hauben der Burgunderinnen vom Hofe Philipps des Guten und Karls des Kühnen, spitz und hoch, und den weißen Schleier darüber, der bis zu den Hüften, manchmal bis zu den Knöcheln geht. Die Damen von Burgund sind längst nur Erde, und ihre Enkelinnen tragen Pariser Kleider, aber die Araberinnen von Bethlehem heben das lange gestickte Gewand vorn mit zwei Fingern, tragen den Kopf mit der spitzen Haube hoch und gleichen haargenau den Damen auf den französischen Bildern des 15. Jahrhunderts. Die Männer aber gehen mit dem Fez herum oder dem weißen Kopftuch mit einem schwarzen Reif darüber wie alle Araber.

Bethlehem ist uralt, ist schon viele tausend Jahre alt gewesen, als Jesus hier geboren wurde. In der Tradition der Landesbewohner lebt der Name Bethlehem unverändert fort seit den Zeiten Jakobs bis auf den heutigen Tag. Es war die Heimat des König David, wie es in der Bibel heißt. »Da machte sich auf Joseph aus Galiläa, aus der Stadt Nazareth, in das jüdische Land zur Stadt Davids, die da heißt Bethlehem, darum, daß er von dem Hause und Geschlechte Davids war, auf daß er sich schätzen ließe mit Maria, seinem vertrauten Weibe, die war schwanger.«

Eine der ältesten Kirchen der Christenheit ist hier. Es ist ein ganzes Viertel von Gebäuden, das über der Geburtsstätte im Laufe der Jahrtausende errichtet wurde. Da ist die alte Konstantinsbasilika, antike Säulen und edler Mosaikfußboden, da ist die armenische Kirche, da ist die griechische Kirche, da ist die von Kaiser Franz Joseph errichtete katholische Kirche. Dann gibt es Nebenkapellen und Hauptkapellen, Treppen hinab in Grüfte, in den Felsen gehauene niedrige Gänge. Und unter so einem überhängenden Felsen, tief unten, soll die Stätte gewesen sein, wo Jesus geboren wurde, und nicht weit davon der Ort, wo, auch in einer Felsengrotte, die Krippe stand. Fromme knien dort im Gebet versunken. Das alles ist seit fast 2000 Jahren heilige Stätte, geküßt und angebetet und mit Kerzen besteckt. Aber nicht der Friede herrscht hier, nicht Milde und Versöhnung, sondern Streit zwischen den Sekten, der bis zu Tätlichkeiten geht, eifervoller Kampf um den rechten Glauben.

Bethlehem wurde, beinahe wie Jerusalem, aufgebaut und zerstört, zerstört und aufgebaut. In den Kreuzzügen von den Arabern zerstört, von Kreuzfahrern wieder aufgebaut, war die Geburtsstätte ein befestigter Platz. Innerer Krieg blieb durch die Jahrhunderte zwischen den Christen von Bethlehem und den wilden Muslimen von Hebron. 1831 wurden die Muslimen von Bethlehem endgültig von den Christen vertrieben und ihre Häuser zerstört. Seitdem wohnen nur noch Christen in Bethlehem.

Durch Felsengänge, halbdunkle Höhlen sind wieder Stufen hinauf ins Freie, auf einen weiten Platz, Blick bis ins Jordantal und zum Toten Meer. Es ist der Weinbaum da, und der Ölbaum trägt seine Frucht, der Acker ist da, wo das ganze Unkraut der heißen Zonen zwischen dem Weizen wuchert, Hirten weiden die Schafe, den weiten Mantel um die Schulter, Ochsen dreschen das Getreide, und ihr Maul ist nicht verbunden, und nicht weit ab von der fruchtbaren Stadt Bethlehem ist die Wüste, sind Dornen und Disteln, und auf dem Esel reiten die Landleute in die Stadt.

Auf dem Marktplatz aber stehen die Autobusse; sie verlangen einen billigen Preis und fahren in 20 Minuten nach Jerusalem.

(Veröffentlicht 19. Dezember 1934 in »Deutsche Zeitung Bohemia«, nicht im Manuskript)

Fahrt zum Toten Meer

Im Toten Meer wächst keine Pflanze, lebt kein Fisch, kein Wurm, keine Alge, nichts, es ist tot, voll mit Phosphor, mit Salz und Schwefel. Auf seinem Grunde – meint die Bibel – liegen Sodom und Gomorrha, volkreiche Städte, vernichtet durch Salz und Schwefel.

Aber jetzt ist das Tote Meer kapitalisiert worden a) als chemisches Ausbeutungsobjekt, b) als Vergnügungsplatz.

Zum Vergnügungsplatz fährt man mit großen Autobussen von Jerusalem in einer dreiviertel Stunde 1200 Meter abwärts. Kühler Wind im hochgebauten Jerusalem. Wie auf einem Teller liegt der gewaltige Tempelplatz mit der bleiernen herrlichen Kuppel der Omarmoschee, den schlanken Silhouetten der Minaretts. Um die Kurve liegt gelber Stein, im gelben Stein ein Araberdorf. Die Straße beginnt von Jerusalem nach Jericho, von der es in der Erzählung vom barmherzigen Samariter heißt: »Es war ein Mensch, der ging von Jerusalem hinab gen Jericho und fiel unter die Mörder, die zogen ihn aus und schlugen ihn und gingen davon und ließen ihn halbtot liegen.« Das hat sich nicht allzu sehr geändert, nur daß kein Mensch mehr allein und zu Fuß durch die Wüste läuft, wenn er nicht selber Räuber ist. Man fährt im Auto oder im Omnibus, und es fahren so viele Autos und Omnibusse über die berühmte Räuberstraße, wie eben an einen angenehmen Erholungsplatz, der dreiviertel Stunden von einer Großstadt von 100 000 Einwohnern liegt, heutzutage Autos fahren.

Noch blühen rote Anemonen, wächst spärliches grünes Getreide auf der Erde, die nur der Holzpflug des Fellachen ritzte. Aber bald beginnt der nackte Fels und gewaltige Schluchten. Nichts als nackter roter Fels und gewaltige Schluchten. Fünf Frauen hintereinander in langen Gewändern und wehenden Ärmeln tragen Wassergefäße auf dem Kopf. Irgendwo in der Bergwüste wohnen Menschen. Das Auto saust hinab. Weit ab von der Autostraße zwischen den tief eingeschnittenen Felsen, feucht im Winter, glühend im Sommer, liegt ein Strafkloster für griechische Mönche. Auf der Straßenkreuzung der Straße nach Jericho und der zum Toten Meer, liegt altes Gemäuer, darin die moderne Polizeistation. Wenige Meter davor ein Haus, Laden für Apfelsinen, Bananen und Benzin, mitten in der Wüste. Der Araber spricht berlinisch gefärbtes Deutsch, hat lange in Berlin gelebt und eine Berlinerin zur Frau. Die hat nun drei Wüstensöhne, die das Auto tanken.

Bald wird die Landschaft ganz anders. »Sea Level« steht auf dem großen Schild: »Unter dem Meeresspiegel«. 800 Meter sind wir herunter. Die Ohren sind taub. Nun beginnt eine Mondlandschaft aus seltsamen weißen Kuppen, wie verlassenen Dünen. In der flimmernden Luft stehen plötzlich ganz flache moderne Häuser, durch die der Wind wehen kann, hier 400 Meter unter dem Meeresspiegel im glühenden Sommer. Die Luft steht heiß. Etwas dürres Gesträuch, etwas Sand und Drahtzäune, ein Fabriktor. Ein riesiger Neger hält davor Wache, läßt keinen ein. Das sind die Palestine Potash Limited, gegründet 1930, zur Ausbeutung der Mineralien des Toten Meeres mit einem Kapital von 400000 Pfund. Es werden jährlich 10000 Tonnen 80prozentiges Kali gewonnen, außer Brom, Magnesium und andern Mineralien. Wenn die Werke ausgebaut sind, sollen jährlich 100000 Tonnen produziert werden.

Zwanzig Minuten von dort ist ein Parkplatz. Dutzende von Privatautos, ein Dutzend Omnibusse, ein kleines Gebäude, hellgestrichen, das Strandrestaurant. Noch wenige Schritte, und man hat den vollen Blick auf das Tote Meer. Ein lieblicher italienischer See, tiefblau das Wasser wie der Himmel, davor ein weißer Sandstrand, jenseits des lieblichen Sees die blau schimmernden Berge von Transjordanien. Mit kleinen Booten fahren die Leute in den See. Wimmelnder Badestrand wie irgendwo an irgendeinem europäischen Meer. Kleine Badeanstalt zum Ausziehen. Eingang mit Billettverkäufern und Badewäscheverleih. Eins nur anders: das Wasser, dicke Suppe, auf der man ohne weiteres schwimmt, Kopf nach unten, Beine nach oben, aber nicht untergeht. Dazu dringende Warnung,

Auf dem Weg von Jerusalem zum Toten Meer

Wasser ins Gesicht zu bekommen oder gar zu schlucken. Dringend notwendig ist es hinterher, sich gründlich in den Duschräumen abzuduschen.

Die Besucher sind international, aber nicht internationale Gesellschaft: französische Soldaten aus Syrien, Araber, englische Soldaten, englische Beamte, Juden aus allen Teilen der Welt. Einfach und glücklich, ohne eleganten Stranddreß, schwimmt alles herum. Das reizende Strandrestaurant hat eine Freifläche zum Tanzen, Standlampen an jedem Tisch mit farbigen Schirmen. In blau-grünem Porzellan-Service wird Tee und Kaffee von einem Schwarzen in weißem Gewand mit roter Schärpe und rotem Fez serviert. Five o' clock-Tanztee am Toten Meer. Allen Freunden merkwürdigerweise Erstaunlicheres als vieles Erstaunliche dieses erstaunlichen Landes. So einfach auf Sodom und Gomorrha einen schicken Tee zu trinken und zu tanzen, wundert sie deshalb so ungeheuer, weil sich der Durchschnittsmensch unter Totem Meer furchtgebietende Einsamkeit und graue Öde vorstellt und einen lieblichen blauen See entdeckt mit bläulichen Bergen, die am Abend unter einem grünlich-violetten Himmel sich sanft röten. Furchtgebietende Einsamkeit aber vergeht, wo Schwefel und Brom die Menschen verlocken, Maschinen aufzustellen, Werkstätten und jenen muntern Betrieb zu machen, der aus dem Orient ein neues Europa schafft.

(Veröffentlicht 17. Juli 1934 in »Deutsche Zeitung Bohemia«, nicht im Manuskript)

Sozialistische Siedlung

Zwölf Familien aus einer Gemeinschaftssiedlung wollten siedeln, aber dennoch zusammenbleiben. Sie gründeten ganz nahe bei Jerusalem im wasserlosen Land Judäa ein Milchdorf. Die Erdnarbe ist dort ganz dünn. Darunter ist Gestein. Ackerboden gibt es nur verschwindend wenig. So gibt es keine Wiesen und keine Felder um das Dorf, im Dorf keine Gärten, fast keine Bäume, nur rotbraune Erde, graue Steine und Häuser, Siedlungshäuser eines Typs, die zwei Zimmer enthalten, und Ställe für die Kühe. Eigentlich gibt es nichts als Kühe in Attarot. Es gibt weder Futter noch Streu für sie. Es gibt nichts, was zu dem gehört, was man Viehwirtschaft nennt; keine saftige Weide, kein Heu, weder Scheune noch Heuboden. Diese Milchwirtschaft könnte in der dritten Etage von Mietskasernen liegen. Das Futter wird fast gänzlich eingeführt, besteht aus Mais, aus Kokoskuchen, aus anderem Kraftfutter, das in einem kleinen Raum in Säcken aufbewahrt wird. Die prachtvollen schwarzweißen holländischen Kühe stehen auf dem nackten Betonboden. Sie geben ungewöhnlich viel Milch, 25 Liter am Tag, zehnmal mehr als die einheimischen Kühe, kleine, anspruchslose, gegen das Klima unempfindliche Tiere, die 2½ Liter geben.

Im Dorf Attarot leben hundertzwölf Menschen. Sie haben, als sie die Gemeinschaftssiedlung verließen, alle das gleiche Stück Land bekommen, die gleiche Anzahl Vieh, das gleiche Haus und den gleichen Siedlungsvertrag. Der Boden wurde in Erbpacht und nicht als freies Eigentum gegeben. Bedingung war: der Landwirt muß selber arbeiten. Lohnarbeit ist verboten. Statt dessen muß einer dem anderen bei der Saisonarbeit helfen. Alles wird für die Kühe gemeinsam eingekauft, und die Milch gemeinsam verkauft.

Nach neun Jahren besitzt keiner mehr das gleiche wie der andere. Wie in der Retorte gibt die soziale Schichtung des Dorfes Attarot Beweis für Theorie und Praxis. Der eine will nichts als Geld verdienen, er verbessert sein Wohnhaus nicht, er gönnt sich nichts, er läßt die Kühe im alten Stall, schiebt mehr hinein als hineingehen, pflanzt keinen Baum, geschweige denn eine Blume. Nun ist er der Reichste, hat die meisten Kühe, das meiste Geld auf der Bank. Ein anderer will leben. Er baut eine Glasveranda an sein Haus, er pflanzt Bäume, er macht einen schönen Zaun, ein eisernes Tor. Er hat wenig Geld. Sein Viehstand nimmt nicht zu. So jeder auf seine eigene Weise. Noch sind es dieselben, aber schon denkt mancher daran, den Hof zu verkaufen, hat Geld genug.

Mittelpunkt des Dorfes ist ein Schuppen, links Lager der Lebensmittel für Mensch und Tier, rechts Ablieferungsraum für die Milch. Punkt ½ 2 Uhr kommen die Dorfleute zum Schuppen mit der Milch im Petroleumkanister. Einer im Schafspelz nimmt die Milch ab, mißt und füllt sie in Blechkannen, der andere in der Lederjacke, ehemaliger Lehrer fremder Sprachen in Rußland, füllt die Milch in kleine Fläschchen, um ihren Fettgehalt zu prüfen. Beide in hohen

Stulpenstiefeln nichts als Bauern. Ein anderer lehnt im grünen Lodenrock an der Hütte, die Pfeife im Mund, blondes Haar langsträhnig hängend, blauäugig, die Nase spitz, die Haut rissig und braun von Sonne, Luft und Wind, dumm, verträumt und sanft, ein russischer Muschik, nichts sonst, aber er ist ein Jude aus Rußland.

Jedem wird die Milch nach Menge und Fettgehalt bezahlt. Die Blechkannen kommen ins Auto, das in zwanzig Minuten in Jerusalem ist, wo die Milch in den eigenen Verkaufsstellen verkauft wird.

Während man im Beginn der palästinensischen Siedlung die Form der Gemeinschaftssiedlung für die einzig richtige hielt, hält man jetzt diese Form der Individualsiedlung für die zukunftsreichere. Der kleine Landwirt, der alle Zweige selbst beherrsche, Tier und Pflanzen genau kenne, sei den spezialisierten Mitgliedern der Kwuzah weit überlegen. Die Vorteile des gemeinsamen Einkaufs und Verkaufs seien der Siedlungskommune wie der Individualsiedlung gemeinsam. Die seelischen Probleme der Kommune, Auflösung der Familie und Aufgabe des persönlichen Strebens nach Gewinn wie nach schöpferischer Betätigung, fallen in der Individualsiedlung fort.

Das Dorf liegt gefährdet, mitten im arabischen Gebiet, es ist rund gebaut mit einem zweistöckigen Gebäude in der Mitte, von dessen Dach man die Gefahren überblicken, von dem man im Fall der Gefahr die englischen Waffen herbeirufen kann. Es ist ein Sperrfort ohne Befestigung. Es ist immer das gleiche. Die Araber tragen die bunten Gewänder, aber die Romantik liegt bei den Juden. Ein kriegerischer Jude zeigt mir den Ort, weist mir den Turm: »Im Falle eines Angriffs«, sagt er. »Im Fall«, sage ich, »eines offenen Sturms auf Attarot, wie 1920 auf Tel-Chaj.« Er meint immer noch, mit tapferer Ehrlichkeit würde ein Kampf zu gewinnen sein.

Aber 1936 stand der russische Jude Golinkin im Stall und melkte seine Kuh, als er durchs Fenster von einem unbekannten Araber mit einem Schuß ermordet wurde.

Privat-Siedlung I

Der Großvater war ein reicher Kaufmann in Westdeutschland; er hatte viele Kinder. Beamte, Richter, Kaufleute, ein Geheimrat darunter. Ein Sohn, Fabrikant, blieb reich, über Krise und Inflation hinweg. Aktienpakete da und Hypotheken dort. Wirtschaftlich änderte Hitler nichts. Die Tochter wanderte aus. Sie besitzt die Spar- und Arbeitsethik von Generationen reicher deutscher Juden. Man war fleißig, gönnte sich nichts und sparte. Sie hatte ein Auto, bewohnte in der väterlichen Villa ein crétonnebezogenes Stübchen mit alten Mahagonistücken und hat Säuglingspflege, technisches Zeichnen und Photographieren gelernt.

In Palästina wurde sie Kellnerin in einer Pension, bekam Essen und Wohnen für vier Stunden Arbeit. In weiteren acht Stunden verdiente sie fünf Pfund mit der Beaufsichtigung von Kindern. Von allen Seiten wurde ihr Arbeit angeboten: von einem Tapezierer, von einem Hotel, von einem Arzt, von einem Kinderheim. Sie fuhr aber aufs Land, um dort vier jungen Leuten zu helfen, die eine Milchwirtschaft anfangen wollten, und heiratete den Ältesten.

Der – aus unklarem Milieu – begann neu, ist einfach, redlich, arbeitsam. Er ist von Jugend auf in der Landwirtschaft tätig, die er vollkommen beherrscht. Die beiden jungen Leute sind sehr glücklich. Sie wohnen in einer Baracke, die zwei Räume enthält, ein W. C. und einen Duschraum. Im größeren Raum steht eine Couch, auf der einer der Arbeiter schläft. Davor ein Tisch mit fünf Stühlen. Eine ungestrichene Kiste ist mit Türen zum Schrank gemacht, es steht noch darauf F. K. 708 vom Transport. Auf einem rohen Brett stehen drei Primusse zum Kochen. Die Wand darüber ist kohl- ° schwarz verrußt. Daneben ist die Wasserleitung, hinter der die

Primus: Petroleumkocher, durch seinen penetranten Gestank und seine weite Verbreitung zentrales Motiv vieler Einwanderergeschichten.

Wand schimmelt. Auf ungestrichenen Brettern stehen die Töpfe, das feine Porzellan und eine silberne Kaffeekanne.

»Scheußlich, nicht?« sagt die junge Frau, »von Tante Mina.« Die Kanne ist englisch aus der besten Zeit von 1790. Ein Ausklang höchster Kultur in einer Atmosphäre äußerster Primitivität. Roher hausen nicht die Ärmsten in armen Ländern. Kistenbretter die Schränke, Wasserleitung und Petroleumkocher in der Stube. Die junge Frau deckt in der Küche mit guter Damastwäsche und silbernen Bestecken, denn die jüdische Mutter in der Villa in Süddeutschland fand, daß der Tochter ein silberner Besteckkasten zukomme, wen auch immer sie heirate. Und die junge Frau sagt: »In einem geht es mir merkwürdig, ich esse lieber gar nichts als ohne silberne Gabel. Ich kann eine Stahlgabel einfach nicht in den Mund stecken.«

Das ist eine der wenigen Verfeinerungen, die ihr blieben. Sie kocht wenig Fleisch, denn Fleisch muß gekauft werden. Es gibt eine Mehlspeise mit vielen Eiern und Butter und einen Gurkensalat. Dazu kalten Tee mit einem Schuß Himbeersaft und Zitrone.

Die Arbeiter kommen in die Wohnküche, große, kraftvolle Menschen, sie tragen schweren Lehm- und Stallschmutz an den hohen Stiefeln, sitzen eng auf der Couch, nehmen in die breitgewordenen, rissigen Hände die Silberbestecke, wie sie es zu Hause gewohnt waren.

Die junge Frau steht um $\frac{1}{2}$ 6 Uhr morgens auf, zündet den Primus an, bereitet, muß man sagen, das Primusgas, macht Frühstück für sieben Menschen, spült und trocknet ab, reinigt die Baracke, wäscht die Bett- und Tischwäsche, die Stallhosen, stopft die Strümpfe, kocht, versorgt die Hühner. Der Arbeitstag reicht von $\frac{1}{2}$ 6 bis 9 Uhr abends.

Die Frau ist jung verheiratet. Wer als Mädchen ins Land kam, sich verliebte und heiratete, ist verwurzelt. Die Reibungsflächen dieser Bauernehen sind vermindert. Alle Interessen sind gemeinsam, und die Arbeit wird auf die natürlichste Weise geteilt. Die Männer, Pioniere und Verteidiger des Bodens, haben die Sicherheit, die die intellektuelle Frau hinreißt. Die Bauernwirtschaft geht ausgezeichnet, ist für Palästina reich. Die Leute haben viertausend Pfund hineingesteckt. Sie besitzen siebzig Dunam, d.h. 70000 Quadratmeter, hauptsächlich Futterboden, sie haben zwölf Kühe, Pferd und Esel und sechshundert Hühner. Die Kühe sind prachtvolle schwarzweiße Ostfriesen.

Die Frau erzählt: »Die Tiere werden jeden Tag mit einer Giftmischung gegen die Zecken abgewaschen. Etwas Gift war auf den Boden verschüttet worden, ein Stierkalb, schon für fünfzig Pfund verkauft, leckte es auf und starb. Wir haben zwei Tage bei dem Kalb gewacht, und dann ist das Kalb gestorben. Es war schrecklich, wie das andere Kalb den Bruder gesucht hat. Es ist auf die Weide gelaufen und hat geschrieen. Wir haben beide geweint.« Nachher dreht sie den Hühnern den Hals um.

Sie ziehen Mastkälber auf, die mit Milch gefüttert werden und deren Fleisch an das beste europäische heranreicht. Sie haben den Deckhengst der ganzen Gegend, sie sind ausgezeichnete Landwirte.

Die Hühner kosten sie überhaupt nichts. Die Regel für jüdische Hühner ist, daß sie im Stall bleiben, kaum Auslauf haben, sorgfältig nach wissenschaftlichen Regeln aus dem Sack gefüttert werden. Das gilt als entscheidender Fortschritt gegenüber der arabischen Methode. Diese jungen Bauern kehren zur arabischen Methode zurück. Die Hühner laufen herum, nähren sich von dem Abfall des Kuhstalls, Pferdestalls, Stierstalls. Manches Tier wird dabei gestohlen. Manches geht zugrunde. Trotzdem behaupten sie, daß sie so viel besser mit den Hühnern dran sind als mit den Hühnern im Hühnerstall.

Das Dorf ist sehr schön. Die Häuser haben rote Dächer, die tief heruntergehen, sie sind von Palmen und dichten Orangenbüschen umgeben. Jetzt werden Häuser im Stil von Zigarrenkisten gebaut, die den Ort verhäßlichen. Das Dorf besteht aus sechzig Familien, davon sind zwanzig Deutsche. Zwölf davon sind junge Leute aus der gleichen Stadt, von gleicher bürgerlicher Herkunft, aus der Süd-

Dunam: Flächenmaß, ca. tausend Quadratmeter.

Lebensmittel für die neuen Siedler

westecke Deutschlands, wo die ältesten jüdischen Familien sitzen. Nur so kann Harmonie entstehen. Es ist hier genau so, wie Herzl im »Judenstaat« das Idealbild zeichnete: »Unsere Leute sollen in Gruppen miteinander auswandern. In Gruppen von Familien und Freunden.« Diese Leute sprechen nicht nur Deutsch, sondern den gleichen Dialekt. Das ist der geniale Realismus der Herzlschen Schwärmerei. Die jungen Frauen wollten ihre Gymnastikstunde fortsetzen. Aber es wurde eine Plauderstunde daraus. Landwirtschaft ist Gymnastik genug. Das Haupt des Ortes ist ein Moskauer Professor, sehr geachtet, sehr geehrt, sehr fremd. Dann gibt es »die gute jüdische Gesellschaft«, wie mir ein Deutscher sagte, »wo man alles weiß, was da und was dort passiert, das sind die neuen deutschen Juden und die alten Blauweißen. Dann gibt es die Gojim, das sind die nichtdeutschen Juden, wir stehen sehr gut, aber wir kennen uns nicht.« Seit die Deutschen da sind, hat man einen Wasserturm von 9000 Kubikmetern gebaut und eine sehr gut klappende Milch-Kooperative gegründet. Die jungen Leute, von denen hier die Rede ist, haben sehr dafür gekämpft, daß die Milch-Kooperative zustande kam. Sie hatten nämlich ursprünglich einen Vertrag für die Abnahme ihrer gesamten Milch mit einem Milchhändler. Die Kühe kamen aus Europa, das Futter war da. Nun wurden die Kühe gemolken, aber der Milchhändler kam nicht, hielt den Vertrag nicht, und die jungen Leute machten zu aller anderen Arbeit noch dazu von vierhundert Liter Milch täglich Käse, bis Kannen gekauft waren und die Milch in Tel-Aviv einen Abnehmer fand.

Die Anschläge im Dorf sind hebräisch. Aber in den Versammlungen, wenn es sich um wichtige Dinge handelt, um die Milch-Kooperative zum Beispiel, wird meist deutsch gesprochen. 1935 wurden im Dorf achtzehn Häuser gebaut. Es gab nur einen Installateur im Ort, aus dem gleichen Ort Südwestdeutschlands wie die Siedler. Der installierte Wasser und elektrisches Licht in allen achtzehn Häusern. Verdiente natürlich ausgezeichnet. Es gab nur einen Schreiner. Der machte alle Türen und Fenster für die neuen Häuser. Es ging ihm ausgezeichnet. So allen.

Diejenigen, welche eine gemischte Wirtschaft haben, besitzen etwa zweiundzwanzig Dunam Apfelsinengarten, der ihnen, nach

Blauweiße: Mitglieder der zionistischen Jugendorganisation »Blau-Weiß«, die als erster jüdischer Jugendbund in Deutschland, beeinflußt vom »Wandervogel«, 1913 entstand. Starkes Engagement für die Auswanderung nach Palästina.

Goj, Gojim: hebr. zunächst für »eigenes Volk, Völker« – im Gegensatz zum Volk Israel. Der Begriff hat aus der Bibel über griech. »ethnikos« zum Wort und Begriff »Heide« geführt, wird umgangssprachlich als Bezeichnung für die nichtjüdische umgebende Bevölkerung verwendet; hier ironisch verwendet, um die Fremdheit der verschiedenen Einwanderergruppen untereinander zu kennzeichnen.

Abzug aller Unkosten, zweihundert Pfund im Jahr bringt, dazu kommt das Einkommen aus Milchprodukten und Hühnern. Die übrigen Lebensmittel sind ungemein billig auf dem Lande. Milch war umsonst zu haben über Schabbat. Keiner holte sie ab. Sie wurde sauer.

Das Dorf ist ein Kapitalistendorf, ein Dorf selbständiger Bauern. ◦ Der Boden ist von der Pica erworben, der Gründung des Baron Rothschild. Die Bauern, die ich sprach, sind Gegner der zionistischen Verwaltung, glühende Anhänger des »Barons«. Boden der Pica war verschoben, die jungen Leute von der Rothschildschen Verwaltung geprellt worden. Einer von ihnen setzte sich hin, schrieb acht Seiten vertrauensvoll an den »Baron«. Mit dem nächsten Schiff kam ein Beamter aus Paris, sah nach dem Rechten; der Ungerechte wurde mit dem nächsten Schiff nach Paris zitiert, abgesetzt, die jungen Leute bekamen ihren Boden. Nun schwärmen sie für die Pica, halten es mit dem Homerischen Ausspruch »Einer muß König sein, einer herrschen«, sind gegen die Demokratie des Keren Kajemeth. »Ich bin ein friedlicher Bürger«, sagte einer, »ich kann keine Isten leiden.« Bloß keine Politik ist ihre Losung. Ist es der Atem einer neuen Zeit? Im überpolitisierten Palästina?

Im Lande liebt man den Ort nicht sehr. Einer sagte mir: »Die Pica ist ein Wohltätigkeitsinstitut für reiche Leute.« Das Mitglied einer Kwuzah warnte: »Passen Sie auf. Die Leute beschäftigen arabische Arbeiter. Sehr übel sieht's da aus.« Und noch in der Eisenbahn sagte einer: »Die Leute dort sind vom Stamme Nemm, sie beschäftigen arabische Arbeiter, weil sie dann mehr verdienen. Juden sind ihnen zu teuer.« Und ein dritter erzählte, daß die Alteingesessenen jüdischen Boden für ihre arabischen Arbeiter haben wollten, Boden des jüdischen Nationalfonds. Tatsächlich wird in den Apfelsinenplantagen hauptsächlich mit arabischen Arbeitern gearbeitet, weil sie bil-

Pica: Palestine Jewish Colonization Association, gegründet 1924 durch Baron Edmond de Rothschild als übergreifendes Dach all seiner Siedlungsinitiativen in Palästina.

liger sind und weil es auf dem Weltmarkt nur einen Preis für arabische und jüdische Apfelsinen gibt. Aber andererseits bekamen die Landwirte in der Prosperity schwer jüdische Arbeiter – es gab eine Landflucht der Juden –, man verdiente viel mehr in der Stadt. Für alle andere Arbeit werden nur Juden beschäftigt.

Zwei Jahre später.

Die junge Frau steht vor ihrem schönen Haus, das zwei große Zimmer hat, ein geräumiges Bad und Küche. Sie strahlt wie früher, zeigt gerade ausgekrochene Küken und sagt: »Mein Junge fängt an zu reden.«

Privat-Siedlung II

In Deutschland waren sie Bürger in einer mittleren Großstadt des Ostens. Ein sorgfältig gekleideter Herr von mittlerer Statur, die dichten schwarzen Haare sauber gescheitelt, ein rundes Gesicht mit runden schwarzen Augen, ein Mann, der sich selbst wohlgefiel, ein tüchtiger Kaufmann, der seine Musterkollektion ernst nahm, wußte, ob gestreift oder gemustert die kommende Mode war, sich mit kleinbürgerlicher Höflichkeit vorstellte, und im Sommer mit der Frau ins Bad reiste. Die Frau war hübsch und zierlich, ein bißchen zu modisch gekleidet, ein bißchen zu sehr geschminkt. Kurzum, im ganzen ein harmloses Paar aus einer großen Schicht deutscher Juden, aus der Konfektion.

Die Landstraße ist sehr heiß und führt zwischen hohen Eukalyptusbäumen auf kahle Berge zu. Drüben ist ein altes Araberschloß, es ist Frühling, und alles ist voll mit wildem, niedrigem roten Mohn: Auf zwei Eseln galoppieren zwei Männer an uns vorbei. Der eine ist der typische junge jüdische Landarbeiter, der andere eine spanisch-mexikanische Erscheinung mit großem, grauem Kalabreser und rotkariertem Hemd, das Gesicht voll mit schwarzem Bart, ein großartiger Kerl. »Sieh Dir den an«, sagt einer von uns, »was man hier so sieht!« Da dreht sich der Eselsreiter um und sagt im schönsten Konfektionstonfall: »Erkennen Sie mich denn nicht, Herr Freimann?« »Nein«, sagt Herr Freimann, und dann stellt sich der Eselsreiter vor. »Ich habe meinen Hof da drüben.« Nun wissen wir, wer er ist und besuchen ihn. Als wir hinkommen, trägt er gerade Eimer mit Zement ins Haus. Er baut das Steinhaus ganz allein in den Abendstunden, hat keine Zeit zu einem Gespräch. Wir gehen in die Wellblechbaracke. Dort steht die Frau. Sie hat eine Buntdruckschürze an und Sandalen an den nackten Füßen, die Haare sind nach hinten gestrichen, das Gesicht ist ein bißchen faltig und gelb und müde, aber so nett und gut. Das ganze Puppenwesen ist weg, der Chippendalesalon, so eine Wohnkultur sechsten Ranges, die albernen Wichtigkeiten, die erkrankte Köchin und der Ärger mit der Schneiderin. »Trinken Sie eine Tasse Kaffee?«

»Nein, danke, man kann sich auch so unterhalten.«

»Aber ich möchte gern Kaffee trinken.«

»Ja, dann gut.«

Es ist kein Five o'clock-tea, keine Sandwiches werden gemacht, kein Kuchen gebacken, keine Bridgetische aufgestellt. Eine Futterkiste wird hochkant gestellt, auf der sitzt Herr Freimann, ich sitze auf einer anderen Kiste, die Frau steht am Primus, brüht den Kaffee in einer Aluminiumkanne auf. Die Baracke ist eng, mit den primitivsten Gerätschaften ausgestattet. Es ist urgemütlich.

»Wie sind Sie denn dazu gekommen, zu siedeln?«, frage ich.

»Mein Mann hat zuerst eine Fabrik angefangen. Er hat ganz gut verkauft, aber die Preise waren zu schlecht. Jeden Monat hat er zugesetzt. Haben wir sie verkauft. Mein Mann versteht sich ganz gut auf Landwirtschaft. Er ist nämlich vom Lande. Ich habe mich ja sehr gefürchtet, offen gestanden. Ich habe mich immer gern hübsch angezogen und gern im Gesicht gemalt und mal gern ein Buch gelesen, und von Hühnern habe ich nebbich keine Ahnung gehabt. Aber es geht ganz gut. Zuerst, wie ich dastand, ich hier und fünfhundert Hühner dort, habe ich nicht gewußt, wer mir mehr leid tun

Deutscher Jude in Ejn Charod

sollte, die Hühner oder ich. Und stellen Sie sich vor, sie sind alle leben geblieben, es hat sie wirklich nicht der Tod ereilt, und bitte, soll ich Ihnen zeigen, ich produziere sogar Enten. Was mein Mann arbeitet, ist unbeschreiblich, sechzehn Stunden am Tag. Wir bauen Wein und Gemüse. Er hat noch einen Araber. Es ist unmöglich, wir können keinen jüdischen Arbeiter bezahlen, es lohnt sich dann einfach nicht mehr. So geht es einigermaßen. Das ist ja alles Provisorium. Wir bekommen ja dann das Haus. Es dauert nur sehr lange, weil mein Mann alles alleine macht.«

Der Mann kommt heran.

»Du siehst aus«, sagt die Frau, »so was von unrasiert.«

»Unrasiert nennen Sie das? Man kann auch sagen, romantisch. Ich möchte Ihnen nicht nachts auf einer Landstraße begegnen.«

»Ja«, lacht die Frau, »hätte ich auch nicht gedacht.«

Er stippt Brot in den Kaffee.

Der tüchtige Herr aus der Konfektion, dem das Taschentuch lang aus der Brusttasche hing, ist ein schweigsamer und wilder Bauer.

Privat-Siedlung III

Ende Oktober 1933 war dort nichts als ein paar schlechte Orangenpflanzungen, Weinstöcke, die nichts trugen, und unbebautes Land. Vier Wochen später war dort Gewimmel, Beton wurde gemacht, Blech, Holz, Draht und Teer wurden angefahren, und Rechtsanwalt Müller I. und Dr. Lewin, Wundarzt und Geburtshelfer, machten die ersten Spatenstiche. Das Dorf der Eierdeutschen entstand, entgegen allen Theorien der zionistischen Organisation. Die Siedler stellten die ersten Schuppen auf, zogen hinein, wohnten dort bei Petroleumlicht. Da erfuhren sie, daß der bedeutendste Eierfachmann aus Amerika zufällig im Lande sei, jagten ihm nach und holten ihn vom Schiff herunter. So bekamen sie ihren Instruktor.

Die zionistische Theorie verlangt Wirtschaften von zwanzig Dunam als Minimum. In Ramot Haschawim sind die Wirtschaften vier bis zehn Dunam groß. Die zionistische Theorie verlangt eine Vorbereitung und Lernzeit, die für ältere Leute unmöglich ist.

In Ramot Haschawim siedeln Menschen ohne jede Ahnung von Landwirtschaft: Fabrikanten, Ärzte. Nach einem halben Jahr hatten die Siedler ihr erstes Ei, und die ersten Radieschen wurden in schweren Säcken auf Eseln zum Markt nach Tel-Aviv geschafft.

Der Autobus fährt von Tel-Aviv fort. Kleines osteuropäisches Vorstadthaus mit Jugendstilgiebel und moderner vierstöckiger Industriebau, verstaubtes Grün, verfallener Zaun und Abfall. Schöne große Baumallee. Und dann ein Schild: Ramot Haschawim, zwanzig Minuten nach den letzten Häusern von Tel-Aviv. Am Ende der breiten Dorfstraße, zwischen rotgiebeligen kleinen Häusern, liegt das Wirtshaus, ein sauberes, ländliches Hotel, mitten in einem Blumengarten mit vielen Nelken und ein paar kleinen Bäumen. Ein Intellektueller, die Pfeife im Mund, wässert sie. Wir treten in die Wirtsstube, es ist die richtige, ländliche, deutsche Wirtsstube. Ein großer alter Barockschrank steht an der Wand, zwei oder drei schöne Gemälde, karierte Decken liegen auf den Tischen. Zwei blonde Mädchen kommen vergnügt herein, sprechen frankfurterisch, bestellen Kaffee.

Die Wirtin ist eine dicke schöne Frau. Sie war eine sehr gute Schauspielerin in Frankfurt am Main. Sie macht sich über sich selber lustig, wie sie die Lindenwirtin spielt, heiter, witzig, tüchtig. Sie kocht, sie backt, sie richtet an, alles mit Hilfe der Kinderfrau ihrer Kinder, die ihr gefolgt ist und ihr geholfen hat.

So weit das Auge reicht, ist das Land grün. Am Zaun steht eine anmutige Frau, ein weißes Huhn unterm Arm. Es paßt eins ins andere. Schöne Kinder reiten auf Eseln durch die Dorfstraße. Es leben jetzt vierzig Familien dort, etwa zweihundert Menschen. Alle diese Menschen leben von Hühnerzucht und Gemüsebau. Es ist keine Landwirtschaft. Es ist kein heroischer Anfang, der alle Welt kostet, das Weltjudentum Geld und die Siedler die Gesundheit. Es ist ein friedliches Ende mit viel Arbeit, aber doch nicht sehr viel mehr, als wenn ein pensionierter Beamter in der ganzen Welt seinen Kohl baut. Es ist Garten und nicht Acker, und Hühner sind keine Kühe, vor denen sich der Stadtmensch fürchtet. Vor einem Haus bindet ein vornehmer alter Herr Ranken fest, und jetzt geht er und schneidet trockene Blätter von den Geranien ab, und nun setzt er sich in einen hübschen Liegestuhl und streckt die Beine weit von sich. Ein guter Lebensabend nach so viel Schmerz und Leid der deutschen Juden.

Die Wirtschaften bestehen meist aus sechs Dunam, zwei Dunam für Hof und Haus und vier Dunam für Gemüse. Die Häuser sind sehr hübsch. In der Wohnung eines ehemaligen Arztes gibt es Eß- und Wohnzimmer mit Flügel und Bibliothek und zwei Kinderzimmer und Schlafzimmer. Hinterm Haus ist der Hühnerhof. Daran ist das alte Schild: »Dr. W., Wundarzt und Geburtshelfer«. Und am Hühnerstall ist das alte Schild mit der Autonummer.

Der Mensch gibt immer dem Menschen das Beste. Es ist eine reizende Stimmung bei den Eierdeutschen, eine große Kameradschaft, ein gutes Einvernehmen. Es sind zehn Ärzte und sieben Rechtsanwälte und eine Menge Akademikerinnen, und die Mehrzahl sind Kaufleute. Es sind sehr bekannte Kaufleute darunter, der eine ist der Inhaber eines der schönsten Luxusgeschäfte in Berlin gewesen.

Hinter jedem Haus liegen die Hühnerställe, lange große Wellblechställe, eine Krankenabteilung und ein Schuppen für die Futtersäcke. Und so weit das Auge reicht, Tausende und Tausende von schneeweißen Hühnern in den Ställen. Die Gemüsefelder liegen gleich an den Häusern. Sie tragen zwölffältig. Jeden Monat wird geerntet. Mir sagte ein Mann, der tausend Pfund in seinen Besitz gesteckt hat: sechs Dunam für dreihundert Pfund, vierhundert Pfund fürs Haus und dreihundert Pfund fürs Inventar. Er nehme dreizehn Pfund im Monat ein: acht Pfund für Gemüse und fünf Pfund für Eier. Dann gibt es eine zweite Abteilung, die Aufzucht. Der Inkubator enthält 60 000 Eier.

Und dann steht ein Berliner Kaufmann auf, und er ist ganz unverändert, er ist so echt, so eigenwüchsig, so ungebrochen, daß einem das Herz aufgeht: »Sehen Sie, meine Damen und Herren, das sieht nun alles so aus, als müßte das so sein. Aber was war denn hier, Ende Oktober 1933, reineweg gar nichts, schlechte Orangengärten. Im Januar kamen die ersten Hühner, sie wurden mit Liebe und Unkenntnis gepflegt. Im Juni kam das erste Ei. Unser erstes Ei. Schwierigkeiten? Schwierigkeiten kamen nur von Außenstehenden, von Menschen und Körperschaften. Wir konnten keinen Kredit bekommen. Wir haben hier einen Musterbetrieb. Was wir machen ist das Musterprodukt, die Qualitätsware. Wir haben aber auch noch nie die Nachfrage befriedigen können. Das Ei, das heute gelegt wird, ist morgen in Tel-Aviv. Wir haben noch nie genug Eier gehabt. Unsere Hühner werden ganz erstklassig gefüttert. Es ist das Ei, das man am höchsten im ganzen Land bezahlt. Die Eier können nirgends so gepflegt werden wie bei uns. Was denken Sie, meine Damen und Herren, so ein kleiner Meschek kann seine Eier ja gar nicht so frisch zum Markt bringen. Mein Grundsatz war mein ganzes Leben: nur Qualitätsware ist richtig. Und auch hier habe ich mir gesagt, wir müssen die hochwertigsten Eier bringen, die überhaupt möglich sind. Wir bekommen für jedes Ei einen halben Mil mehr als alle übrigen Eier im Land.«

So sind diese Berliner Kaufleute, tatkräftig, wo man sie hinstellt, sie umgeben sich nicht mit einem verlogenen Idealismus, sondern sie sind erdhaft tüchtig, klug und fleißig.

Diese deutschen Juden sind keine Intellektuellen. Sie bauen ihre Bauernwirtschaften nach wirtschaftlichen Gesichtspunkten auf und nicht wie die Russen nach weltanschaulichen, intellektualistischen. Das entspricht eigentlich der zionistischen Idee, aber nur theoretisch. Als die deutschen Juden von Ramot Haschawim, die ihre Wirtschaften ohne öffentliche Gelder aufgebaut hatten, einen kleinen Kredit von den zionistischen Behörden wollten, bekamen sie ihn erst nach langen Kämpfen.

Meschek: Gesellschaft zum Verkauf palästinensischer Grundstücke, gegründet 1923, eingestellt 1926. Wichtig für den Landerwerb in der Gegend von Afula und in der Haifa-Bucht; übertragen auf die Gruppe, die dieses Land bearbeitet.

Ein Palästinenser war im Dorf der Eierdeutschen. Er wurde sehr nett aufgenommen, schließlich fragte er seinen Gastgeber, der glücklich auf seine Rosen und Astern sah: »Sie waren doch in Frankreich, warum sind Sie eigentlich von dort weggezogen?« »Tja, wissen Sie, es ist mir auch in Fontainebleau sehr gut gegangen, ich habe da auch eine Villa gehabt, es war sehr schön. Aber ich habe mich nicht an eine neue Sprache gewöhnen können, da bin ich lieber hierhergegangen.«

Der Palästinenser war ein guter Mensch, er sprach nicht von nationaler Disziplin und Hebräisch, sondern er sah hin auf das Dorf – grün und schön –, und siehe, es war sehr gut.

Als Toscanini in Palästina war, gefiel es ihm nirgends so gut wie in Ramot Haschawim, und man schenkte ihm dort einen Apfelsinengarten. Hierher wird er zurückkehren.

Privat-Siedlung IV

Sie ist ganz jung, 1934 gegründet, sie ist aufgebaut nach den Richtlinien der zionistischen Organisation. Sie befindet sich sozusagen noch im Rohzustand. Auf dem Sand stehen ein paar Steinhäuser mit flachem Dach und ein paar Holzhäuser mit schrägem Dach. Straße, Hof und Grundstück unterscheiden sich durch nichts, zwischen dem Grundstück und der Straße ist ein Drahtnetz.

Der Mann ist Fabrikant aus Süddeutschland. Die Fabrik war auf dem Lande. Er hat, wie viele ländliche Fabrikanten, Fachkenntnisse auf mancherlei landwirtschaftlichen Gebieten. Diese Schicht besonders verwurzelter süddeutscher Juden war in den seltensten Fällen Zionist, auch dieser war es nicht. Er baut jetzt in Palästina seinen Kohl nicht wegen des Judentums mit dem Kopf, sondern mit seinen Händen wegen des Kohls. Es ist sozusagen kein nationaler, sondern privater Kohl. Er wohnt mit seiner Familie noch im Holzhaus von zwei Zimmern, es sollte als Provisorium dienen, aber dann ist überall der Kostenanschlag überschritten worden, und es wurde am Haus gespart. Die Toilette ist in einem Wellblechhaus auf dem Hof und hat Wasserspülung. Wenn es dunkel ist, braucht man eine Taschenlampe, denn dicht am Haus sind schon Gemüsebeete. Ein zweiter Wellblechschuppen dient als Eselstall, ein dritter als Waschgelegenheit für Mensch und Wäsche, in der Wand ist ein Hahn ein wenig über dem Boden angebracht. Das Wasser spritzt vom Boden hoch, und es liegen ein paar Holzbretter da, damit man sich die Schuhe nicht völlig naß macht. Auf einem Holzbrett stehen die Mundspülgläser und die Schalen für die Schwämme. Das Blechhaus hat keine Beleuchtung. Die Küche ist sehr klein. Auf dem Petroleumkocher kochen Kartoffeln, die man kaufen muß, und ein Stückchen Fleisch, das man gleichfalls kaufen muß, und Spinat aus dem Garten. In den beiden Zimmern stehen große Schränke aus der Diele der Villa in Deutschland. Alles andere wurde verkauft. Es ist kein Lehnstuhl mehr da und kein Leseplätzchen. Nur Bett und Schrank und viele Haken in der Wand. Die Glasveranda des Holzhauses hat etwas recht Behagliches, es steht eine Couch darin, denn immer und überall schläft in Palästina jemand in jedem Zimmer. Am Abend sitzen sie um den Eßtisch, drehen das Radio an und hören den deutschen Rundfunk. So sitzen sie in hundert kleinen Häuschen in Palästina, in der Wohnküche oder in der Veranda, die Hühner schlafen und die Kinder, die Pflanzen haben die Blätter geschlossen, Mann und Frau sind müde, geistige Anregung gibt es nicht mehr für sie, reicht das Geld, wird eine Schweizer Zeitung oder die »Jüdische Rundschau« abonniert, so sitzen sie am Radio und hören, wie man sie beschimpft. Manchmal ist eine Störung im sternerfüllten südlichen Äther, der Mann stellt die Knöpfe und dann geht es weiter: »Vergiften das Volk, jüdische Bolschewisten«, ihr Herz ist erfüllt mit Empörung und ohnmächtigem Schmerz, und wenn sie ihre zionistische Zeitung bekommen, so lesen sie, daß an allem doch etwas dran ist, da sie keine nationalen Juden waren, und sie wissen nicht ein noch aus. Und dann drehen sie Straßburg an, und es kommt Trost aus der Luft, Versöhnung, Frieden. Auch andere sind empört, es gibt Kameraden in der Welt.

»Manchmal«, so sagt der Fabrikant, »drehen wir auch Moskau an.« Weiß genau, es wird sehr oft die Unwahrheit gesagt, und sicher ist er heute noch genau solch Feind des Kommunismus wie eh und je, aber da er ein von allen Seiten verachteter Proletarier geworden ist, nimmt er Trost aus dem Weltall, wo er ihn bekommen kann. »Manchmal drehen wir auch Moskau an.«

Die Malaria gilt gleichsam als Schicksal der palästinensischen Kolonisation. Auch heute noch wird mit stillem Vorwurf gegen die neuen Einwanderer gesagt: »Die ersten Ansiedler, die ersten Pioniere, sie haben sich nicht vor der Malaria gefürchtet.« Achad Haam ist vor vielen Jahrzehnten gegen diese Bagatellisierung von Gefahren aufgetreten, aber auch gegen diese Heroisierung. »Das Klima ist nicht gut und fordert Sanierung. Das ist alles, was der Rechenschaftsbericht über die Zustände sagt, und wer den wirklichen Zustand nicht aus anderer Quelle kennt, wird sich keinesfalls einfallen lassen, daß sich hinter diesen kurzen trockenen Worten eine furchtbare herzerschütternde Tragödie verbirgt. Aber mehr als alles schmerzte mich der entsetzliche Gedanke, daß wir alle, die Vormünder des Jischuws, seine Freunde und Helfer, kein Recht haben zu sagen: Unsere Hände haben dies Blut nicht vergossen.« Und dann zählt Achad Haam die Familien auf, die durch die Malaria in diesem unglückseligen Gebiet ausgerottet wurden. Die Form der Malaria hat sich verändert, sie ist heute nur noch ein immer wieder

Achad Haam: »Einer aus dem Volke«, Pseudonym für Ascher Ginzberg (1856–1927). Er schloß sich in Odessa 1885 den Chowewe Zion (Zionsliebenden) an, entwarf aber bald mit dem »geistigen Zionismus« ein eigenes Programm, das sich auch kritisch mit Herzls Zionismus auseinandersetzte: Palästina war für ihn vor allem als »geistiges Zentrum« zur Wiederherstellung und Renaissance eines nationalen Judentums von Bedeutung.

Jischuw: »Ansiedlung«, verkürzte Bezeichnung für die jüdische Bevölkerung in Palästina vor der Staatsgründung.

auftretendes leichtes Fieber. In Palästina ist man daran gewöhnt, aber dem Neuling sind diese Dörfer mit den Fliegennetzen vor jeder Tür, vor jedem Fenster unheimlich wie das berüchtigte Pästum in Süditalien. Nach Sonnenuntergang verläßt möglichst niemand das Haus, denn draußen schwirrt die Anophelesmücke, draußen lauert das Fieber, hockt die Malaria. Trotzdem sind Moskitos im Haus. Über den Betten sind Moskitonetze. Die Bewohner werden gestochen, und fast alle hatten Malaria.

Einer hämmert am Zaun. Es ist ein einfacher deutscher Jude, dem die geistige Beschäftigung nie recht lag, tüchtig, tatkräftig, fähig, Nägel einzuschlagen und ein Rad zu reparieren und eine Bank zu zimmern, und dem das Spaß macht, viel mehr Spaß, als Stoffe zu verkaufen oder Steinnußknöpfe oder Devisenarbitrageur zu sein. Er ist einfach glücklich hier.

Landwirtschaftliche Gemeinschafts-Siedlung

Von Tel-Aviv fährt der Autobus durch rotbraunen, trockenen Lehm in das jüdische Land. Zwei bis drei Meter hoher Feigenkaktus bildet die Hecken, hinter denen die dunkelgrünen Apfelsinenbüsche stehen mit den goldenen Früchten. Das ist die Landschaft – kilometerweit. Apfelsinenbüsche hinter Kaktushecken.

Es kommt ein Ort, gerade, unschöne, kleine, neue Häuser, rasch mit wenigen Mitteln in dem Jahrzehnt seit dem Kriege aufgerichtet, eine saubere, moderne Arbeiterküche mit gutem Essen, ein Kramladen, eine Bude für Apfelsinensaft, Milch, kohlensaures Wasser.

Ein Mädchen steigt ein. Sie trägt derbe Stiefel auf Beinen, die bis hoch hinauf nackt sind, dazu schwarze, baumwollene, weite, geschlossene, kurze Höschen, eine kurzärmelige Polobluse, einen breitrandigen Strohhut. Das ist die Tracht der jüdischen Land-

Junger Arbeiter in einer Kwuzah (Nahalal)

bewohnerin, die Arbeiterin, Bäuerin, Pionierin in einem ist. Ihre Großmutter trug noch in Polen den falschen Scheitel, um das eigene Haar nicht zu zeigen. Die Mutter trug um 1920 den modernen kurzen Rock, sie selbst aber wirft alles von sich, um kurze Hosen zu tragen. So neu und so kühn wie diese kurzen Hosen zu nackten Beinen in einem orientalischen Land, in dem uralte heilige Tradition aller Völker das Verhüllen der Frauen gebietet – so neu und kühn ist dieser Versuch einer neuen Lebensform, die sich Kwuzah nennt. Mit der Kwuzah ist für eine kleine Gruppe eine selbstlose Sammlung aller Kräfte zu gemeinsamem und gleichmäßigem Wohle vollständig verwirklicht. Die Kwuzah ist eine gemeinschaftliche Siedlung von Pionieren zur Fruchtbarmachung des Landes. Im Gegensatz zu den Pionieren des Urwaldes, dessen Boden noch Generationen alte Kraft in sich trägt, kommt der jüdische Pionier in uraltes Land, ausgesogenen Boden, Wüste. Jahrtausende hat dieser Boden nur gegeben, nichts erhalten, weder Mist noch Dünger. Durch moderne Methoden (Bewässerung, Fruchtwechsel, Motorisierung der Feldarbeit) wird er in fruchtbares Land verwandelt. Die Kwuzah ist einerseits eine Gemeinschaft von Spezialisten, von denen jeder einzelne einen Zweig der Landwirtschaft beherrscht und mit Fanatismus fördert, andererseits der Versuch, eine Wirtschaftsform von höchstdenkbar sozialer Gerechtigkeit zu finden.

Es gibt alte und neue Kwuzot. Die alten sind die reichen, die neuen sind die armen Kwuzot. Die Kwuzah Givat Brenner ist eine neue Kwuzah, 1928 auf Boden errichtet, der dem jüdischen Nationalfonds als Eigentum verbleibt. Der Boden soll nach einer Reihe von Jahren verzinst werden in Höhe von $\frac{1}{2}$ v. H. bis 4 v. H. Nur in wenigen Fällen aber wird bisher der Boden dem Nationalfonds verzinst oder, anders ausgedrückt, Pacht gezahlt. Die Kwuzah hat dreihundert Mitglieder. Davon sind hundert deutsche Einwanderer vom letzten halben Jahr. Die Mitglieder treten ein wie in ein Kloster. Was sie besitzen, was sie erarbeiten, gehört der Gemeinschaft. Wollen sie in die Stadt fahren, so gibt die Kwuzah das Geld dafür, braucht einer neue Stiefel, so gibt die Kwuzah das Geld, will einer einmal in langer Zeit das Theater, die Habimah, besuchen, gibt die Kwuzah das Geld. Sie nennen nichts mehr ihr eigen. So wie die lateinischen Mönche das Land kolonisierten, in großen Teilen Europas, ohne eigenen Nutzen, es sei denn für den der Kirche, des Klosters und der Zukunft, so kolonisiert hier die jüdische Jugend das Land ohne eigenen Nutzen, es sei denn für den der werdenden Nation, der Kwuzah und der Zukunft.

Kwuzah Brenner hat große gemischte Landwirtschaft: Felder jeder Art – man erntet zweimal im Jahr verschiedene Frucht-, Zitruskulturen – wie man die Anpflanzung von Zitronen, Apfelsinen, Grapefruits und Mandarinen nennt –, eine Baumschule, die allein etwa 1000 L. P. im Jahr abwirft, einen großen Gemüsegarten – in sechs Wochen kommt der Blumenkohl von der Aussaat bis zur Reife von ganz großen weißen Köpfen –, einen wohlgepflegten Blumengarten. Die Gemüsefelder werden von rotierenden Rasensprengern unausgesetzt befeuchtet. Mitten in der Tiefe des flachhügeligen Landes sieht man ein viereckiges kleines weißes Gebäude – es sieht aus wie in Europa eine Transformatorenstation –, das ist der Quell der Fruchtbarkeit im wahrsten Sinne des Wortes. Es ist die Motorpumpe, die das Grundwasser aus achtzig Meter Tiefe hebt. Zur Feld- und Gartenwirtschaft kommt die Viehwirtschaft: In den Ställen stehen schwarz-weiße prachtvolle holländische Kühe, die man mit dem inländischen Vieh gekreuzt hat, moderne Geflügelställe mit weißen Leghornhühnern, jener Rasse, die man in ganz Palästina allein zieht. Du siehst keinen bunten Hahn mehr, und wenn du einen siehst, so kannst du dich darauf verlassen, daß es ein ganz altmodisches Vieh ist, nicht mehr dienend dieser Welt der rationalisierten Eiererzeugung, sondern nur noch dem schönen Aussehen.

Einkommensquelle ist ferner die Lohnarbeit der Mitglieder der Kwuzah. Der Lohn z.B. für Apfelsinenpflücken in den benachbarten Siedlungen kommt selbstverständlich der Kwuzah zugute. Außerdem hat die Kwuzah Handwerksbetriebe. Eine Bäckerei und Tischlerei in der benachbarten Stadt. Die Handwerker wohnen in der

In einer Kwuzah (Wadi Chawarith)

Kwuzah Brenner, fahren täglich hin und zurück, die Einnahmen erhält die Gemeinschaft, die für die Ernährung und das Fahrgeld aufkommt. Um solche Betriebe einzurichten, ist Geld nötig; die Kwuzah verschafft es sich auf sehr verschiedenen und sehr verschlungenen Wegen. Zum Teil bekommen sie sie natürlich aus öffentlichen Mitteln. Zum Teil aber auch von Banken, die Sicherheiten verlangen. Es kommt z.B. vor, daß ein junger Mann, der in die Gemeinschaft eintritt, zwar nicht selbst Geld mitbringt, aber von seinem Vater eine Garantie verschafft, auf die hin die Bank das Geld gibt.

Auf dem Wirtschaftshof stehen die Holzbaracken, in denen winzige Abteilungen zum Wohnen dienen, getrennt durch Holzwände, die bis zum Beginn des schrägen Daches reichen, also halbhoch sind. Nichts steht in den Kabinen als Bett und Tisch und Stuhl. Mönchszellen – aber das ist der Unterschied: nie ist der Mensch in der Kwuzah allein. Über die Wände hinweg hört man jedes Wort.

Man wäscht sich in den Duschräumen. Kleider und Wäsche befinden sich in einem großen Kleiderschuppen. Dort sitzen einige und nähen und flicken für die übrigen. Draußen stehen nebeneinander Dutzende von Zelten. In jedem wohnen zwei Menschen in den furchtbaren kalten Regengüssen des palästinensischen Winters, in der furchtbaren glühenden Hitze des palästinensischen Sommers. In allen diesen kleinen Zelten herrscht Ordnung und Sauberkeit und Geschmack. Auf den Betten liegen handgewebte Decken. Dort steht eine kleine Etagere mit Büchern, dort ein hübscher Messinggegenstand auf einem Tisch. An dem Holzpfeiler, der das Zelt hält, hängt die Petroleumlampe. Das ist alles, der ganze Besitz, die ganze Existenz, manchmal jahrelang.

Eine gemeinsame Holzbaracke dient als Eßraum, auf Holzbänken ohne Lehnen sitzen die Leute, essen aus dem Emaillenapf. Aber es herrscht weder die Verbitterung der Armut noch der Abstand der Missionare. Es ist alles selbstverständlich. Jetzt wird gebaut, der Eßraum soll erweitert und verschönt werden. Man merkt am Arbeitstempo, in dem diese Arbeit fertiggemacht wird, aller Freude, daß man es so weit gebracht hat. Judith, die Pionierin, führt uns. Für die neue Küche sind die Sachen gekommen. Wie nur je eine bürgerliche Hausfrau steht sie vor dem Schrank mit dem neuen Aluminiumgeschirr für alle und freut sich, sie freut sich über den neuen Abwaschtisch, den »wir« bekommen haben. Sie freut sich über die neuen Herde. Und es steht ein Gerät da, das uns unbekannt ist: »Nein, daß wir schon so reich geworden sind, daß wir schon Sachen bekommen, von denen wir gar nicht wissen, wozu sie dienen«, sagt Judith.

Die Kwuzah erscheint Lösung brennender Menschheitsfragen, Lösung ohne Gewalt, Lösung ohne Zwang. Wer in die Kwuzah geht, weiß, was er tut. Er gibt das Streben nach persönlichem Wohlergehen auf und nach persönlicher Lebensfreude, nach persönlichem Essen, nach einer Freude, die man der geliebten Frau macht. Er erhält dafür Schutz und Hilfe einer Gemeinschaft. Selbständige Naturen bilden sich dort zu Führern aus, die für die Gemeinschaft

Siedlerin vor ihrem Haus

denken und handeln, unselbständige sind des Kampfes ums Dasein enthoben.

Die Mehrzahl ist unverheiratet, eine Minderheit hat Kinder. Es sind fünfzig auf dreihundert Erwachsene. Für sie wird als erste gesorgt, ihnen gehört das Beste. Das Kinderhaus ist das einzige Gebäude aus Stein. Hier beginnen die eigentlichen Probleme. Die Einzelfamilie ist tot. Die Regel, daß die Familie die Keimzelle des Staates ist, trifft für Rußland und auch für Palästina nicht mehr zu. Die Mutter arbeitet nicht durch Aufzucht der Kinder, sondern direkt am Aufbau der Kolonie mit. Sie gibt ihre Kinder ins Kinderhaus. Dort essen und schlafen und leben die Kinder. Man erwartet, daß so unegoistischere Geschöpfe aufwachsen. Man erzählt zum Beweise der neuen Gemeinschaftsgefühle eine wahre Geschichte, die sich auf einer Kwuzah zutrug. Ein Kind sagte, als es Bauchschmerzen hatte: »Unser Bauch tut mir weh.«

Die Trennung von Eltern und Kindern, diese Auflösung der kleinen Familie in eine größere, ist sehr problematisch. Sie ist besonders problematisch bei den Juden, die sich durch die Jahrtausende durch Familie und Religion erhalten haben, beide gelten der Kwuzah sehr wenig. Wie die Kinder bleiben auch die Eltern, die Alten, ein Problem. Einige Eltern wurden in die Kwuzah aufgenommen. Meistens arbeiten sie mit. Die Mütter meist in der Kleiderkammer oder in der Krankenpflege. Auf Brenner wohnt aber auch ein Elternpaar, das der Gemeinschaft Geld gab und dafür sein Leben lang miternährt werden soll.

In dem gemeinschaftlichen Eßraum steht, noch nicht zu kurzen Hosen entschlossen, noch in Rock und Strumpf, Fräulein Margot aus Berlin, Gymnastiklehrerin, ein elegantes Mädchen. Sie steht da in diesem Eßraum, an einen Holztisch gelehnt, wie sie vor kurzem bei einer Tanzerei an einem schönen, geschnitzten Schrank hätte lehnen können, anmutige Europäerin, sie fügt sich ein, sie arbeitet, wohin man sie stellt, körperlich geschult wie sie ist, besser als viele, die immer gehoben, getragen und sich gebückt haben. Losgelöst aus dem ihr genehmen Milieu, wird sie nicht zugrunde gehen. Man kann die Wandlung von der Europäerin, der Schülerin der großen deutschen Tanzkunst, der Wigman-Schülerin, die die Kunst ihrer Gliederbeherrschung nicht mehr benutzt, um seelische Bewegtheit zu verdeutlichen, sondern um Apfelsinenkerne zu stecken, man kann sie bejubeln, man kann sie beweinen – aber sie ist da.

Zweitausend Jahre Geschichte werden übersprungen, die Spanne der Geschichte, über die die meisten europäischen Völker überhaupt nur verfügen. Anknüpfend an den Boden des antiken Judentums soll ein neues Judentum aufgebaut werden, das der jüdischen Bauern, die in der Form der Kwuzah, also einer kleinen selbstlos und einheitlich zusammenhaltenden Gemeinschaft, eine ideal gerechte Verteilung der Güter zu erreichen hoffen.

(Veröffentlicht in C.V.-Zeitung Nr. 15, 10. April 1935, nicht im Manuskript)

Herbstfeste in Jerusalem

Es gibt keinen Tempel mehr in Jerusalem, und es darf auch kein Tempel mehr sein bis zur Heimführung der Juden nach Erez Israel durch den Messias. Die Zeit ist noch nicht da für den Tempel. Niemand hat daran gedacht, um einen neuen Tempel die Heimkehr zu gestalten, nicht Herzl, dessen ganze Größe man erst hier erkennt am Nichtgewordenen, am Unterschied der gewaltigen Konzeption, nicht die Zionsliebenden, die Chowewe Zion, die ostjüdischen Vorläufer Herzls. Besetzt ist der Tempelplatz, der ungeheure, mit einem der schönsten Gebäude der Welt, der Omarmoschee. Sie ist gebaut aus blaugrünen Kacheln um einen Felsen, von dem die Mohammedaner glauben, daß auf ihm Abraham den Isaak opfern wollte. Besetzt ist der Platz mit heiteren Festtoren, mit den lieblichsten Brünnlein, mit der Al-Aksamoschee, der alten Kirche der Kreuzfahrer.

An der Mauer darunter, die den Tempelplatz stützt, nicht etwa an einer der alten Tempelmauern selbst, ein schmaler Gang; davor stehen die Juden und weinen durch die Jahrtausende. Das blieb als einziges. Es gibt keinen Tempel mehr in Jerusalem. Die Synagoge, der Ort des Zusammenkommens, ist klein. Überall sind Stübchen. In der Mitte steht die Bima, von der gelesen wird. Hinten der Aron Hakodesch, der heilige Schrank mit der Tora.

In der Altstadt von Jerusalem sind sieben Synagogen der Sepharden ineinander und übereinander gebaut. Ein junger Mann im gewöhnlichen Schlapphut, im grauen Straßenanzug, liest und betet vor. Die alten Sephardim haben die edelsten Gesichter, schmal und verwittert, große, schmale, gebogene Nasen, flammend schwarze Augen, die Münder dünn im weißen Bart, die Gestalten im Fez und langen arabischen Kittel schmal und hoch. Würdige gefallene Könige. Die Jugend trägt Schirmmütze und europäischen billigen Anzug. Sie sehen aus wie alle Arbeiter rund um das Mittelmeer. Erst im Alter bekommen ihre Gesichter das Große. Die Mädchen sind schmalhüftig, rehhaft. Oben in den Synagogen gibt es Bänke vor einem dichten Holzgitter, zwanzig Plätze für die Frauen, während es unten für die Männer 150 gibt.

Im Flur stehen Petroleumkanister, ein rostender Ofen, auf dem gestampften Lehm liegt Schmutz, dahinter ein winziges Stübchen. In der Mitte die Bima. Ein paar Männer im Gebetmantel singen. Es sind kurdische Juden. Die Frauen stehen im Flur. Sie tragen hellgeblümte Kattunkleider, dazu aus großen Tüchern gedrehte Turbane auf dem Kopf.

Hoch über der Mauer hängt eine kleine Synagoge. Mittag des Jom Kippur. Auf den breiten, mit Kissen bedeckten Bänken liegen einige Juden aus Bagdad, das man hier Babel nennt. Es ist ein prachtvoller, weiß gekalkter Raum, in der Mitte eine Säule, die das

Bima: Eine nach talmudischer Vorschrift um sechs Stufen erhöhte »Bühne« in der Synagoge – auch Almemor – zur Aufnahme des Tisches (schulchan), von dem aus die Toravorlesung erfolgt.

Gewölbe trägt. Über zwei Treppen hinab ein Spital. Hoch hinauf Bücher in barocken Schränken. Stimmung des Bibliotheksaales eines Schlosses. Für arme kranke Juden wird aus der Tora gebetet.

Ein paar Stufen hinab sitzen auf roten Samtbänken mit untergeschlagenen Beinen wenige Jemeniten, südarabische Juden. Sie tragen im Gegensatz zu den orientalischen und sephardischen Juden Peijes, sind mager wie die Inder, haben lange dünne, ungemein charakteristische Gesichter mit kurzen schwarzen Bärten. Die jungen Mädchen sind zierlich und süß, bevor die Zartheit Magerkeit wird. Daneben, noch winziger wieder, ein Betsaal für Jemeniten, vielleicht nur für zehn Männer.

Im Keller ist der Gottesdienst der seltsamen Karäer, von denen es nur noch drei erwachsene Männer gibt.

Neben der Klagemauer, wo die Beter wahrhaft heroisch in der glühenden Sonne den ganzen Jom Kippur standen, führen winklige Treppen, geheimnisvolle, schwarze Korridore zu einem kleinen Bethaus, hoch über die Klagemauer.

Die Aschkenasim haben zwei große Synagogen in der Altstadt. Wunderbar feierlich ist die der Chassidim. Die Männer in langen,

Jom Kippur: Versöhnungstag. Der heiligste Tag des jüdisch-religiösen Jahres, am 10. Tischri (Mitte September/Anfang Oktober), der ernste Abschluß der Bußtage. Bestimmt für die Erneuerung des religiösen und sittlichen Lebens, soll er durch aufrichtige Reue und Läuterung des Menschen die Verzeihung der Sünden und die Versöhnung mit Gott erwirken.

Karäer: Jüdische Sekte, entstanden im 9. Jahrhundert. Übersetzt bedeutet der Name »Die Biblischen«, d. h. sie verehrten allein die Bibel und lehnten die rabbinische Tradition ab.

Aschkenasim: In Genesis 10,3 wird ein Aschkenas erwähnt, dessen Volk »als ein Teil einer für indogermanisch gehaltenen Völkerwelle« nach Vorderasien kam. In talmudischer Zeit wurde Aschkenas mit Germanien gleichgesetzt. Infolge dieser Gleichsetzung nennt man Aschkenasim die mittel- und osteuropäischen Juden, die von Deutschland und Frankreich aus nach Polen und Rußland und von dort auch nach Amerika gewandert sind. Kennzeichnend für sie war die aus dem Mittelhochdeutschen entwickelte jiddische Sprache.

weißen Gewändern, aus schweren seidenen Damasten, dazu die großen schwarzen Pelzhüte, eine Tracht, feierlich und großartig. Sie sitzen an breiten Tischen. Auch hier sind nur wenige Plätze für die Frauen, die vor dichten Holzgittern sitzen, durch die nur mit größter Anstrengung etwas zu sehen ist.

Aber weder diese beiden noch die ineinandergebauten der Sephardim geben den Feiertagen und dem Schabbat in Jerusalem das Gesicht. Aus jedem zweiten Haus tönt Singen, in jedem zweiten Haus ist Gottesdienst, im Heim der deutschen Einwanderer nach ° dem in Deutschland üblichen Nigen in zwei Schlafzimmern. Nebenan in einer Schule von orthodoxen Frankfurter Juden, drei Häuser davon in einer Talmud-Toraschule.

So durch ganz Jerusalem. Nur in den neuen Geschäftsstraßen findet man keine Bethäuser, sonst überall in allen Straßen der Stadt, in allen Vororten, die judäischen Berge hinauf und hinab.

Diese Form des Gottesdienstes hat das Judentum erhalten. Kein Priester ist nötig, kein gebautes Heiligtum, jedes Zimmer ist für den Gottesdienst geeignet, jeder erwachsene Mann kann ihn abhalten, der Hebräisch versteht. Große Teile der ostjüdischen Jugend aber halten nichts mehr. Sie, die durch die Cheder und Talmud-Toraschulen gingen, gefüttert wurden mit jüdischem Wissen, sind der Weisheit der Väter abgeneigt. Sie rebellieren, wie nur je Jugend rebellierte. Sie sind Revolutionäre und Nationalisten. Sie gehen ins jüdische Land, aber nicht mehr in die Synagoge.

° Nach Jom Kippur fing man an, die Sukkot zu bauen, die Lauben, die an die Hütten der wandernden Juden erinnern sollen. In ganz

Nigen: Von hebr. naggen: musizieren.

Sukkot: »Hütten«. Das Laubhüttenfest beginnt am 15. Tischri (Ende September/Anfang Oktober) und dauert insgesamt neun Tage. Ursprünglich Obst- und Weinlesefest, hat sich Sukkot zum Erntedankfest entwickelt. Es werden Umzüge mit Feststräußen veranstaltet, und Laubhütten auf Balkonen oder Dächern errichtet.

Kinder lesen in ihrer Zeitung »Wort für Kinder«

Jerusalem, vor jedem Haus, auf jeder Terrasse, auf jedem Balkon standen die Sukkot.

Im armseligen Mea Schearim wurden auf den Gitterbalkons Holzstangen hochgezogen, daran Laken aufgehängt oder auch nur Säcke und Lumpen. Manche machten die Wände aus Wellpappe, das Dach bildeten ein paar Bretter mit grünen Zweigen bedeckt. In der Altstadt, wo Treppen über Treppen emporführen, Terrasse über Terrasse, machten sie die Laube auf den Treppenabsätzen. Wo man hinsah in die kleinen Höfe, sah man die Lauben. Draußen in den vornehmen Villenvororten waren die Lauben auf den Terrassen aus Matten oder aus feinen Stoffen. Das Grün, das sie bedeckte, war grüner als bei den Armen, und am Grün hingen die rötlichen Granatäpfel, die ersten fast reifen grün-goldenen Apfelsinen, Grapefrüchte und Zitronen, Weintrauben, Feigen und gelblicher Mais. Manche hingen bunte Papierketten für die Kinder auf, bunte Papiersäckchen mit Schokolade gefüllt. In den Lauben der Armen brannten Talglichter oder die Petroleumlampe, in den Lauben der Wohlhabenden elektrisches Licht.

Im Viertel der bucharischen Juden waren die Sukkot aus den herrlichen bunten gestickten Decken. Die Bucharen gingen in ihren Mänteln aus schwerer gemusterter Seide spazieren, rot mit lila, der eine olivfarben, der andere trägt eine sanft verschwimmende, sich immer wiederholende gelbe Menorah darauf. Einer trug einen rosa Mantel mit sandfarbenen Streifen, und die Frauen bunte seidene Gewänder wie lange, weite Hemden und Stirnbänder, die hinten gebunden herabfallen.

Überall aßen die Familien und die einzelnen in ihren Sukkot, sie saßen in den sanften Spätsommertagen unter Weintrauben und Granatäpfeln, unter Zitronen und Mais und sahen durchs grüne Gezweig einen blauen Himmel mit weißen Wolken und nahmen Abschied vom Sommer. Morgens und abends beten die Männer dort.

Auf dem Treppenabsatz der Außentreppe eine einfache Sukka. Sie gehörte einem alten Mann, ein junger Arbeiter baut sie ihm jedes Jahr aus Nettigkeit. Ein Licht brannte darin, schimmerte durch die weißen Laken. Der Alte im weißen Bart und schwarzen Mützchen betete, leise klang der Nigen durch die mondbeglänzte, sternenfunkelnde, leise schon herbstliche Nacht.

An Simchat Tora aber zogen die Kinder mit Fähnchen durch die Synagoge, und die alten Männer tanzten mit der Tora. Die Tora ist beendet, das ganze Buch gelesen, und sie fängt neu an mit diesen am meisten gedruckten, am meisten gelesenen, am meisten gewußten, in alle Sprachen der Welt übergegangenen Zeilen: »Im Anfang schuf Gott den Himmel und die Erde.«

Und dann waren die Feste des Herbstes zu Ende. Die Laube wurde zusammengeschlagen. Die Blätter welkten.

In Tel-Aviv aber gibt es das alles nicht. Fast nirgends war eine Sukka zu sehen. Auch ist keineswegs in jedem zweiten Haus ein Gebetstübchen. In Tel-Aviv gibt es große Synagogen. Und es geht laut in ihnen zu und heiter wie überall in Tel-Aviv, und sie sind überfüllt wie alles in Tel-Aviv. Die Alten drängen sich mit der Tora durch die Volksmenge, die die Tora küßt, die Frauen gehen mit hinein zu den Männern. Scharen von Kindern stehen mit Fähnchen auf der Bima, und dann tanzen die jungen Burschen vor dem Aron Hakodesch die Horra, den Nationaltanz, laut und oft und mit viel Gestampf.

Dann wird die Synagoge leer. Die Alten mit den Gebetmänteln bleiben zurück und lesen leise die ewigen Worte.

Bald werden die ersten Regen kommen, die Frühregen, von denen die Bibel spricht, und der lange Sommer versinkt in den Wolkenbrüchen des Winters.

(Veröffentlicht in C.V.-Zeitung Nr. 43, 25. Oktober 1934)

Simchat Tora: »Freude über die Tora«, »Gesetzesfreude«. Mit dem 23. Tischri endet die Reihe der Feiertage in diesem Monat. An diesem Tag wird der einjährige Zyklus der Toravorlesung mit der Vorlesung des letzten Abschnitts beendet. Im 16. Jahrhundert hat sich der Brauch eingebürgert, die Torarollen anschließend aus dem Schrein herauszunehmen und sie im Umzug durch die Synagoge zu tragen. Der Festtag »trägt einen besonders fröhlichen Charakter und gibt der Freude am Wort der Tora und der Bereitwilligkeit zur Beherzigung und Befolgung desselben einen ebenso beredten, wie kindlich-herzlichen Ausdruck«.

Pessach

Vor Pessach war im süddeutschen Haus meiner Großeltern unendlich viel zu tun. Es war ein orthodoxes Haus. Der Großvater war ein schöner, sehr großer blauäugiger Mann voller altväterlicher Galanterie. Tagelang vorher wurde das Haus gescheuert, alles Geschirr wurde weggepackt und neues pessachdiges hervorgenommen, drei, vier Tage vorher pessachdiges Gebäck, hauptsächlich Makronen, gebacken, am letzten Tage eine Crème gemacht, mit unendlichen Eiern, die Bischof hieß. Und dann wurde das Haus vom Großvater untersucht, ob Gesäuertes noch in irgendeiner Ecke zu finden ist, wie es in der Tora heißt: »Sieben Tage hindurch sollt Ihr Ungesäuertes essen. Jedoch am ersten Tage sollt Ihr das Gesäuerte weggeschafft haben aus Euerm Hause, denn wer Gesäuertes ißt, dessen Seele soll ausgerottet werden aus der Gemeinde, sei es ein Fremdling oder ein Eingeborener des Landes.«

Es waren viele Formeln zu sagen, und dann mußte das Gesäuerte an einem »sorgfältig geschützten Ort« aufbewahrt werden. Dieser sorgfältig geschützte Ort war auf dem breiten, hellen Flur eine gewaltige, herrliche Tonne aus Kupfer, in der das Brot aufbewahrt wurde. Und am nächsten Morgen wurde alles Gesäuerte verbrannt.

Und dann richteten wir die Sederschüssel. Die Serviette wurde gefaltet und in jede Falte eine Mazze, im ganzen drei, gelegt. Ringsherum aber stellten wir ein Näpfchen mit Petersilie, ein Näpfchen

Pessach: »Überschreitungsfest«. Das Fest beginnt am 14. Nissan (März/April) und dauert acht Tage. Die beiden ersten Abende des Festes heißen Seder-Abende, weil an ihnen ein längerer häuslicher Familiengottesdienst nach einer bestimmten Ordnung (seder) stattfindet. Das Fest selbst, wie viele der einzelnen Elemente (ungesäuertes Brot), soll an das Elend der Knechtschaft des Volkes Israel in Ägypten und an den Auszug aus Ägypten erinnern.

pessachdig: Zum Gebrauch am Pessachfest geeignet.

mit Salzwasser, eins mit geriebenem Meerrettich, eins mit Süßem, ein Ei und einen Knochen, der mit wenig Fleisch auf Kohlen gebraten wurde. Es gibt viele Erklärungen für diese Dinge. Das Ei, so hieß es, soll an die Opfer im Tempel erinnern. Aber es ist Frühling zu Pessach, und die Christen feiern Ostern. Das Ei, war es nicht das Symbol alles Neuen, Sprießenden, Schöpferischen? Tief hinabreichend in eine vorgöttliche mythologische Vorzeit? Und dann wurde der Tisch gedeckt, eine endlose Festtafel. Die Sederschüssel stand da. Die Tür blieb offen für den Propheten Elia und ein Stuhl frei, auch für den Propheten Elia. Und der Großvater sprach den Segen über den Wein aus Palästina und einen Dank an Gott, daß er uns dieses Fest gegeben zum Andenken an unseren Auszug aus Ägypten. Und dann tranken wir den ersten Becher Wein, wir zehn Enkel, die wir hier zusammensaßen, jugendlich, sehnsüchtig und glücklich. Es ging uns sehr gut. Und wir sagten in der Volkssprache, auf aramäisch nämlich: »Jeder, der in Not, komme und feiere mit, dieses Jahr hier, im kommenden im Lande Israel. Dieses Jahr noch Sklaven, im kommenden Jahr freie Männer.«

Der Jüngste stellte die Fragen: »Was unterscheidet diese Nacht von allen anderen Nächten? In allen Nächten essen wir Gesäuertes und Ungesäuertes. In allen Nächten essen wir vielerlei Kräuter. In dieser Nacht Bitterkraut. In allen Nächten tunken wir nicht ein, nicht einmal. In dieser Nacht nur Ungesäuertes. In dieser Nacht zweimal. In allen Nächten essen wir entweder frei sitzend oder angelehnt. In dieser Nacht nur angelehnt.«

Und wir antworteten alle dem Jüngsten: »Sklaven waren wir dem Pharao in Ägypten. Es führte uns heraus, der Ewige unser Gott mit starker Hand und ausgestrecktem Arm. Und hätte der Heilige, gelobt sei er, unsere Väter nicht aus Ägypten geführt, dann wären wir und unsere Kinder und unsere Kindeskinder dem Pharao in Ägypten dienstbar geblieben.«

Überlegten wir, ob die Fragen voll Sinn oder sinnlos waren und die Antwort uns etwas anging? Dort oben saß – und es war 1912 – der Mann mit dem weißen Bart Kaiser Franz Josefs, wie er 1830 geboren, und wir saßen da, von dreißig bis abwärts zehn Jahre alt und überlegten nicht.

Wir lasen die Haggada weiter. Es steht darin, daß die Juden, siebzig Personen stark, nach Ägypten kamen und um Weide baten für ihr verhungertes Vieh, und daß sie sich absonderten von den Ägyptern in Name, Sprache und Kleidung, und dabei wurden sie schön und mächtig. Und da bekamen die Ägypter es mit der Angst, daß die Juden sich in einem Krieg zu den Feinden Ägyptens schlagen könnten, und sie bedrückten sie so, daß sie sich nicht vermehrten. Und da ihre Leiden sehr groß wurden, erhörte sie Gott und übte Strafgericht an den Ägyptern.

Und dann streiten sich die Schriftgelehrten, wieviel Plagen es waren. Rabbi Josef der Galiläer sagte: »Woher weiß ich, daß die Ägypter von zehn Plagen, auf dem Meere aber von fünfzig Plagen heimgesucht wurden? Es sprachen die Schriftgelehrten zu Pharao: ›Es ist ein Finger Gottes.‹ (2. Buch Mose, 8, 15). Und wie heißt es beim Meer? ›Als nun Israel die große Hand sah, die der Ewige an Ägypten gelegt, da fürchtete das Volk den Ewigen.‹ Wieviel Plagen erlitten sie nun durch den Finger? Zehn! Folgere daraus: in Ägypten wurden sie von zehn Plagen, auf dem Meere aber von fünfzig Plagen heimgesucht.«

Rabbi Elieser sagte: »Woher weiß ich, daß jede einzelne Plage, die der Ewige, gelobt sei er, über die Ägypter verhängte, eine vierfache war? Weil es heißt: ›Er ließ seine Zorneswurt gegen sie los, Zorn, Wut, Not und Scharen böser Engel.‹ Zorn ist eine Plage, Wut die zweite, Not die dritte, Scharen böser Engel die vierte. Folgere daraus: in Ägypten wurden sie von vierzig Plagen, auf dem Meere aber von zweihundert Plagen heimgesucht.«

Rabbi Akiba sagte: »Woher weiß ich, daß jede einzelne Plage, die

Haggada: »Erzählung«, die nichtgesetzlichen Teile der Talmud-Literatur. Die Haggada schel Pessach ist die Erzählung vom Auszug aus Ägypten, wie sie am Seder-Abend am Familientisch vorgetragen wird. Diese Erzählung wird angeregt durch Fragen der Kinder am Tisch, ma nischtane ha-leila ha-se, »warum unterscheidet sich diese Nacht von anderen Nächten?«

der Heilige, gepriesen sei er, über die Ägypter verhängte, eine fünffache war? Weil es heißt, er ließ seine Zornesglut über sie los: ›Zorn, Wut, Not und Scharen böser Engel‹. Zornesglut ist eine Plage, Zorn die zweite, Wut die dritte, Not die vierte, Scharen böser Engel die fünfte. Folgere daraus: in Ägypten wurden sie von fünfzig Plagen, auf dem Meere aber von zweihundertfünfzig Plagen heimgesucht.«

Und dann sangen wir alle: »Dajenu«. Es hätte genügt. Wären wir herausgeführt aus Ägypten und keine Strafe über sie verhängt worden: »Dajenu«. Und dann kommt die schönste Poesie der Welt, die Lyrik der Psalmen. »Die Berge hüpften wie Widder und die Hügel wie junge Schafe.«

Der Großvater gab uns ein Stück Bitteres in Süßes getaucht, und wir aßen Mazze mit Bitterkraut dazwischen. Dann kam der Festschmaus, viele guten Sachen, Suppe mit Klößchen und Braten und Salate, und dann die Crème mit den unendlich vielen Eiern. Und dann sang der Großvater die uralten Verse, und wir hatten nur in den Chor einzufallen: »Denn ewig währet seine Gnade.« Zuletzt sangen wir ein Lied auf deutsch: »Es kaufte sich mein Vater, zwei Suse galt der Kauf, ein Lämmchen, ein Lämmchen.« Uralt, uralt, in allen Sprachen, bei allen Völkern das gleiche: die Katze frißt das Lämmchen, der Hund die Katze, ein Stock schlägt den Hund, der Stock verbrennt, Wasser löscht das Feuer, ein Ochse trinkt das Wasser, der Schlächter schlachtet den Ochsen, der Todesengel tötet den Schlächter. Ein Lämmchen, ein Lämmchen.

Im Garten blühte der Flieder, und am nächsten Tag gingen wir um die uralten, grauen Mauern, unter dem Goldregen, mitten durch die deutsche Romantik, und es war Frühling.

Soziale Begriffe der Juden

Von Roda Roda gibt es eine Geschichte:

»Warum bist du so traurig«, sagte ich zum Schafhirten.

»Ach Herr«, sagte der, »meine Tochter hat sich verheiratet. Sie hätte den Kuhhirten haben können, aber das schlechte Mädchen ist zum Schweinehirten gelaufen. Solch ein Abstieg!«

1895 sagte meine Großmutter in Süddeutschland: »Ich habe bei Kolmeyers Besuch gemacht. Die Resel hat sich verlobt, sehr reich, aber es scheinen mir Ostjuden zu sein, Namen mit Sohn sind immer ostjüdisch. Ich versteh ja den alten Kommerzienrat Kolmeyer nicht, das hat er doch nicht nötig, bei der einzigen Tochter.«

1933 sitzt mein Mann in einer ostjüdischen Gesellschaft und erzählt lachend: »Heute habe ich Herrn Ephraim ganz aufgeregt gefunden. ›Wissen Sie‹, sagte er, ›da habe ich meine Nichte aus Lemberg hier und die verkehrt viel bei Cohns, und die haben einen Untermieter, den haben sie immer dazu geladen, wenn das Mädchen da war, und richtig, jetzt haben sie sich auch verlobt. Und wissen Sie, was der Mensch ist – ein Litwak! Ist doch unerhört von Cohns!‹

Betretenes Schweigen der ganzen Gesellschaft. Schließlich einer: ›Entschuldigen Sie, was finden Sie denn daran so komisch? Eine Partie mit einem Litwak, einem litauischen Juden, macht man doch auch nicht gern als polnischer Jude.‹«

1928 ruft mich meine Freundin in Berlin an: »Stell dir vor, Margot hat sich verlobt. Mit einem italienischen Juden.«

»Donnerwetter«, sage ich, »ein Sepharde? Ist er auch sonst nett? Wo hat sie denn so was kennengelernt? Großartig.«

Das kleine ostjüdische Mädchen in Tel-Aviv hat sich verlobt. Sie ist sehr glücklich. Nur wegen der Eltern hat sie Bedenken. Die Eltern sind russische Juden. Sie leben in Amerika. Sie wollen jetzt nach Palästina kommen.

»Warum glauben Sie, daß sich ihre Eltern nicht freuen werden?« sage ich, »verdient er nichts? Ist er häßlich?«

»Nein«, sagt sie, »aber er ist aus Italien, er ist ein Fränk. Und Fränken, wissen Sie, Sephardim, nennt man sie auch, kann man bei uns eigentlich nicht heiraten.«

Gespräch mit einem alten Russen

»Ja, sehen Sie, das ist gewiß schrecklich mit Hitler, aber man muß eben bedenken, daß all das, was heute in Deutschland an den Juden geschieht, in Rußland etwas völlig Gewohntes war. ›Das Betreten des Ortes ist Juden verboten!‹ Nun, Sie wissen doch, daß es den Ansiedlungsrayon gab. Die Polizei veranstaltete Razzien in den großen Städten und wies die Juden zu Tausenden dort aus.

Den Juden in Deutschland wird jetzt die Staatsbürgerschaft entzogen. In Rußland haben sie sie nie gehabt. Die Juden in Deutschland kommen auf jede Denunziation hin ins Konzentrationslager. Die Juden in Rußland konnten sofort ›wegen politischer Unzuverlässigkeit‹ festgenommen und nach Sibirien deportiert werden. Es ist alles schon dagewesen.

Man verbietet den Juden in Deutschland, christliche Dienstboten zu halten. In Rußland hat 1881 ein Ausschuß verlangt, daß die jüdischen Familien dazu verpflichtet sein sollen, ihre christlichen

Sephardim: Von sefarad, einer biblischen Länderbezeichnung, die man später mit Spanien identifizierte. Bezeichnung der Nachkommen der spanischen und portugiesischen Juden, die nach der Ausweisung 1492 die Iberische Halbinsel verlassen haben. Sie ließen sich vor allem in Nordafrika, in den Mittelmeerländern, dem Balkan und dem Osmanischen Reich nieder. Ihre Sprache ist das Judeo-espanol oder Ladino. Die sephardische Aussprache hat sich bei der Entwicklung der neuhebräischen Sprache durchgesetzt.

Dienstboten, die bei ihnen ›verdorben‹ würden, unverzüglich zu entlassen.

Auch diese deutsche Verbindung von Antisemitismus und Antikapitalismus hat es in Rußland gegeben. Ukrainische Sozialisten haben gerufen: ›Arbeiter erhebt Euch! Rächt Euch an den Herren, plündert die Juden, erschlagt die Beamten!‹ Auch die innerjüdischen Konflikte waren die gleichen. Die einen fanden, daß die Organisationen der Auswanderung die wichtigste Zeitaufgabe sei, die anderen bekämpften das als einen Verzicht im Kampf um die Gleichberechtigung.

Es war ja in Rußland viel schlimmer, z.B. konnten Juden sofort aus ihrem Wohnsitz ausgewiesen werden, auch wenn sie nur ihre Familie in dem Nachbarort besuchten. Sie wurden systematisch aus ihren ländlichen Wohnsitzen vertrieben.

Unter Alexander II. förderte man das Handwerk auf Kosten des Handels. Alexander III. ließ die jüdische Gewerbeschule schließen, weil im Südwesten die Juden die Mehrheit der Handwerker ausmachten. Mit den Schulen war es auch so. In die höheren Schulen durften im Ansiedlungsrayon zehn Prozent, wo die Juden 30 bis 80 Prozent der Bevölkerung ausmachten, außerhalb des Ansiedlungsrayons 5 Prozent aufgenommen werden. Die Universität war ihnen ebenfalls versperrt. Kein Arzt, kein Jurist, kein Ingenieur bekam eine Staatsstellung. Jahrzehntelang wurde kein einziger Rechtsanwalt zugelassen. Die Juden mußten in den Verkehrsmitteln den Beamten ihre Plätze überlassen. In Mohilew mußten sie die Beamten grüßen. Strafrechtlich verfolgt wurden Juden, die sich andere Namen beilegten, als die in die Geburtsregister eingetragenen, es war nämlich üblich, diese Vornamen zu russifizieren. In Deutschland verlangt man auch, daß die Juden jüdische Vornamen tragen.«

»Lieber Freund, es ist in zweierlei Beziehung ein Unterschied: Die russischen Juden waren an Rechtlosigkeit gewöhnt und gingen so ihre eigenen Wege. Es war für sie kein Problem, mit Brillanten und Gold über die Grenze zu gehen. Für die deutschen Juden ist das ein

Problem. Wer 150 Jahre für Recht gekämpft hat und übertrieben rechtlich war – rechtlicher als die Deutschen, denn für die Deutschen war das Recht selbstverständlich, für die Juden war es das erkämpfte große Geschenk –, ist nicht mehr fähig, jenseits selbst von unrechtmäßigen Gesetzen zu handeln. Und noch eins ist anders: Die englische Öffentlichkeit nahm sich der verfolgten russischen Juden an, Shaftesbury, der Bischof von London, der katholische General Munning. Und in New York sagte der Richter Davis: ›Sollte die Lage der Juden in Rußland von Gesetzes wegen nicht erleichtert werden, so besitzen die Amerikaner außer freundschaftlichen Ermahnungen Dollars genug, um allen drei Millionen Bürgern, die zur Zeit noch vaterlandslos sind, die Übersiedlung und die Niederlassung auf freiem amerikanischem Boden zu ermöglichen.‹ 1890 ergriff der Herzog von Westminster die Initiative zu einer Protestresolution an den Zaren: ›Fünf Millionen Untertanen Eurer Majestät stöhnen unter dem Joch beschränkender Ausnahmegesetze.‹

Das wollen Sie vergleichen? Sie wollen wirklich vergleichen die Empörung der Welt gegen den russischen Zarismus mit der Gleichgültigkeit von 1936? Die Möglichkeit einer geschlossenen Auswanderung nach Amerika ist nicht zu vergleichen mit dieser hoffnungslosen Zerstreuung der deutschen Juden zwischen Südafrika und Feuerland. Die vertriebenen russischen Juden gehörten einer bettelarmen Schicht an, denn die Reichen spürten von all dem nichts, sie wanderten in einer Zeit des Aufstiegs in ein aufsteigendes Land.

Die deutschen Juden wurden enteignet, genauso enteignet wie die reichen, russischen Juden durch den Bolschewismus. Aber auch diese Vertreibung ist, abgesehen von fürchterlichen privaten Tragödien, nicht zu vergleichen mit der der deutschen Juden. Hunderttausend gingen nach Berlin, hunderttausend gingen nach Paris, hunderttausend nach London. Sie bekamen Arbeitserlaubnis und Aufenthaltsgenehmigung, was die deutschen Juden eben nicht bekommen in einer Welt, die sich immer weiter vom Humanismus und Liberalismus entfernt.

Und was das schlimmste ist: Niemand auf der Welt hat die Pogrome verteidigt. Aber die Vertreibung der deutschen Juden wird weltanschaulich unterbaut. Die Diffamierung wird in ein System gebracht. Die Verhöhnung als tiefe Philosophie markiert. Und all das frißt sich in die Seelen – auch die jüdischen.«

»Na, ja, liebe Frau, irgendwie und recht betrachtet, müssen Sie doch zugeben, sehen Sie die Judenfrage ... Die deutschen Juden sind doch auch alle keine richtigen Juden mehr gewesen.«

Der Jude und sein Wirtsvolk

Ich sage dem jüdischen Nationalisten aus Rußland, wie viele Beziehungen zwischen Juden und Deutschen fast zwei Jahrhunderte bestanden haben, von Lessing angefangen. Kant zum Beispiel habe seine »Kritik der reinen Vernunft« zwei Juden und zwei Christen gewidmet. »Na ja«, sagt er und lächelt und denkt: ach, diese komischen deutschen Juden, wie sie an solchen Beziehungen hängen, und er sagt: »Aber glauben Sie mir trotzdem, das Verhältnis zwischen der russischen Intelligenz und den Juden war inniger. Es gab einen großen russischen Philosophen, Solowjow, soweit es überhaupt russische Philosophie gibt, und eine Stunde vor seinem Tode sagte er: ›Laßt mich allein. Ich muß noch für die Juden beten.‹«

»Wie?« sagte ich, »was war er? Ein polnischer Patriot? Das ist ja merkwürdig!«

»Warum ist das merkwürdig?« brauste ein polnischer Jude auf, »wir haben an allen Freiheitskämpfen der Polen teilgenommen, und wissen Sie nicht, daß 1830 in Paris Polen und Juden zusammen kämpften? Und gar 1863 sind wir zusammen gegen den Zarismus auf die Barrikade gestiegen.«

In einer Gesellschaft ist von dem Feuilleton eines hebräischen Schriftstellers die Rede. Im alten Rußland seien literarische Gesellschaften gegründet worden. Nach einiger Zeit seien immer mehr

Juden eingetreten und im selben Ausmaß Russen ausgetreten, bis zuletzt nur noch Juden darin gewesen seien. »Aber das ist ja einfach nicht wahr«, sagt ein russischer Zionist, »bis zuletzt waren die Vereine paritätisch.«

»Wir wollen leben wie Freunde und abrechnen wie Juden, so sagt ein ukrainisches Sprichwort«, sagt der ukrainische Jude zu mir.

»Ein hübsch antisemitisches«, sage ich.

»Oh nein«, sagt er, »die Ukrainer sind keine Antisemiten.«

»Und die Pogrome? Zweihunderttausend tote Juden?«

»Ach«, sagt er, »das waren ja ganz andere Leute.«

Als der russische Ministerpräsident Plehwe auf der Fahrt über eine Newabrücke ermordet wurde, veranstalteten die vornehmen jüdischen Bürger von St. Petersburg eine Versammlung. Sie erklärten, daß niemals ihre Jugend teilgenommen hatte an diesen verwerflichen sozialistischen Konspirationen. Als die bärtigen Rechtsanwälte und die Kaufleute erster Gilde so sprachen, sprang der jugendliche Jabotinski auf, der heutige Führer der extremsten jüdischen Nationalisten, und rief: »Ich will hier die Wahrheit sagen, wenn die Bombe des Russen Plehwe verfehlt hätte, so stand auf der anderen Seite ein Jude, der ihn bestimmt getroffen hätte.«

Die Theorie lautet ironisch: »Die reichen französischen Juden bestreben sich, uns und unseren Feinden weiszumachen, daß das Geschick der Juden in jedem Lande aufs engste verknüpft sei mit dem der übrigen Bewohner des betreffenden Landes oder gar mit dem Geschick des Menschengeschlechts überhaupt, daß die Not, unter

Jabotinski: Vladimir Jevgenevich Jabotinsky, mit hebr. Namen Ze'ev Yona Jabotinsky (1880–1940), geb. in Odessa. Schriftsteller, Dichter und zionistischer Politiker. Er trat 1921 der zionistischen Exekutive bei, verließ sie aber bereits 1923 wieder und gründete 1925 die Weltunion der Zionisten-Revisionisten, die sich für eine strikte Durchsetzung des Basler Programms einsetzten, einen stärkeren Kampf gegen die britische Mandatarmacht befürworteten. Anhänger eines »Groß-Israel« und die heutige Likud-Partei berufen sich auf Jabotinsky, dessen Verdienste um die mittelständische Einwanderung (»In Praise of the Jewish Merchant«) darüber häufig vergessen werden.

der die Juden in irgendeinem Lande zu leiden haben, nicht eine spezifische jüdische sei, sondern das ganze Land oder gar das ganze Menschengeschlecht betreffe.« (Achad Haam).

Aber wenn Sie in Palästina irgendwann und -wo bezweifeln, daß einer sich aufs engste mit dem Geschick seines früheren Heimatlandes verbunden gefühlt habe, oder sagen, Polen, Russen, Deutsche oder gar Amerikaner seien Antisemiten, so springt sicher jedesmal ein Mensch auf, der mit dem Furor eines edlen Temperaments die These des jugendlichen Jabotinski verteidigt und erklärt: also er sei doch dort geboren und müsse es wissen, und eigentlich seien die Russen, Polen, Deutschen, Ungarn gar keine Antisemiten.

Und es scheint mir nur ein Unterschied des Grades zu sein, wenn diese These sich übersteigert und Juden alle übrigen Juden gerade für ihr Land gewinnen wollen, wenn der französische Philosoph Adolf Frank meint, daß jeder Jude, der die Früchte der Emanzipation genieße, vor allen den Franzosen des Revolutionszeitalters zu Dank verpflichtet sei und daß er daher in allererster Linie Frankreich und erst in zweiter Linie sein wirkliches Geburtsland als sein Vaterland betrachten müsse. Oder wenn der Marburger Kantforscher Hermann Cohen im Beginn des Weltkrieges erklärte, daß alle Juden der Welt, da sie doch alle deutscher Kultur entstammten, auf Deutschlands Seite kämpfen müßten. Oder wenn ein jüdischer Sowjetfunktionär behauptet, die Heimat des jüdischen Proletariats sei Sowjetrußland. Und während ich diese Seite noch einmal durchlese, schreibe ich zum ersten und einzigen Mal in diesem Buch: Wir sind ein wunderbares Volk!

Kleiner Exkurs

Am Ende eines der Empfangsartikel, die dem deutschen Einwanderer das Leben so erschwerten, fand sich folgende Formulierung: »Voraussetzung für die persönliche Einordnung ist der praktisch ausgedrückte Wille, sich in den Lebensstil des neuen Vaterlandes einzufügen. Was auch für den Privaten gilt, der in den nächtlichen Straßen die Lieder der Völker singt, die ihn hinauswarfen.«

Von den Kuchen der Völker, die uns hinauswarfen

Eine sanfte und angenehme Frau eröffnet eine Bäckerei in der besten Gegend von Tel-Aviv. Nach drei Wochen ist der Laden bankrott. Ganz klar, warum. Der Kuchen war unpersönlich, es gab irgendetwas aus Blätterteig, Rollen zum Beispiel, aber will einer dieser entwurzelten Juden irgendeinen Kuchen? Nein, er will seinen Kuchen. Sie hatten Torten mit grün-rosa Zuckerguß. Die Torten waren nicht russisch, nicht polnisch, keinesfalls deutsch, es waren sozusagen levantinische Torten. Kein Mensch wollte sie haben. Sie gab viel und große Stücke, aber es stellte sich heraus, daß es auch in einem Bäckerladen nicht nach Vernunft geht. Würde es nach Vernunft gehen, wie viele meiner Kameraden glauben, dann hätte der Bäckerladen mit den vielen und großen Kuchenstücken unbedingt Erfolg haben müssen, aber es geht nicht nach Vernunft, sondern nach Gefühl, besonders bei Juden. Die Bäckersleute verlangten immer weniger Geld für ihre Kuchen, aber sie wurden sie doch nicht los. Die Frau saß im Laden und las russische Bücher mit einem traurigen und erfolglosen Gesicht. Wenn jemand den Laden betrat, mußte er das Gefühl haben, die traurige Leserin bedeutender Bücher auf eine

Restaurant und Konditorei Frank
auf dem Karmel

taktlose Weise zu stören. Nun ist der Laden leer, und das bißchen Geld, das die Leute hatten, ist weg.

Zugleich wurde in einem anderen Ende der Stadt auch eine Bäckerei eröffnet. Es wäre ungerecht, nicht zuzugeben, daß diese einen bedeutenden Vorsprung hatte. Sie war zugleich eine Konditorei, in der man sitzen und Kaffee trinken konnte. Aber trotzdem kam es darauf nicht an. Der Inhaber kam aus Berlin, aus einer schlechten, minderwertigen Gegend, dem sogenannten Scheunenviertel, und man kann wohl sagen, daß seine elegante Konditorei in der Hauptstraße Tel-Avivs einen Aufstieg bedeutet. In dieser Bäckerei drängen sich die Leute. Eine lange Schlange staut sich vor dem Ladentisch, und man muß eine Viertelstunde warten, bis man bedient wird. Aber auf dem Ladentisch liegen auch keine levantinischen Kuchen, es liegt dort Streuselkuchen und Bienenstich, der

Blätterteig ist so geformt wie gewohnt und heißt Schweineohr. Das wollen die Menschen, sie wollen ihren Streuselkuchen, ihren Bienenstich und ihre Schweineohren.

Das Fräulein bedient: »Bitte die Dame«, sagt sie, »ein Stich, zwei Streusel, ein Schweins. Bitte Kasse.«

»Ein Apfelkuchen«, sagt die Dame. »Mit oder ohne Schlag?« sagt das Fräulein, und sie meint die Schlagsahne auf den Kuchen.

Die Damen stehen an, lange Schlangen, sie bekommen nichts geschenkt. Es ist teuer, die Stücke sind klein, aber darauf kommt es nicht an: »Ein Schweineohr bitte und drei Käsekuchen mit.«

Sie kaufen auf Schabbat Schweineohren aus Kuchenteig, es stört sie nicht. Gibt es jüdische Kuchen? Bobes hielt man in Berlin dafür. Aber ich glaube, Bobes kannte man nur rechts der Elbe, er kam aus dem Posenschen und war bis Berlin vorgedrungen. Westlich der Elbe machte man Zimtsterne bei den Juden. Aber ich bin davon überzeugt, daß das Rezept, das mit drei Eischwer Butter begann und von meiner Vorfahrin am Main mit hebräischen Buchstaben ihren Urenkelinnen überliefert wurde, von der Nachbarin Schnepfle stammte, die dasselbe von ihren Vorvätern in deutschen Lettern überliefert bekommen hatte.

Von den Kleidern der Völker, die uns hinauswarfen

Der Mensch trägt heute in den meisten Ländern Europas eine Gesinnungstracht. Die Gesinnungstracht hat es in den meisten Fällen an sich, billig, schwer schmutzend und haltbar zu sein. In Palästina gibt es die braune Gesinnungstracht der Revisionisten mit ihren vielen symbolischen Lederkoppeln. Es gibt auch die blaue Bluse mit einem roten Bändchen als Gesinnungstracht.

In allen Geschäften Tel-Avivs gibt es Hemden für billiges Geld zu kaufen. Aber wollen diese »entwurzelten« Juden Hemden für billiges Geld? Sie wollen *ihr* Hemd. Und ihr Hemd ist für die russischen Juden kurz, wird über der Hose getragen und auf der Seite geschlossen. Es kann weiß sein, aber besser noch ist es farbig. Es muß einen Stehkragen haben, und der muß gestickt sein mit grünem Klee, mit roten Kirschen, mit blauen Herzen, kurzum, es muß das russische Hemd des Iwan Petrowitsch sein, der den Großvater verprügelte.

Diese Stehkragen sticken die russischen Jüdinnen heute noch. Sie sind in schmalen Streifen in den Geschäften zu kaufen, und wenn in ganz Rußland niemand mehr etwas anderes trägt als einen europäischen Anzug oder eine neue Tracht, wird hier in Palästina der russische Arbeiter die Tracht des Volkes bewahren, das ihn hinauswarf.

Manchmal kommen deutsche Juden her, und die wollen sich nun den Sitten des Landes anpassen. Das beginnen sie, indem sie ein normales Hemd über der Hose tragen. Bei den meisten ist es damit genug. Die Frauen hingegen, wie immer die Assimilierbareren, geben nach einiger Zeit ihre europäische Tracht auf. Sie ziehen eine kurze Hose an, die offene blaue Bluse der russischen Arbeiterin und ihr rotes Kopftuch, und das knüpfen sie wie slawische Bäuerinnen unter dem Kinn.

Eines Tages aber traf ich meinen Liebling, den tüchtigen Anwalt aus Berlin. Und was trug er? Eine schwarze Russenbluse, den Kragen völlig mit russischen Kreuzen in Weiß bestickt, das Hemd über der Pumphose, die in hohen Stiefeln steckte.

Von den Liedern der Völker, die uns hinauswarfen

Es ist heiße Sommernacht, noch vor den Unruhen 1936. Die Jaffa-Tel-Avivstraße führt von Jaffa nach Tel-Aviv. Eine Geschäftsstraße. Am Ende Jaffas sind arabische Vergnügungslokale. Mädchen tanzen Bauchtanz, und davor sitzen Männer. Es ist 1 Uhr nachts. Es geht kein Gefährt mehr. Auf der Straße gehen viele junge Menschen und singen.

Es gehen dort orientalische Juden und singen arabisch, langgezogene und süße Töne. Es gehen dort ein paar russische Juden und singen ein russisches Lied. Es ist sogar ein weißrussisches. Es gehen dort ein paar junge deutsche Juden und singen ein deutsches Studentenlied auf lateinisch: Gaudeamus igitur. Es gehen dort junge Araber und beteiligen sich. Sie singen. Es ist eine menschliche Zeit, es ist $\frac{1}{2}$ 2 Uhr nachts. Englische Soldaten singen: It is a long way to Tipperary. Es sind ein paar junge Burschen aus Tel-Aviv da. Sie singen: Ese pele, es pele.

Jeder singt seine eigene Melodie, jeder spielt auf seinem eigenen Instrument. Aber so unter dem gleichen Himmel, verweht und gedämpft durch die gleiche schwere, heiße, feuchte Luft, angeglichen, weil in jedem Lied auf seine Weise Jugend singt und Liebe und Natur, ist es fast eine Symphonie. Durch die Menge geht eine große Frau, sie schreitet mit hohen Beinen, schwarzes, kühnnasiges Gesicht, breite stolze Schultern, und mitten durch die Sommernacht singt sie jiddisch: »Schicker ist der Goj.« Das ist ohnmächtiger Haß und wilde Verachtung, sie singt mit Kraft, mit Stolz, mit einem großartigen Höllentemperament.

Aber es ist wie überall. Diese ist eine, und alle anderen sind viel weiter. Sie haben die Kraft, dem Boden anzuhängen, auf dem sie geboren, die Luft, die sie geatmet, nicht zu verleugnen. Sie singen ihre Sehnsucht, ihre Liebe, ihr Glück in den nächtlichen Himmel Tel-Avivs in der Sprache, im Ton, in der Weise der Völker, die sie hinauswarfen.

Schicker: Vulgärausdruck von hebr. schikkor, »betrunken«.

Junger Mann aus Polen

Kleiner Ort in Polen, winzige, längst verschuldete, mit Steuern überlastete Häuschen. Der Morgen Chederschule und der Gang zur Schul, zur Synagoge im hohen Schnee und der Mittag Tischgebete und der Abend Tischgebete und der Freitagabend Fest und Gebet. Talmudstudium und Toralesen. Und kleiner Laden, Kinderspielzeug, Nähgarn und Mützchen und verstaubte Trikotwäsche und ein Hering im Fenster. Einmal im Jahr fahren die Eltern nach Lodz, Stoffe einkaufen. Er verwaltet den Laden. Der Rücken ist gekrümmt schon von Jugend an, von Studium und Armut. Aber es gibt den Verein, die Bewegung, es ist nicht Kegel- und nicht Wanderverein, es ist ein Verein zur Bildung eines Staates, es ist ein Nationalverein.

»Eine Fahne«, sagt Herzl. »Was ist das? Eine Stange mit einem Fetzen Tuch? – Nein, mein Herr, eine Fahne ist mehr als das. Mit einer Fahne führt man die Menschen. Wohin man will, selbst ins gelobte Land. Für eine Fahne leben und sterben sie, es ist sogar das einzige, wofür sie in Massen zu sterben bereit sind, wenn man sie dazu erzieht.«

So das polnische Kind aus dem Laden mit Hering und verstaubtem Trikot. Von den Nichtjuden verachtet und verhöhnt, weiß er, diese Fahne Blau-Weiß wird wehen, wie Fahnen anderer Länder und Völker. Der Bruder geht nach Palästina, er muß dableiben und warten. Wird der Laden zugemacht, hält er Vorträge für die paar jungen Juden seines Städtchens, sammelt Gelder für den Nationalfonds, erledigt Korrespondenz für die Bewegung. Das Leben der Familie wird noch ärmer, noch weniger Geld wird verdient, die Steuern erhöht. Der Sohn wird aus einem Mitverdiener ein Mitesser: »Bei den Fremden bekommt man ein Gehalt, bei den Eltern weiß man nie.«

Jetzt ist er angekommen. Er ist inzwischen neunzehn, klein, krumm, häßlich, in einem braunen, verschossenen, abgeschabten, ganz langen Mantel mit einem Krimmerkragen. Mit einer altmo-

Junger Siedler bringt Hühner zum Verkauf

dischen Handtasche. So kommt er vom Schiff. Der Bruder erwartet ihn. Der sieht gut aus. Aus derselben Familie, aber gestreckt, gebräunt, gerade. Nase hoch, Schirmmütze schief, Lederjacke, Pluderhose, Schaftstiefel, so ist er vom Land hereingekommen, einen Rucksack hat er dabei, in dem will er allerhand aus der Stadt mitnehmen.

So steigen sie in den Zug. Der Junge erzählt laut und auf jiddisch: »In Warschau stehen die Menschen Tag und Nacht und wollen nach Palästina. Aber wer bekommt schon ein Zertifikat? Ich hab' Protektie gehabt, weil ich soviel gearbeitet hab' für die Partei, haben sie mich vorgelassen, haben ses mir gegeben. Der ganze Ort hat geredt von mein Glück und hat mir gratuliert, und se sind zu mir in den Laden gekommen. Uff'n Schiff waren wir lauter Jidden aus Polen. Heute ist gekommen die Kommission, haben sie uns nachts um 3 Uhr aufgeweckt, und immer wieder an mir gekloppt, gekloppt hier und gekloppt da, hab' ich schließlich gesagt: ›Was kloppt ihr soviel rum, ich bin nicht krank hier, ich bin nicht krank da, ich bin nur krank uff de Tasch.‹«

Er erzählt alles, er hält mit nichts hinterm Berge. Alle Menschen werden Brüder. Der junge Mann steht auf, drückt das Gesicht ans Fenster, sieht hinaus in die Nacht des Weges Kairo-Haifa, so wie bürgerliche Jugend aufgeregt vor Erwartung nach Paris fuhr oder nach Rom.

Der junge Mann aus Polen dreht sich um und sagt ganz langsam: »Nach Erez zu kommen ist e Träum.«

Im Coupé des Schnellzuges Kairo-Haifa, unter dem trüben Licht ausgebrannter elektrischer Birnen, klein und krumm, abgeschabter brauner Mantel, sitzt ein junger Jude aus Polen, verlassen der Laden, gesprengt die Ghettomauern, fährt er in den Ozean der Freiheit, immer wieder bereit, umzuschaffen die Welt, neu zu gestalten das Gesicht der Erde.

Frau Doktor

Sie hatte große Karriere gemacht, bearbeitete ein interessantes Gebiet, der Tag war erfüllt mit Fachliteratur und lebendigem Kontakt mit Menschen, mit Vorträgen, Denkschriften, sie war Mitglied von Fachverbänden, von Instituten, von Klubs, von Gesellschaften. Sie war die Doktor So und So.

Sie war Zionistin. Wollte sich bekennen, überall und immer, war auch dort aktiv, reiste nach Palästina längst vor 1933.

»Für einen Vortrag«, hieß es in der zionistischen Ortsgruppe, »gelang es uns, Fräulein Dr. X. zu gewinnen, die uns aus Palästina erzählen wird.« Sie war sehr entzückt, sie war eine Touristin, war gut aufgenommen worden, es war ein großes, begeisterndes Experiment.

Sie hatte Kollegen, Kolleginnen, stand gut mit ihnen, stand schlecht mit ihnen, Aufstieg winkte, Gehaltserhöhung. Brennend war das Interesse an Tagesfragen, an Entwicklungen. Sie ergriff das Wort. Sie nahm Partei.

Plötzlich war alles aus. Stellung vorbei. Gut. Aber auch alles andere nicht mehr. Nicht Fachverband, nicht Institut, nicht Klub, nicht Gesellschaft, nicht Vortrag, nicht Denkschrift. Was blieb? Sie sah sich um: Palästina. Nichts anderes konnte für sie in Frage kommen als Palästina. Aber als sie das Schiff bestieg, Europa hinter sich, war ihr, als müßte sie schreien, immerzu schreien. Sie lief in ihre Kabine. Sie weinte. Ihr Leben zerschnitten, eine klaffende Wunde. Alles schrecklich, das Schiff, die Menschen, ihre Unterhaltungen, die Kaiser-Wilhelm-Gedächtniskirche zu Berlin erschien ihr als der schönste Bau der Welt, und die Spree war ihr lieber als das Mittelmeer. Überall lagen hebräische Lehrbücher. Gut, eine neue Sprache lernen, warum nicht, aber umdenken, neudenken, nein. Zu tief war ihr Wort für Wort wert, zu genau kannte sie jede Nuance, zu tief war ihr jedes Wort ins Gehirn gedrungen, sie wußte, was es im

17. Jahrhundert bedeutet hatte, was im 18., was im 19., was im 20. Jahrhundert. Sie verkroch sich. Sie wollte gebeten sein, wollte geholt sein. Niemand holte sie, niemand bat sie. Niemand kannte ihre Leistungen, niemand ihr Können.

Ein junger Mann aus Polen sagte zu ihr: »Nun, viel Glück, daß Sie hier sind. Sind Sie auch so froh?« Sie konnte nicht antworten. Es erschien ihr zu taktlos. Warum sagte er nicht: Du arme, hast alles verloren, hoffentlich gelingt es Dir, ein bißchen Fuß zu fassen?

»Sie sind Juristin?« sagte ein zionistischer Führer zu ihr. »Gottseidank, in fünfzig Jahren wird es keine jüdischen Juristen mehr geben. Das Problem hätten wir glücklich gelöst.« »Komisch«, sagte sie, »daß immer die Leute das finden, die selbst akademische Positionen haben.« »Unverschämtheit«, sagte der Herr, stand auf und ging.

Wann je im Leben hatte man sie in eine solche Rolle gedrängt? Neben ihr stand ein junger Dachs. Zwanzig Jahre jünger als sie: »Sprechen Sie schon Iwrit?«

»Ich lerne es.«

»Das ist aber auch die Hauptsache, wir können drüben nämlich keine Leute brauchen, die sich nicht einzupassen vermögen.«

Was sollte sie sagen? Sollte sie sagen: Flegel?

Sie ging nicht mehr an Deck, blieb in der Kabine. Einmal nach dem Essen ging sie an ein paar Leuten vorbei, die sagten: »Wenn ich die Chaluzim Horra tanzen sehe, dann geht mir das Herz auf. Wir drüben können das alles entbehren, Liebermann und Herrn Reinhardt und den ganzen Klimbim, dieses ganze Assimilationsjudentum. Mein Weg als Deutscher und Jude, eine Schande!«

Sie war eine ältere und nicht einmal schöne Person. Sie preßte ihr Gesicht an die Scheibe des Zuges Kairo – Haifa, und sie dachte: »Und Birken gibt es auch nicht hier.«

Theater

Die Habimah kommt aus Moskau. Wir alle kannten sie. Sie brachten den »Dybbuk« nach Europa. Was war das? Das war russisches Judentum. Das war jüdische Groteske und russisches Mysterium. Das war Schlemihl als Bräutigam. Das war russischer Tanz und jüdische Braut. Das Zusammenbringen von zwei Menschen durch die Familie, das gefesselte Individuum und die Kraft der Tradition. Synagoge, abstraktes intellektuelles Lernen und Aufschrei und dunkle Mächte. Ach, es war unvergeßlich.

Ein jüdischer Dichter hatte das Stück geschrieben, aber es ist wie bei der Bibel, wo man auch nicht fragt: »Von wem ist eigentlich der Turmbau zu Babel?« Ein russischer, genauer grusinischer Christ hatte Regie geführt. Russische Juden, Moskauer Juden spielten. Und das war herausgekommen: Ein Höhepunkt der Kunst, ein letztes Erlebnis. Als wir ins Theater kamen, damals in Berlin, drückte man uns ein Büchlein in die Hand, Dybbuk von An-Ski. Und darin stand genau der Inhalt. Und dann sahen wir auf die Bühne und sahen dort eine wunderbare, eine ganz fremde Welt.

Du und ich, mein Freund, wir waren in Stanislawskis Kirschgarten, und die Hauptrolle spielte die Tschechowa, die Witwe Tschechows. Es war ganz still und ganz weit, und die Grafen gaben den Dienstboten die Hand, und zuletzt wurden die Läden vor den Fenstern zugemacht, und sie reisten alle ab. Und vergaßen den Diener in dem verlassenen Haus. Ein Russe hatte das Stück geschrieben, ein Russe hatte Regie geführt, Russen spielten. Aber aus diesem Kirschgarten war der Jude Brahm hergekommen, der unser Berliner Theater gemacht hatte, der Ibsen spielte und Hauptmann. Es war ganz still und ganz weit, und durch ein Teegespräch – wie geht es, gnädige Frau – rauschte die Ewigkeit.

Die Habimah in Palästina sagt: »Es ist doch unglaublich, in der ganzen Welt, besonders in Berlin hatten wir ungeheure Erfolge, und jetzt, wo dreißigtausend deutsche Juden im Lande sind, besuchen sie die Habimah nicht.«

Es ist Premiere. Ich stehe mit Leuten der Habimah zusammen. Sie sehen wunderbar aus. Sie haben die Köpfe von Menschen, die längst der Irdischkeit verlorengingen. Sie sprechen russisch, ein russisches Russisch. Es klingt wunderbar. Und es steht eine Frau da, ein verlorenes, überfeinertes Geschöpf mit einer schmalen gebogenen Nase, weißen Haaren und einer ganz zarten Figur und langen Ohrringen. Neben ihr steht einer mit einem russischen Gesicht und einem schwarzen Wuschelkopf, sie zieht ihn an den Händen weg, er soll schnell bei ihr essen. Das ist spontan, warm, herzlich, es paßt alles eins ins andere. Die Köpfe, die Gesten, das Wesen, die Sprache. Das ist so echt wie die Dybbuk-Aufführung.

Es ist Premiere in der Habimah. Ein jüdischer Dichter aus dem Ghetto von New York hatte das Stück geschrieben, es wagte sich an die letzten Dinge, während des Kampfes aller gegen alle erscheint Messias und Gegenmessias. Ein deutscher Jude führte Regie, ein deutscher Jude hatte die Dekorationen gemacht, ein baltischer die Musik. Schöne Menschen spielten.

Als wir ins Theater kamen, drückte man uns ein Büchlein in die Hand, darin stand auf hebräisch genau der Inhalt. Wir saßen hinterher zusammen. Keiner war neu im Land, die meisten viele, viele Jahre hier, längst vor Hitler gekommen. Der Arzt aus Berlin schlug mit der Faust auf den Tisch: »Das war aber das letzte Mal, daß ich in die Habimah gegangen bin, die Leute wissen ganz genau, daß keiner von uns so viel Hebräisch kann, um eine schwere Gedankendichtung zu verstehen, und wenn sie dann noch nicht einmal eine Anleitung auf englisch oder deutsch geben, gut, dann will man uns nicht haben, ziehen wir die Konsequenz.« »Die Habimah wundert sich«, sagte ein junger Mann, »aber das geht uns doch nichts an.« »Nein«, sage ich, »diese Kunst, die von Tairoff herkommt, einem längst vergangenen Expressionismus, der zur Manier erstarrte und die uns schon bei Tairoff nichts anging. Wozu nehmen sie einen deutschen Maler, einen deutschen Regisseur? Da kann nichts herauskommen. Sie sollen Russen bleiben, da sind sie wunderbar. Aber mit mir hat das gar nichts zu tun, und darum habe ich mir das als fremdes Theater in Berlin ansehen können. Aber hier, wo ich dazu gehören soll? Warum soll ich mir russisches Theater von 1920 als meines von 1936 aufreden lassen?«

»Scheiße geht es uns an«, sagte der junge Künstler, ein musischer Mensch, vielen Filmen großer Kunst verbunden. Der Mißbrauch des Wortes »jüdische Kunst« hatte so viel Bitterkeit in ihm erzeugt, daß er ungerecht wurde. »Scheiße geht es uns an«, schrie er noch einmal. »Mensch sei stille, nebenan sitzt Meskin, er hat wunderbar gespielt.« »Soll er's doch hören«, schrie der junge Künstler. Aber wir hielten ihm den Mund zu. »Ich fahr zurück nach Hollywood. Hier gehen ja Gespenster um, Odessa von 1885 oder Meyerhold von 1920.« Und dann sagten wir, wie alle Emigranten aller Zeiten und aller Zonen: »Wissen Sie noch?« Wir sprachen von einer Aufführung des Juden Max Reinhardt. Wißt Ihr noch, wie es anfing, und Schildkraut als Shylock, und Jessica, dieses böse Stück, die einen bedrängten Vater verläßt, welche jüdische Tochter verläßt einen Vater in dieser Situation. Nein, davon hat Shakespeare nichts verstanden. Wir sprachen von dem Juden Brahm, von dem Juden Reinhardt, von Elisabeth Bergner und Kortner und von Paul Grätz und Franz Werfel, von der Aufführung in New York. Ach, ein Film in Palästina gedreht, oder überhaupt ein jüdischer Film, von Juden gespielt, geschrieben, gedreht. Bibel oder Ghetto oder Berlin oder New York, alles ist jüdisch. Vielfältig und groß ist das Judentum. Wir sprachen vom Film, vom Theater, vom Drama, von unserer Welt, von unserer Kunst.

Revolutionäre aus Galizien

I.

Er ist schmal und schwarz, blaß und überarbeitet. Er trug als Kind einen langen Rock, Schaufäden, Schläfenlocken, an denen er drehte, wenn er Tora lernte. Im Dorf waren alle arm, alle gingen morgens und abends in die Synagoge, küßten die Hülle mit den heiligen Worten an der Tür. Der Vater saß den ganzen Tag und lernte Talmud, der Kleine saß schon mit drei Jahren in der Schule. Die Mutter versorgte den Laden, und draußen war Krieg.

Pinchas aber war ein Revolutionär, er rang, er kämpfte, er wollte fort aus Halbasien nach Europa, aus dem Ghetto in die Freiheit. Als alle fort waren, nahm er eine Schere und schnitt die Schläfenlocken ab. Damit zerschnitt er das Band zwischen sich und dem Judentum, zwischen sich und der Familie und floh, ein Kind, nach Wien. Es war Krieg, er arbeitete, er schlug sich durch. Später kam auch die übrige Familie nach Wien. Sie waren galizische Flüchtlinge. Pinchas lernte Wasserinstallation. Er trug einen Monteuranzug, kurze Haare und redete Deutsch. Er rauchte am Schabbat, und seine Heimat war ihm Zion.

Nach dem Krieg ging er zurück nach Polen. Er sollte Soldat werden. Da floh er nach Palästina, wanderte ohne Erlaubnis ein. Hundert Jungs aus Ländern zwischen den Nationen, die kein Geld hatten und sich die Schläfenlocken abgeschnitten hatten und von der Tora geflohen waren, halfen ihm, sich zu verstecken. Er arbeitete hart, er verdiente vier Pfund im Monat, hatte für ein viertel Pfund im Monat ein Zimmer mit vier anderen zusammen.

Es gab ihm der Protektion und der Protektion, und er bekam eine Aufenthaltsgenehmigung. Nun war er so weit, daß er Arbeit als Rohrleger annehmen konnte. Er verdiente und sparte. Es kam das Jahr 1933, und mit der großen deutschen Einwanderung die

Prosperity, und er verdiente immer besser, bis er noch dazu einen Kredit bekam. Er mietete einen Laden, kaufte Badewannen und Rohre und ließ seine Eltern aus Polen kommen. Der Vater steht im Laden und verkauft Waschbecken, und der Sohn montiert sie. Der Vater trägt einen langen Rock und ein kleines Käppchen im Laden. Während er am Schabbat in die Synagoge geht, zieht der Sohn das Motorrad aus dem Hinterraum des Ladens und knattert mit offenem Auspuff aus Tel-Aviv hinaus. Die Mutter zündet die Kerzen an. Die Mutter trägt einen Scheitel, und der Sohn lebt mit einem Mädchen, mit dem er nicht verheiratet ist. Der Sohn blieb ein Revolutionär – man schneidet sich nicht umsonst mit zwölf Jahren die Peijes ab. Am Strande von Tel-Aviv nimmt er breit und offen am Schabbat die Zigarette aus der Schachtel, schüttelt sie zurecht und zündet sie sich an, stolz und kampflustig als ein kleines glimmendes Feuer der Freiheit, und dann läuft er mit seinem Mädchen ins Meer, um zu schwimmen.

II.

Er ist schwarz und schmal, blaß und überarbeitet. Der Vater ist ein chassidischer Rabbi, der Schwager ist ein chassidischer Rabbi. Es ° geht ihnen gut in Galizien, sie tragen seidene und sammetne Kaftans. Der Vater hat ihn als Kind nach Palästina geschickt, er sollte Rabbi werden. Aber der Sohn wurde Techniker und nationaler Jude. Er warf alles von sich, Schabbatheiligung und Glauben, Schlä-

Chassidisch: Der Name »Chassidim« (Fromme) wurde zur Bezeichnung verschiedener geistesgeschichtlicher Strömungen innerhalb des Judentums benutzt. Vor allem bezeichnet er die in der zweiten Hälfte des 17. Jahrhunderts im polnischen Judentum entstandene, von Israel Baal Schem-tow begründete mystische Volksbewegung, die gegen den erstarrten Rabbinismus gerichtet war und eine alle Lebensbereiche umfassende Gottesfreudigkeit an die Stelle spröder Gelehrsamkeit zu setzen suchte. Durch die Institution der Zaddikim, der »Wunderrabbis« mit ihren Höfen, ist die Bewegung aber selbst wiederum erstarrt.

fenlocken und Kaftan. Als die Deutschen kamen, versuchte er, von ihnen zu lernen, eine neue Welt zu begreifen, sein Verstand erfaßte alles sofort.

Der Deutsche, bei dem er arbeitet, sucht das Judentum. Der Junge aus Galizien begleitet ihn. Im Bethaus sitzen die Chassidim, sie tragen weiß-seidene Gewänder und große schwarze Pelzhüte. Auf den Tischen stehen Kerzen und beleuchten die edlen Köpfe mit den schwarzen und weißen Bärten. Sie singen. Der Deutsche sieht das alles wie eine Vision, ästhetisch halb und halb religiös, eine große Tradition, eine ungebrochene, starke Welt, und eine große Schönheit aus Weiß und Schwarz, aus Pelz und Seide und flackernden Lichtern.

Der Revolutionär aus Galizien schüttelt den Kopf: »Sehen Sie dort, das ist der Ingenieur Smaragd, so ein begabter Mensch, der sitzt dabei und quatscht mit!«

Der Deutsche setzt sich seinen Zylinder auf und geht am Versöhnungstag, am heiligen Fasttag in die Synagoge. Er trifft den Revolutionär mit einem Freund und zwei Freundinnen, in Alltagskleidung. »Wir gehen gerade frühstücken«, sagt der Revolutionär, »und dann werden wir einen Ausflug machen.«

Der deutsche Jude kennt das Land nicht, kennt die Juden nicht, kennt die Sprache nicht.

Der junge Mann aus Polen sagt zu ihm: »Ich werde Ihnen das richten, ich werde Ihnen das besorgen, ich werd für Sie dahin gehen. Ich werd Ihnen Protektie geben. Ich werd Ihnen das übersetzen, ich werd Ihnen das schreiben.«

»Und Sie halten nun nichts mehr, und Sie glauben nun nichts mehr«, sagt der deutsche Jude, »was ist Ihnen geblieben vom Judentum, nur eine Sprache!«

»Ich glaube, doch ich glaube an unseren Führer Jabotinski.«

»Aber was will Jabotinski? Sehen Sie, die Araber ...«

»Die Araber?« sagt er, »aber das ist doch unser Land!«

Und er blickt auf die Fahne, an die er glaubt, und die er hochhält, und für die er sterben wird.

Fünfmal Dienstmädchen

Alle Hausarbeit in Palästina muß im 8-Stunden-Tag erledigt werden. Die Dienstmädchen wohnen nicht im Hause. Kommen auch nicht am Schabbat, so daß der Schabbat der Arbeitstag der Hausfrau ist.

1933

½ 9 Uhr abends. Villa. Die klassenbewußte russische Hausangestellte wohnt ausnahmsweise im Hause. Das Kind schreit. Die Mutter hört es erst nach längerer Zeit. Sie fragt am nächsten Tag die Hausangestellte, warum sie es ihr nicht gesagt hat. Die Hausangestellte kündigt, weil die Bourgeois von ihr verlangen, daß sie noch nach ½ 9 Uhr der Mutter sagt, daß das Kind schreit. Sie hält in jedem Moment die Fiktion aufrecht, daß sie ausgenutzt ist.

Sie ißt am Familientisch. Sie könnte behaglicher für sich selbst und die Familie in ihrem Zimmer essen. Aber damit fühlte sie sich deklassiert. Die Theorie fordert, daß die jüdische Volksgemeinschaft keine Dienstmädchen in der Küche essen läßt, aber diese russische Sozialistin anerkennt innerhalb der Stadt keine Volksgemeinschaft. Sie arbeitet schlecht, sie hält pünktliches Kommen in einem Restaurant, um die leichte Arbeit des Abtrocknens zu machen, für kapitalistische Ausnutzung.

Später arbeitet sie auf der glühenden Landstraße in Palästina. Sie karrt Schutt, sie klopft Steine, sie klopft ausgezeichnet Steine, denn das ist nationale Aufbauarbeit. Wenn sie ausgeht, trägt sie kurze Khakihosen und die blaue Arbeiterinnenbluse. Sie heiratet einen Arbeiter auf dem Lande und bekommt ein Kind. Aber das ist kein Kind, sondern ihr Beitrag zur inneren Einwanderung.

1934

Sie kommt aus Polen. Sie empfindet es als schrecklichen Abstieg, daß sie Zimmer aufräumt. Sie möchte nach oben. Wenn sie ausgeht, trägt sie bunte, sehr geblümte Seidenkleider, sie malt sich die Lippen, sie geht zum Friseur, sie möchte eine Madame sein, sie möchte eine Wohnung, Möbel, Teppiche, Porzellan, Silber. Sie möchte reich sein, um Sachen zu haben, um im Café zu sitzen, um nicht zu arbeiten. Darum will sie auch keinen Mann heiraten, bei dem man mitarbeiten muß, keinen Kameraden, sondern einen Herrn, wenigstens den Herrn einer Werkstatt oder einen Bankangestellten.

1934

Sie ist ein Proletarierkind aus Polen. Sie ist nichts als ein kleines, gutes, dummes Mädchen. Sie ist das Dienstmädchen der ganzen Welt. Sie unterscheidet sich in nichts von Wanda oder Leokadia, den katholischen polnischen Dienstmädchen in Berlin. Sie will nichts als arbeiten, aber sie arbeitet lieber bei reichen als bei armen Leuten. Sie arbeitet lieber schwer bei reichen Leuten als leicht bei armen Leuten. Sie ist glücklich, wenn sie gut zu essen bekommt, wenn sie ein Kleid zum Anziehen hat und ein paar neue Schuhe.

1935

Die Eltern waren begütert, bewohnten eine wohleingerichtete Etage. Die Tochter war Studentin, in einem Jugendverband organisiert. Sie hat keinerlei Begriff mehr für die Lebensform ihrer Eltern. Große Wohnung, Möbel, Silber erscheinen ihr sinnlos. Sie hat nie einen Ball besucht, nie ein Gesellschaftskleid besessen, denn es gibt keine »Gesellschaft« für sie. Sie besitzt Wanderstiefel und Rucksack.

Ihr Glück ist nicht die Reise, sondern die »Fahrt«, die Jugendherberge statt des Hotels.

Sie ist in Palästina Reinemachefrau, was früher auf der tiefsten Stufe der sozialen Leiter stand. Aber das ist nicht Abstieg, Verarmung, Proletarisierung, sondern Entwicklung, obwohl sich ihre Einkommensverhältnisse, ihre Lebensunsicherheit in nichts von der des Proletariers von 1912 unterscheiden. Von dieser neuen Generation aus gesehen sind Streben und Wertungen der vorigen einfach lächerlich. Ein Teil der deutschen bündischen Jugend formt in Palästina eine Lebensnorm, die dem, was man die klassenlose Gesellschaft nennt, gleicht wie ein Ei dem andern. Und die da ist ohne jede Revolution.

Polnisches Dienstmädchen in Tel-Aviv

»Woher sind Sie?«

»Aus Berlin.«

»Wann sind Sie gekommen nach Berlin?«

»Ich bin in Berlin geboren.«

»Und Euer Mann?«

»Ist auch aus Berlin.«

»Und wann ist der gekommen nach Berlin?«

»Der ist auch in Berlin geboren.«

»Wenn ich geboren wäre wirklich in Berlin, wär ich nicht gegangen nach Erez Israel. Warum haben Sie denn das gemacht? Wenn man geboren ist wirklich in Berlin, kann man doch in die ganze Welt gehen.«

Die Rede des hebräischen Schriftstellers

Oder die Geburt der Nation aus dem Mysterium der hebräischen Sprache

Ein Zimmer mit Stühlen in einem sehr einfachen Haus in Tel-Aviv. Auf den Stühlen sitzen deutsche Jüdinnen zwischen vierzig und fünfzig. Eine charmante Wienerin mit einem grauen Scheitel und einem lustigen jungen Gesicht. Eine alte Dame in einem schwarzen Kostüm mit einer hochgeschlossenen Bluse, mit einem Zwicker und einem englischen geraden Hut, sie ist eine Berliner Jüdin, liebenswürdig und ein bißchen ironisch. Groß und schlank und starkknochig, ein sehr evangelisches Mädchen. Sie legt die Beine übereinander, faltet die großen Hände und hat jenes Rührende der Norddeutschen, die immer bereit sind, etwas anzubeten und sich zu opfern, für den Kaiser, für die deutsche Heldenkraft von 1914, für die soziale Arbeit von 1918, für die jüdische Nation, seit sie 1933 in Palästina sind. Eine große schwarze Schönheit ist da, sehr verfeinert, mit langen, ledernen Handschuhen, ein paar liebe Frauen, Mütter von großen Kindern, aus großen Wohnungen in Berlin, Breslau, Hamburg und Köln. Sie haben die sehr guten deutschen Schulen besucht, zum Teil Universitäten in größter Freiheit, sie haben sich mit der großen europäischen Literatur beschäftigt, mit der herrlichsten Kunst der Museen, spielen Geige oder Klavier. Sie sind Ski gelaufen, haben arme Kinder gewaschen, sind von Paris an die Riviera und von Berlin nach Südtirol gereist.

Sie sitzen da und warten auf den hebräischen Schriftsteller, der ihnen einen Vortrag halten soll. Der hebräische Schriftsteller ist klein und hat ein feines, grauhaariges Gesicht, ein Gesicht für einen heiteren Geist. Aber als er den Mund auftut, ist nichts mehr da von Heiterkeit: »Der Entschluß war für mich sehr schwer«, sagt er, »vor Ihnen deutsch zu reden, in schlechtem Deutsch, statt in schönem Hebräisch. Aber dann hörte ich aus dem Munde einer jüdischen Frau, es ist schon schlimm genug, daß wir hier zur Stummheit verurteilt sind, wir sind auch Taube, wir hören nichts von der hebräischen Dichtung. Und so habe ich mich entschlossen, vor Ihnen deutsch zu reden.

Es gab ein hebräisches Schriftstellertum, das kam aus dem Golus, das kam aus dem kleinen Städtchen, aus dem Zwang, aus der Unfreiheit. Der Rabbi, der Melamed, der Lehrer, die Peitsche. Das war Not und Armut, das war Ghetto, das war Jiedisch.« Er beißt die Zähne zusammen und preßt das Wort »jiedisch« mit einem ganz tiefen Haß heraus, wie Antisemiten, die die Instinkte von Volksversammlungen aufpeitschen wollen. »Vom Jiedischen, das muß gesagt sein, führt keine Brücke zum Hebräischen. Das ist der Abgrund, das ist der Gegensatz, das sind die zwei Enden der Welt. Dort alles Kleine, Enge, Unfreie, der Rabbi, der Melamed, der Lehrer, die Schul, die Not, die Peitsche, die Armut. Und auf der anderen Seite das Hebräische, die großen Helden. Bar Kochba und die Makkabäer, David der König und Jesaia der Prophet. Es gibt keine Brücke von einem zum anderen, es sind die äußersten Gegenpole. Ich will Ihnen von einem großen hebräischen Dichter sprechen. Er ist im Innern Rußlands geboren, tausend Werst von jeder jüdischen Ansiedlung.« Die Stimme des Redners jubelt. »Er kannte nichts Jüdisches, die Juden waren ihm ganz fern und fremd, nicht der Rabbi, nicht der Melamed, nicht die Peitsche, nicht die Not, nicht die Armut. Er begeisterte sich an den großen Hebräern. Ha, man sieht es ihm an, meine Damen, es ist nicht das Jüdische notwendig, nicht das Ghetto, nicht der Rabbi, nicht der Melamed, nicht die Peitsche, nicht die Sorge,

Melamed: Lehrer. Mit Bezug auf den »Privatlehrer« in den osteuropäischen Kleinstädten, der, schlecht ausgebildet und schlecht bezahlt, den cheder leitete, oft abwertend benutzt.

Makkabäer: »Makkabi«, Beiname des Hasmonäers Juda, übertragen auf seine Brüder und Mitkämpfer, dann auf die ganze hasmonäische Dynastie aus altem Priestergeschlecht. Aus dem von ihnen geführten Kampf für die Freiheit der Religionsausübung wurde ein Kampf für die politische Unabhängigkeit des jüdischen Volkes und gegen die Herrschaft der Römer.

nicht die Armut, nicht die Not, um ein großer hebräischer Dichter zu werden.« Er hebt beschwörend den Arm, damit die Damen aus Berlin es ihm auch glauben, daß das Große nicht aus dem Ghetto kommt, damit sie ihn unterstützen. Er ist in Palästina in die Freiheit getreten, und er kämpft gegen seine Jugend, gegen seinen Vater, gegen seine Erinnerungen, gegen das Judentum, wie die deutschen Juden des Emanzipationszeitalters kämpften gegen ihre Jugend, gegen ihre Väter, gegen ihre Erinnerungen, gegen das Judentum.

Die Damen vor ihm, die keine Ahnung haben, was ein Ghetto ist – sie sind seit hundert Jahren emanzipiert –, lauschen ihm atemlos.

»Dieser Dichter ging auf ein russisches Gymnasium, er lernte Griechisch und Lateinisch. Dieser Dichter und Bialik, sie haben uns die Bahn frei gemacht. Sie haben es uns gesagt, alles Jüdische soll zu Ende sein. Hebräer sollen wir werden. Der Kampf der Makkabäer war groß und wunderbar, den König vertreiben war gut, aber Zeus zerschlagen war schlecht. Wir wissen, wir brauchen die Natur, die Fruchtbarkeit, Baal. Es ist der letzte Kampf. Sein oder Nichtsein, das ist hier die Frage. Wir werden in Erez sein, oder wir werden nicht sein. Siebzehn Millionen Schatten laufen wir herum auf der Welt, wir wußten, dort ist das Ghetto, woanders ist die Gleichberechtigung oder ähnliche Schmonzes. Aber in Erez gehen wir einer glorreichen Zukunft entgegen. Dieser Dichter hat es uns gesagt, der Libanon wird Euer sein, der Jordan wird Euer sein, Erez wird Euer sein. Das hat er uns gesagt, längst bevor es diese Balfourdeklaration gab (er lächelt). Er hat es gewußt. Stehen Kanonen an unseren Grenzen, haben wir Macht? Aber aus dem hebräischen Wort wird uns die Kraft kommen, werden wir werden wie David und Saul und Jonathan.

Dort leben sie, diese Schatten, und werden geschlagen, einmal hier, einmal dort, in Polen, in Rußland, in England, in Amerika, alle

Balfourdeklaration: Brief des englischen Außenministers Lord Balfour an Baron Rothschild vom 2. November 1917: »His Majesty's Government view with favour the establishment in Palestine of a national home for the Jewish people …«

werden sie kommen nach Erez. Sie werden Hebräisch lernen. Aber es kommt nicht darauf an, bewakascha und todarabah zu können, es kommt nicht darauf an, sich verständigen zu können, Brillanten sind da und Gold in Bialik und Tschernikowski. Aber sie sind verschüttet, und keiner erkennt sie. Aber eines Tages werden Sie Hebräer sein, Sie werden diese unsere großen Dichter lesen können, und Sie werden erkennen das große Geheimnis Israels: das hebräische Wort erlöst.

Und jetzt gebe ich das Wort der Rezitatorin, und sie wird Ihnen die Begegnung Sauls mit der Hexe von Endor rezitieren, ferner ein Liebesgedicht und ein Gedicht, in dem der große Hebräer doch an das Jüdische dachte. Es handelt sich um ein Pogrom, und die ukrainische Soldateska baut über den Leichen der Erschlagenen eine Kirche. Eines Nachts geht der Geist des Rabbi in die Kirche und sagt das Kaddisch, und die Glocken klingen.

Das Volk läuft zusammen und sagt: Warum klingen die Glocken? Sie wußten es nicht. Uns klingen die Glocken anders als den Gojim.«

Die Frau, im tragischen schwarzen Abendkleid, rezitiert mit einer herrlichen Stimme, mit dem ganzen Pathos der Bibel das letzte Gedicht; und sie singt das Kaddisch, jiskadal wejiskadasch, das Totengebet der Juden, das ein Lob Gottes ist. Sie singt in den Tönen, die alle Juden kennen, von Berlin bis New York, von Saloniki bis Whitechapel. Und sie macht das Läuten der Glocken, das Bim ganz hoch und hell, und das Bam ganz tief unten. Bim, Bam.

Die Frauen haben Tränen in den Augen. Neben mir sitzt eine schwedische Jüdin, sie ist blond und blauäugig und zart wie die Schwedinnen; sie kann kein Wort Hebräisch, sie hat nur den Klang gehört, sie nimmt meine Hand und drückt sie ganz fest, und sie sagt: »Es war herrlich, ein unvergeßlicher Abend.«

bewakascha: bitte.

todarabah: danke, vielen Dank.

Der Schriftsteller, so erfahre ich, hieß als Jude Hirsch Lebensohn, er nennt sich als Hebräer David Ben Jerimijahu.

Die deutschen Damen gehen nach dem Vortrag zusammen fort, erschüttert, bewegt, in eine Konditorei.

Jahrhundertelang haben unsere Vorfahren gegen Baal gekämpft. Dieser Mann ersehnt ihn. Jahrhundertelang haben unsere Vorfahren ihr Blut vergossen für die heiligen Ideen der Gerechtigkeit, und da steht ein Mann auf und erzählt Euch, die Gleichberechtigung sei eine »Schmonze«. Daß Ihr hier leben könnt, daß Ihr hier in eine Konditorei gehen könnt, Schlagsahne essen, das verdankt Ihr der Balfourdeklaration, und Ihr laßt Euch erzählen, auch die Balfourdeklaration sein eine »Schmonze«. Ihr laßt Euch dazu überreden, daß Ihr das »Jüdische« hassen müßt, daß man ein Hebräer sein kann, wenn man tausend Werst vom Ghetto geboren wurde, und Ihr vergeßt, daß Ihr selber tausend Werst vom Ghetto geboren wurdet.

Dieser Mann erzählt Euch von der Sünde des Judentums, das die Natur und die Sinne nicht achtete, und Ihr habt vergessen, daß Eure Väter hundert Jahre lang für diesen Weg ins Freie gekämpft haben. Ihr vergießt Tränen, weil einer sagt, daß das Griechentum ein Wert ist, und Ihr selber seid auf ein humanistisches Gymnasium gegangen und habt Sophokles gelesen. Ihr laßt Euch berauschen, weil einer Euch erzählt, ohne Kanonen, mit dem hebräischen Wort erobert Ihr den Libanon. Der phrasenhafteste Nationalismus berauscht Euch. Das größte Werk, Eure Bibel, ist groß durch ihre heilige Ehrlichkeit und Wahrhaftigkeit. Euch berauscht ein Bim, Bam. Und ich sehe die schöne schwedische Propagandarednerin zurückkommen nach Stockholm, und sie wird dort in einer zionistischen Versammlung stehen und sagen: »Wir brauchen keine Gleichberechtigung, wir brauchen keine Rechte, wir brauchen keine Balfourdeklaration. Bim – Bam. Das hebräische Wort erlöst.«

Und die Jugend klatscht Beifall, und wenn sie mißhandelt wird, dann sind ihr längst die geistigen Waffen genommen, um sich zu verteidigen.

Galuthexistenz

Die Inhaber eines Gemüseladens im neuen Einwandererviertel in Tel-Aviv sind etwas ganz Apartes, sie sind Ägypter und sprechen französisch, spaniolisch und arabisch. Es ist auf der Elieser Ben Yehudastraße. Auf der Elieser Ben Yehudastraße haben viele Deutsche kleine Läden, und man spricht mit ihnen deutsch. In den Laden der Ägypter kommt eine ältere Berliner Jüdin. Sie ist nicht altes Berlin, sie ist neues Berlin, ich könnte bis auf die Straße genau angeben, woher sie kommt. Sie ist eine unbefangene laute Berliner Jüdin aus der wohlhabenden Konfektion. Und sie bewegt sich ebenso geräuschvoll im Laden von Tel-Aviv, wie sie unbefangen und geräuschvoll in Berliner Warenhäusern und Berliner Detailgeschäften ihre komplizierten und anspruchsvollen Bestellungen machte, wie sie unbefangen und geräuschvoll durch Berliner Omnibusse schrie, in Berliner Konditoreien sich bewegte, in Hotelhallen der Weltkurorte peinlich laut auffiel. Hitler ist gekommen, eine Welt ist eingestürzt, sie ist völlig unverändert, vorzüglich angezogen, unbefangen und geräuschvoll. Sie spricht in einem Berliner Deutsch mit den ägyptischen Juden, das selbst ein des Deutschen Kundiger nicht verstünde ... »Ich wollte Schoten haben. Sind das die einzigen, die Sie haben? Die sind doch jroß, die wern doch nie weich werden. Das sind keine Schoten, das sind Erbsen. Kann man die denn essen? Sind die denn gut?«

Und mit ihrem Sinn für Qualität sieht sie mißbilligend auf die Schoten. Wer hat vorgestern noch den Unterschied zwischen Erbsen und Schoten in Tel-Aviv gekannt? Diese Berlinerin verlangt Schoten, nicht Erbsen, und übermorgen werden alle Geschäftsleute den Unterschied zwischen Erbsen und Schoten kennen, und sie werden Schoten von den Erzeugern fordern, und diese werden sie erzeugen. Und auf diese Weise entsteht Qualität.

Sie ist völlig echt. Wie kann ein Mensch etwas anderes sein als eine Berlinerin? In Berlin hat man nur mit Berliner Juden verkehrt, und wenn man verreist ist, ist man dahin verreist, wo auch nur Berliner Juden waren. Berlin war sehr groß. Berlin war sehr weit. Berlin war eine Welt. Aber daß es hinter dieser Welt doch noch andere Welten gab, das haben die selbstsicheren Berliner Jüdinnen nicht gewußt, und sie sind nach Tel-Aviv, nach Asien gekommen, und sie wissen es immer noch nicht. »Meinen Sie, daß die dicken Dinger weich werden?« sagt sie. Es versteht sie niemand außer mir. Aber sie weiß es nicht.

Musiker aus Rußland

Er sieht wunderbar aus. Schmal und mittelgroß, die Ärmel des farbigen Hemdes, keiner Arbeiterbluse, sondern eines farbigen Hemdes, aufgerollt. Der Kopf ist von viel braunem Haar umgeben. Es ist ein undefinierbarer Künstlerkopf, ein gutes, mildes erlebnisreiches Gesicht. Er lebte in Rußland, musizierte und hatte nicht viel mit Judentum zu tun.

Eines Tages starb seine Mutter. Er kam an ihr Bett. Sie bat ihr Kind, das Kaddisch zu beten, jeden Tag im ersten Jahr ihres Ablebens. Der Sohn hielt das Gebot, und von diesem Kaddisch ging er weiter, er legte den Tallis um, er betete morgens, mittags und abends, er hielt den Schabbat, er hielt die Speisegesetze. Eines Tages suchte das jüdische Theater in Rußland einen Musiker. »Der Lewin«, sagte man den Leuten, »der ist der Richtige. Er ist ein Besessener, er kennt nichts als Musik, er ist unermüdlich. Wenn ihr vierzehn Stun-

Kaddisch: wörtl. »Heiliger«. Altes Gebet, vorwiegend aramäisch abgefaßt, enthält aber auch Stellen in hebräischer Sprache. Ursprünglich Hymnus mit einem Ausblick auf das messianische Reich und Abschlußgebet des Gottesdienstes, hat sich das K. im Lauf der Jahrhunderte zum Gebet für das Seelenheil Verstorbener entwickelt.

den proben wollt, dann probt er vierzehn Stunden, und wenn ihr kein Geld habt, hungert er mit euch.«

»Aber es geht doch nicht, er muß morgens und mittags und abends beten. Man muß mal am Schabbat proben. Es wird nicht gehen.«

»Sprecht mit ihm.«

Man sprach mit ihm. Man sagte ihm: »Wenn du willst, wollen wir gern, aber man muß mal am Schabbat proben, man muß mal nicht koscher essen.«

Lewin überlegte lange. Schließlich sagte er: »Die Habbima, das ist so jüdisch, und das ist so wichtig. Für die Habbima will ich, wenn es nötig ist, auch am Schabbat proben.«

Wir sitzen in Tel-Aviv im Café, genau wie in Europa, etwas weniger bedeutende, etwas weniger berühmte Leute sind am Marmortisch. Plötzlich steht Lewin auf. Er geht schnell weg. Er geht in die Telefonzelle. Dort zieht er rasch ein Gebetbuch aus der Tasche, und, sich wiegend, betet er das Abendgebet. Zur gleichen Stunde ruft in Jaffa der Muezzin die Gebetsstunde von der Moschee, und ein Arbeiter breitet seinen Sack aus und wirft sich nach Mekka.

Deutscher Jude

»Ja, ich bin ja nu 20 Jahre im Betrieb gewesen, schon vor dem Krieg, es war eine deutsch-nationale Zeitung, sie sind immer sehr anständig zu mir gewesen. Sie mußten mich ja nun entlassen, was blieb denn den Leuten übrig, Spielmann hat mir sein Bedauern ausgedrückt, sie haben's ja auch nicht leicht. Er ist sehr anständig zu mir gewesen, ich habe vierteljährliche Kündigung, und er hat mir für dreiviertel Jahr das Gehalt bezahlt, und eine Abfindung habe ich sogar auch noch bekommen, ich kann nicht anders sagen, die Leute sind sehr anständig zu mir gewesen. Hier arbeite ich ja nun an der

Eref-Zeitung. Ich kann nicht klagen, sie haben alles von mir gedruckt, ich habe mir auch schon wieder einen Namen gemacht. Sie sind auch sehr anständig dort, ich habe allerdings noch gar kein Geld bekommen.

Und man muß doch schließlich leben.

Aber die Leute können ja nicht anders. Es ist ein kleines Blatt. Wie sollen sie's denn machen? Sie stehen auch in einem scharfen politischen Kampf. Aber das bißchen Kapital ist rasch aufgebraucht. Und was dann?«

Polnischer Hausbesitzer über die deutsche Alijah

Der Baalaboss

Er ist 1925 gekommen, weil der Minister Grabski die Steuern so erhöht hat, daß kein Auskommen mehr war. Hier hat er sich ein Grundstück gekauft, ohne Geld, und ein Haus gebaut, auch ohne Geld, und dann hat er fürs Zimmer ein Pfund Miete bekommen. Und jetzt kriegt er drei Pfund fürs Zimmer.

»Ich kann Ihnen sagen, seit diese Jecken hier im Land sind, ist es wirklich nicht mehr schön in Palästina. Alles wollen sie anders haben. Wir haben jeden Tag Fleisch gegessen und am Schabbat einen Fisch, sie müssen Kartoffeln haben. Haben Sie schon mal gehört, daß ein Mensch jeden Tag Kartoffeln ißt? Und die Frauen schmin-

Eref-Zeitung: Wohl Abendzeitung, von erew, hebr. »Abend«.

Baalaboss: hebr. Ba'al habajit, Herr des Hauses. Die Figur des wichtigtuerischen Balboss oder Baalaboss spielt im jidd. Sprichwort und Witz eine große Rolle. Im Palästina der zwanziger Jahre stehen die Hausbesitzer stellvertretend für die (vor allem von polnischen Einwanderern geprägte), von den Pionieren mit Mißtrauen betrachtete mittelständisch-kleinbürgerliche vierte Alijah.

ken sich. Haben Sie schon mal gehört, daß sich eine Polin schminkt? Und dann bauen sie Läden, wie sie einem nicht zukommen, Spiegelglasscheiben. Haben Sie schon gehört, daß es in Tel-Aviv nötig ist, Spiegelglasscheiben zu machen? Und was sagen Sie, wie die Leute die Mieten hochtreiben? Früher hat man mir ein Pfund bezahlt, seit die Jecken im Lande sind, bezahlen sie drei ° Pfund für das Zimmer. Ist das nicht unerhört? Und dann, wissen Sie, sind sie doch so überorganisiert, da hat es doch jetzt ein Gesetz über Höchstmieten gegeben, man soll doch nicht mehr als zweieinhalb Pfund für das Zimmer bezahlen. Wissen Sie, was vorgekommen ist? Daß Jecken Wohnungen gemietet haben für drei Pfund das Zimmer, und dann sind sie hingegangen und haben die Höchstmiete verlangt. Ich vermiete keine Zimmer mehr an Jecken, und ich kann Sie nur warnen, Jecken in Ihre Häuser zu nehmen. Da ist neulich ein Mann zu mir gekommen, hat er schon so hochdeutsch gesprochen, habe ich gesagt, woher sind Sie denn? Hat er gesagt: ›Aus Nürnberg‹. Habe ich gesagt: ›Gehen Sie zurück zu Streicher, ich vermiete keine Wohnungen an Jecken.‹ Ich habe neunzehn Häuser. Ich vermiete keine Wohnungen an Jecken, sollen sie doch zurückgehen, zu Hitler, ich kann Ihnen sagen, ein großes Loch gemacht im Meer und alle Jecken darin ersäuft. Das wäre das richtige. Mein Arzt hat neulich ganz was Richtiges zu mir gesagt: ›Hat es früher hier Typhus und Dysenterie gegeben? Alle Deutschen, die hierherkommen, bekommen Typhus und Dysenterie, sie verseuchen das Land. Ich sage Ihnen, seit die Deutschen hier sind, gibt es Typhus und Dysenterie, nur die Jecken haben das eingeschleppt.‹ Und hat's früher solche Pfützen gegeben? Da waren die Straßen nicht gepfla-

Jecken: auch Jeckes. Der Begriff stammt wohl aus dem kulturellen Konflikt zwischen Ost- und Westjuden, bezeichnet aus ostjüdischer Sicht den arroganten, sich überlegen dünkenden Westjuden, der auf die traditionelle Kleidung verzichtet hat. Übertragen auf Palästina, galt der Begriff den aus Deutschland eingewanderten Juden, die mit Klima und Sprache nicht zurechtkamen, aber »deutsche« Eigenschaften wie Pünktlichkeit und Ordnungsliebe vorzeigten.

stert, konnte der Regen versickern. Jetzt, seit die Jecken da sind, muß man ja die Straßen pflastern, jetzt wohin mit dem Wasser? Müssen doch die Pfützen stehenbleiben.«

Der Kutscher

Zwischen den abgeernteten Feldern, hinten ein kleiner Eukalyptuswald, fahren die Wagen mit Ziegeln ganz langsam über den holprigen knochentrockenen Lehmweg. Vorn über'm Pferd sitzt ein kraftvoller junger Mann mit einem pausbackigen blonden Säuglingsgesicht, Khakihose, Hemd und Jockeymütze. Es ist heiß, aber ein guter Wind weht, und es ist ländlich still. Es paßt alles eins ins andre. Die fruchtbare Landschaft, die Stille und der bäuerliche Mensch mit dem blonden Kindergesicht, der, die Zügel ganz lose, das Pferd mit dem Steinwagen trotten läßt. Jetzt spricht er mich an, ob ich aufsteigen will. Ich will, und es ist mir, als ob ich auf einem Heuwagen mit einem süddeutschen Bauern von der Schweizer Grenze führe. Der Mann spricht jiddisch. Aber abgesehen von den hebräischen Worten klingt jiddisch nicht anders als altertümliches alemannisches Deutsch. Und so haben wir ein einfaches Gespräch. Er ist ein Jahr im Lande. »Gefällt mir sehr. Man hat Arbeit und verdient. Zuerst habe ich ganz im Süden gearbeitet, bei der Regierung, Straßenbau in Beerscheba, mit lauter Arabern.«

»Und wie ist das gegangen?«

»Ganz gut. Das sind doch höfliche Leute, die Araber, viel höflicher als unsere Juden. Ich hab' mich gut mit sie gestellt. Es hat mir gut da gefallen.«

Beerscheba, das ist schon arabische Wüste, und dort Straßen zu bauen, das ist wahrscheinlich eine der schwersten Arbeiten der Welt. Es hat ihm gut gefallen.

»Wie haben Sie denn gegessen?«

Im Jordantal

»Arabisch, schmeckt sehr gut.«

»Und gewohnt?«

»Im Zelt.«

»War's nicht sehr heiß?«

»Nu, man gewöhnt sich.«

»Und jetzt?«

»Jetzt fahr' ich Steine. Ich habe immer Arbeit gehabt. Im Ausland hat doch keiner Arbeit. Sie haben doch nichts mehr zu essen in Polen, und die Kinder gehen nicht mehr zur Schule. Ich will nur sehen, daß ich wenigstens meine Eltern herbringe.«

»Es ist schwer mit den Zertifikaten.«

»Ja«, sagt er, »schwer mit den Zertifikaten.«

Drüben liegt Pardess Channa, eine fast rein deutsche Siedlung.

»Die Deutschen«, sagt er freundlich, »haben viel im Lande geschaffen. Alles Gute, außer den Kwuzoth. Die Kwuzoth, das ist ja was andres. Aber alle privaten Wirtschaften, die schön sind, haben die Deutschen hier gemacht. Es sollen doch 40 Prozent auf's Land gegangen sein.«

Das ist übertrieben, aber ich lasse ihn bei seiner freundlichen Gesinnung. Jetzt geht es bergauf. Der weißblonde Bauer, der ein polnischer Jude ist, steigt ab, die Pfeife im Mund, die Zügel lang, die Mütze nach hinten, geht er neben dem kleinen, alten arabischen Pferd her und hilft ihm, den Wagen mit Steinen hinaufzubringen. Er kennt Pferde, er kennt Lehmwege, er kennt den Beruf eines Kutschers. Er fährt weiter, zufrieden mit einem Lebensminimum, zufrieden mit Hitze, schwerer Arbeit und ein bißchen Essen, rotbäckig, gesund und dick.

Weit und heiß liegt das Land da. Die Straße ist sehr schlecht. Es blüht noch ein bißchen, nicht viel. Hinten sind Berge. Drei Millionen polnische Juden, denke ich, das Doppelte, wie es Norweger gibt, ein ganzes Volk für sich allein. Es gibt alles unter ihnen wie in jedem Volk, und dieser hier ist ein Kutscher vom Lande. Schalom lecha. Friede sei mit Dir.

Mädchen

Sie ist schön, groß und schlank, Mitte der Zwanzig, ein feines Mädchen, Tochter eines Arztes. Ihre langjährige Bürostellung mußte sie aufgeben. Sie hilft bei ihrem Bruder auf dem Land, ist in Palästina als Touristin, fährt zurück nach Deutschland, möchte gern bleiben. Aber wie? Und wovon hier leben? Sie arbeitet den ganzen Tag. Deckt den Tisch, wäscht ab, stopft, kocht, füttert die Tiere, registriert Eier. Sie ist ein tüchtiger, bescheidener Mensch, ein Glück für jeden Landwirt. Warum heiratet sie nicht in diesem frauenlosen Land?

»Ich war neulich eingeladen«, sagt sie, »waren alles Leute aus der Gegend eingeladen, außer mir noch ein deutsches Ehepaar. Wir sind auch bald gegangen. Die anderen waren bis morgens da. Was soll ich unter den Fremden?«

Sie sagt es auf hebräisch: »Was soll ich unter den Gojim? Es war genau wie in Deutschland, sie haben getrunken und viel Lärm gemacht und Horra getanzt.«

»Aber Juden betrinken sich doch nicht.«

»Nein, sie waren auch nicht betrunken, aber mir kamen sie so vor.«

»Was waren sie denn?«

»Ein paar Handwerker von hier, die Wächter aus der Gegend und einige Arbeiter vom Pardess und vom Bau. Sicher sehr nette Leute. Aber sie waren mir ganz fremd. Ich hab nicht dazugehört. Ich habe bei unserem Geschäftsausflug ja auch mit den christlichen Lageristen getanzt, ich sage Ihnen, diese ostjüdischen Arbeiter sind mir genau so fremd, fremder sogar. Man spricht ja noch nicht einmal dieselbe Sprache.«

»Dieselbe Sprache haben Sie mit dem Berliner Lageristen auch nicht gesprochen.«

Horra: Palästinensisch-jüdischer Volkstanz arabischen Ursprungs, der besonders bei den jugendlichen Einwanderergruppen beliebt war.

»Aber die Vokabeln waren dieselben. Nur eins ist eben anders. Man hat hier keine Angst, sie könnten antisemitische Bemerkungen machen.«

Orthodoxie

Zionisten, die nach dem Gesetz der Tora leben, heißen Misrachi. Man erkennt die Männer am Bart – ein frommer Jude darf sich nicht rasieren –, die Frauen am bedeckten Haar – eine verheiratete Jüdin darf anderen Männern nicht ihr Haar zeigen, sie trägt entweder einen falschen Scheitel oder ein Tuch auf dem Kopf.

Misrachi vermieten in ihren Häusern häufig die Wohnungen nur an Misrachi oder an Leute, die sich schriftlich verpflichten, streng die Gebote des Schabbat zu beobachten: »Drei-Zimmerwohnung zu vermieten, warmes Wasser, Zentralheizung, nur an Misrachi.« Es gibt ganze Vorstädte, in denen nur Misrachi wohnen können. In Montefiore bei Jerusalem stehen Schilder an den Zufahrtsstraßen: »Für Wagen aller Art am Schabbat verboten.«

I.

Ihr Haus liegt tief im Grünen. Es ist hoch hinauf mit Rosen und Geranien bedeckt. Vor der Terrasse ist eine grüne Laube, an der hängt ein Davidstern. Innen sind ein bescheidenes Schlafzimmer, ein bescheidenes Eßzimmer, dem nur der silberne Chanukka-

Misrachi: Sprachliche Verbindung von merkas ruchani, geistiges Zentrum. Vereinigung der toratreuen Zionisten, deren Zweck die Erfüllung der zionistischen Ziele auf der Grundlage der Tora und im Sinne des traditionellen Judentums ist. Schwerpunkte in der Kultur- und Erziehungsarbeit.

leuchter, die silbernen Schabbatleuchter und die silberne Gewürzbüchse ein Gesicht geben, und ein Bücherzimmer.

Sie kommt aus Rußland, hat die Schule in Berlin besucht und auf deutschen Universitäten studiert. Sie hat Lateinisch, Russisch, Deutsch und Französisch gelernt, aber ihre Sprache ist Hebräisch, denn der ganze Umkreis ihrer Bildung ist hebräisch.

Jeden Schabbat lobt der fromme jüdische Mann seine Frau, es ist ein langes Gebet. Vielleicht ist die jüdische Frau dadurch freier von Minderwertigkeitskomplexen geworden als der Mann. Vielleicht ist die frei sich bewegende, der Kunst und Wissenschaft geöffnete moderne Jüdin das geworden, was sie ist, durch das Lob des Mannes durch die Jahrtausende. So ist selbst diese Misrachi, gebunden und gefesselt mit den Vorschriften der Tora (sie ist jung und hat schönes Haar, aber sie verdeckt es mit einem entstellenden Tuch), ein freier Mensch ohne Enge.

Sie ist ein Hiob an Schicksalsschlägen, aber sie hat die große Heiterkeit der wirklich frommen Menschen, sie ist ohne Haß und ohne Zweifel. Um jenseits des Schmerzes zu stehen, braucht das Christentum die Askese, aber fromme Juden können mitten im Leben gottgerecht sein.

Chanukkaleuchter: Das »Lichtfest« oder Tempelweihefest beginnt am 25. Kislew (Nov.-Dez.) und dauert acht Tage, es feiert die Neuweihe des zur Zeit der syrischen Religionsverfolgungen entweihten Tempels in Jerusalem und damit die großen Siege der Makkabäer, die das jüdische Volk zur nationalen Selbständigkeit führten. Bei der Neuweihe soll nach der Legende nur noch ein kleines Kännchen nicht entweihtes Öl gefunden worden sein, dessen Vorrat aber für acht Tage reichte. Die Menora für Chanukka ist deshalb ein Kultgerät zum Entzünden von acht Flämmchen durch eine besondere Flamme, den Schammasch.

Gewürzbüchse: Zum Ausgang des Schabbat findet eine Weihezeremonie, Hawdala, statt, die zur Unterscheidung zwischen der Heiligkeit des Schabbat und dem profanen Charakter des Werktags trennen soll. Zur Zeremonie gehört die Benediktion über Gewürz, »dessen Wohlgeruch der Betende einzieht, als wolle er sich noch einmal an der Schabbatweihe und Schabbatwonne vor ihrem Scheiden erquicken«. Die Gewürze werden in einem bestimmten Gefäß, der Bessomimbüchse, aufbewahrt.

Beim Schacharit (Morgengebet)

Das, was die Orthodoxie und das Kirchliche in seinem Wert heute so bezweifelbar macht, ist der Ersatz des Inhalts durch die Form. An die Stelle der Ethik trat die Erfüllung von Vorschriften. Es ist möglich, die Mesusa an der Tür zu küssen, morgens, mittags und abends »in Schul« zu gehen und zu beten, am Schabbat nichts zu tragen, noch nicht einmal ein Taschentuch, und dennoch im Sinne der Religion ein böser Mensch zu sein. Nichts anderes braucht die Erfüllung der Vorschriften zu sein als das Drehen einer Gebetsmühle. Trifft man also wirklich fromme Menschen, bei denen die Vorschriften ihren Sinn nicht verloren haben, die versuchen, ihr Leben nach ethischen Gesetzen zu führen, kurzum: die das Heilige über das weltliche Streben nach Macht und Karriere stellen – und es

Mesusa: Torpfosten. Bezeichnung für die Türpfosteninschrift, die auf einer Pergamentrolle die beiden Abschnitte Deut. 6, 4–9 (Sch'ma) und 11, 13–21 enthält. Die Rolle wird in eine Kapsel aus Glas oder Metall eingeschlossen und am rechten Türpfosten der Eingänge zu Häusern, Höfen und Wohnräumen befestigt.

gibt einige unter den Juden in Palästina –, so scheint immer noch oder schon aufs neue die Religion die Lösung aller Weltfragen, die Aufhebung aller Haßideologien zu sein.

Diese junge Frau entnimmt aus der Religion auch jene Regeln, die man sonst als gutes Benehmen bezeichnet. Sie steht im Omnibus vor alten Menschen auf, weil die Religion das Alter zu ehren heißt, sie »tut ihren Mund nicht zu Bösem auf«, sie läßt »keinen unbeschenkt von ihrem Hause gehen«, sie hört zu, wenn ihr einer einen Rat geben will, weil man sich raten lassen soll, und sie ist von tiefer Liebe zum Nächsten erfüllt, sie gibt den Zehnten den Armen und behält nicht »den Lohn ihres Knechtes über Nacht im Hause«, und sie versucht, alle Menschen zu erfreuen, denn der Talmud sagt: »In das Paradies wird eingehen, wer viele lachen gemacht.«

Als der Mensch, den sie am meisten liebte, schwer krank wurde, fastete sie und betete. Aber als er gestorben war, ging sie hin und aß und sagte das große Wort: »Der Herr hat gegeben, der Herr hat genommen. Gelobt sei sein Name.« Und war wirklich getröstet. »Ich werde wohl zu ihm fahren, aber der Tote kommt nicht wieder zu mir.«

Ich fragte sie: »Warum soll man Gesetze, die man für unsinnig hält, nicht aufheben? Weil in der Tora steht: du sollst das Böckchen nicht in der Milch seiner Mutter kochen, darum soll ich keinen Kaffee mit Milch nach Tisch trinken?«

Sie sagte: »Das kommt Ihnen unsinnig vor, aber die Vorschriften über die Blutschande finden Sie selbstverständlich richtig. Dabei hat es Zeiten gegeben, denen kamen die Vorschriften über milchig und fleischig selbstverständlich vor, aber die Vorschriften über Blutschande unsinnig. Und da die Ansichten wechseln, soll man alle Vorschriften halten, denn die Tora hat immer recht.«

Ein Katholik hat Hilfe und Autorität an der ganzen großen Kirche. Aber ein Jude steht allein ohne Priester. In der Peterskirche in Rom stehen Beichtstühle in allen Sprachen. Aber ein Jude hat sich selbst zu helfen. Er hat nichts als ein Buch, und weil er nichts hat als ein Buch für alles Suchen, so mußte er buchstabengläubig werden.

Eines Tages hörte ich folgende Unterhaltung in Tel-Aviv, die ich der frommen Frau erzählte:

»Eine orthodoxe Frau kam zu einer jungen Polin und sagte: ›Müssen Sie gerade am Schabbat waschen?‹

Daraufhin die junge Frau: ›Ja, denn die ganze Woche arbeite ich.‹

›Dann gehen Sie wenigstens in Ihr Zimmer dazu, damit es keiner sieht‹, sagte die Orthodoxe.

Die junge Frau erwiderte: ›Meinen Sie, im Zimmer sieht es der liebe Gott weniger?‹«

»Und ich finde«, sagte ich, »die junge Frau hatte recht.«

Darauf erwiderte mir die fromme Frau: »Was Ihr deutschen Juden es immer mit dem lieben Gott habt! Das Judentum interessiert nicht Gott, sondern das Gesetz!«

Aber ihre Fenster sehen auf die Wüste, und dort in der Wüste begann der Mensch nachzudenken über sich und sein Leben, über das Du und das Ich, über Anfang und Ende und über Gott.

II.

Orientalische Flüchtlinge sind in einer Synagoge untergebracht, ein Flüchtlingslager mit allen Unzuträglichkeiten. Plötzlich schreit eine Frau. Sie fühlt sich fieberheiß an. Ein Arzt wird geholt. Er will untersuchen, aber es ist Schabbatnacht. Der Synagogendiener erlaubt nicht, daß einer das elektrische Licht einschaltet, es bleibt nichts anderes übrig als mit der Taschenlampe oberflächlich zu untersuchen, in einem Lager, in dem jede Krankheit epidemisch werden kann. Der Synagogendiener steht daneben und paßt auf, daß das Gesetz nicht verletzt wird.

Ich kaufe Blumen. Einer im langen Kaftan steht neben mir und sagt: »Wozu kaufst du Blumen? Gib das Geld für die Armen.«

Eine medizinische Fakultät an der Universität Jerusalem war lange nicht möglich, da das Sezieren gegen ein religiöses Gesetz verstößt. Man gründet jetzt eine medizinische Fakultät, aber es sind heute schon die heftigsten Kämpfe mit der Orthodoxie vorauszusehen.

Als ich drei Tage in Jerusalem war, sagte mir jemand: »Sie können nicht in dieses Viertel ziehen. Wenn Sie am Schabbat den Primus bei geschlossenen Fenstern anzünden, werfen Ihnen die Frommen mit Steinen die Fenster ein.«

Der Primus, der Kochherd des Palästinensers, macht Lärm, den man selbst bei geschlossenen Fenstern hört. Die Tora verbietet, am Schabbat zu arbeiten, also auch Feuer anzumachen, also auch den Primus anzuzünden, um zu kochen.

Sephardim

Auf einem Mittelmeerschiff, auf dem sehr viele aschkenasische, d.h. polnische und deutsche Juden sind, kommen sehr elegante Leute in den Speisesaal. Eine schmale französische Mama, ganz in Schwarz, dazu ein sehr feiner junger Mann, sehr schwarz, sehr schmal, sehr abweisend, und ein schönes kleines Mädchen, das etwa zwölf Jahre alt ist und wie eine Dame aussieht. Die Familie setzt sich nach langem Suchen.

Wir kommen in eine französische Unterhaltung.

»Sie fahren nach Palästina als Touristen?«

»Nein, wir wohnen in Jerusalem.«

»Ich bin in Jerusalem geboren«, sagt der junge Mann. »Nous sommes des Sephardes.«

»O, da sprechen Sie doch aber Hebräisch?«

»Ich kann es«, sagt der junge Mann abweisend.

»Darf ich fragen, welches Ihre Muttersprache ist?«

»Französisch.«

Am Nebentisch steht ein polnischer Jude auf, ein dicker, kurzer Mensch mit einem runden Seehundsgesicht, einer verdickten Nase.

Er beginnt zu reden: »Wir fahren jetzt nach Erez, zu erfüllen unsere heilige Pflicht, aufzubauen das Land unserer Väter. Der Glaube hat uns getrieben, der uns durch Jahrtausende mit einem entvölkerten und verwüsteten Palästina verbunden hat und die seelische Kraft verlieh, um Juden aller Welt für Palästina zu gewinnen, um Palästina in Erez Israel zu verwandeln. Palästina ist kein Einwanderungsland, Palästina ist die nationale Heimstätte für das jüdische Volk. Da haben die deutschen Juden sich immer als Deutsche gefühlt. Sie sehen ja, wo das hinführt. Die Assimilation ist die größte Schmach unseres Volkes. Sie haben keine Juden sein wollen. Es hat ihnen nichts genützt, man hat es ihnen beigebracht. Die jetzt nach Palästina kommen, sie wissen nicht, was wir geleistet haben. Wir sind durch den Sand gestapft, wir haben mit unseren Armen die Felder gepflügt. Da glauben die deutschen Juden, sie könnten uns etwas lehren, sie können lernen, immer nur lernen von uns. Wir haben das jüdische Volk sprechen gelehrt, das stumm war, es hat gelallt, aber wir gaben ihm Stimme. Ohne Ehre hat es gelebt. Wir gaben ihm Ehre.«

Die Sephardim haben fertig gegessen. Sie stehen auf. Sie, die Leute aus Jerusalem, die viele Generationen dort wohnen, fühlen sich ganz fremd.

Sie fühlen sich so fremd wie ich, die ich mir erzählen lassen muß, daß ich ohne Ehre gelebt und gelallt habe.

»Bon soir, Madame.«

»Bon soir, Madame!«

o Auf den Bau in Tel-Aviv kommt ein Sammler für den Keren Hajessod. Die Arbeiter bis auf zwei ziehen das Portemonnaie. Die zwei sitzen da: »Ich zahl nicht«, sagt der eine, »was gehen mich die Zionisten an. Wir sind Fränken (Sephardim). Wir sind Araber.«

Keren Hajessod: Gegründet auf dem Zionistischen Kongreß in London 1920, hatte der Grundfonds für Israel die Aufgabe, die finanziellen Mittel für die Besiedlung des Landes zur Verfügung zu stellen.

»Nanu«, sagt der Bauherr, »wir bauen aber nur mit Juden, wenn Ihr Araber seid, kann ich Euch nicht beschäftigen.«

»Wir sind ja keine Araber, wir sind arabische Juden.«

Ein aschkenasischer Arbeiter: »Das ist ja großartig, die reinen deutschen Staatsbürger jüdischen Glaubens.«

Der Sepharde: »Wenns ans Zahlen geht, dann sind wir Euch gut genug, sonst gehören wir nicht dazu.«

Russisch-jüdischer Arbeiter

> Wer mit dem Eisenhandschuh auf den Tisch schlägt, ist immer interessanter als der, der bloß eine Nachmittagspredigt hält.
>
> *Fontane, Die Poggenpuhls*

Der russische Arbeiter ist 1900 geboren und auf dem ukrainischen Dorf aufgewachsen, wo die Eltern Bauern waren. Generationenlang die einzigen Juden in der russischen Umgebung. In seine Kindheit fiel das Gemetzel von Kischinew, das die Regierung gebilligt hatte. ° Die Regierung hatte morden und plündern lassen, die Juden wurden Revolutionäre. Die Juden bekamen nirgends ihr Recht. Also wurden sie Anhänger des Rechtes der Faust. Die Juden wurden überfallen. »Die Unruhen«, hieß es amtlich, »haben ihren Grund in dem äußerst feindseligen und herausfordernden Verhalten der ortsansässigen Juden gegenüber den Christen.« Die Zivilklagen ruinierter Juden wurden abgewiesen.

So wuchs er auf, kannte nur Willkür, wußte, der Starke schlägt, ist man stark, schlägt man zurück, ist man schwach, wird man erschlagen.

Kischinew: Stadt in Südrußland, heute Moldawien. Hier und in Odessa fanden, zum zweitenmal nach 1881, 1903 heftige antijüdische Ausschreitungen statt, die zum Auslöser für die Auswanderung nach Palästina und in die USA wurden.

Siedlung des Jüdischen Nationalfonds

Von 1914 bis 1917 war Krieg: Requisition, Hängen und Kriegsrecht.

Von Herbst 1917 bis 1921 war Bürgerkrieg. Pogrom, Hungersnot und Todesurteil. 887 große und 349 kleine Pogrome und 60000 Tote.

Nachdem die Deutschen aus der Ukraine abgezogen waren, war Krieg zwischen den ukrainischen Separatisten und den Bolschewisten entstanden. Das begann damit, daß man die Juden niedermetzelte. Das geschah unter der Führung Petljuras. Den Ukrainern folgten die Weißen. Sie kämpften gegen die Bolschewisten. Das begann damit, daß man die Juden niedermetzelte. Das geschah unter der Führung Denikins. Auf die Weißen folgten die Roten. Rückflutend metzelten sie die Juden nieder. Das geschah unter der Führung Budjennys. Wer anders dachte, wurde eingekerkert, hingerichtet oder deportiert.

War das neu? Was war vorher? Das war alt, uralt. So war die Ukraine: Ihre Volkslieder feierten die Niedermetzelung der Polen und Juden, und ihr Epos verherrlichte die Helden, die, im Blute der Juden watend, Tische aufstellten, um die Nacht zu durchzechen.

Wo stand die Jugend?

Man war Sozialist vielerlei Schattierungen. Man war russischer Sozialist oder man war jüdischer Sozialist, man war ein »Arbeiter Zions«. Traum war nationaler Sozialismus in Palästina. Man war gegen die gesetzestreuen Väter.

Er wurde ganz früh Zionist, nationaler Jude. Man schickte ihn in die Talmud-Tora-Schule des benachbarten Städtchens. Aber er lief in den Wald und in den Teich, um zu schwimmen. Später gehörte er zur Selbstwehr. Zum ersten Mal seit Bar Kochba setzten die Juden der Gewalt Gewalt entgegen. Eine der Theorien, um das Mysterium der Erhaltung der Juden zu erklären, ist die Theorie der Gewaltlosigkeit: Sie wehrten sich nicht und wurden so nie ganz vernichtet. Die Selbstwehr, 1903 nach Kischinew gegründet, ist Um-

Bar Kochba: Führer des jüdischen Aufstandes gegen die Römer unter Kaiser Hadrian 132–135 u. Z.

sturz in der Geschichte des Judentums. Produkt der revolutionären jüdischen Jugend, Produkt des umstürzenden Marxismus, hat sie wiederum ihrerseits einen Teil der russischen Juden zu dem gemacht, was sie heute geworden sind. Der russifizierte jüdische Sowjetbeamte – die Rote Armee das Werk eines Juden – und der alte Chaluz, der zionistische Pionier in Palästina, sind Revolutionäre. Beide wehrhafte Krieger. Rechtlose, Geschundene, Getretene, Mißhandelte sind die Empörer, Anhänger des Rechtes der Faust geworden. Aus ihnen stammt Schwarzbart her, der Petljura in Paris erschoß, aus ihnen der russisch-jüdische Arbeiter aus der Ukraine.

Er kannte nichts als Krieg und Bürgerkrieg und das aufgewühlte Land. Nie hat er eine große Stadt gesehen, nie etwas anderes als Wald und Feld, als Soldaten, Revolutionäre, Kriegsgericht, als Hängen und Köpfen. Er wurde 1920 mit anderen von den weißen Garden Denikins zum Tode verurteilt. Die Verurteilten kauften für eine Million Rubel ein Schiff, um zu fliehen. Das fuhr sie nach Palästina. Der russisch-jüdische Arbeiter kam in den arabischen Aufstand und kämpfte gleich weiter. Später wurde er Wächter auf jüdischen Siedlungen. Ritt nachts um die Felder, um das Land gegen räuberische Überfälle der Araber zu schützen. Die Zeiten wurden schlecht in Palästina, es gab keine Arbeit, und er hungerte. Die Prosperity kam, und er wurde Bauarbeiter in Tel-Aviv.

Er trägt im Sommer Khakihose und blaue Bluse, im Winter Lederjacke, die Mütze setzt er etwas in den Nacken. Er kennt keine Schüchternheit. Warum auch? Er ist der König dieses Landes, soweit es jüdisch ist. Das braune Gesicht ist von Sonne, Wind und Wetter gekennzeichnet. Er hat Gang und Augen eines Seemanns und das scharfe Gehör eines Wilden, eine eiserne Gesundheit, Nerven wie Stricke und die Kräfte eines Bären. Er ist ein großartiger Kerl, aber er stellt sich breitbeinig hin, beißt mit den Zähnen in die Oberlippe, macht die Stirn in zwei scharfe Falten über der Nasenwurzel, das heißt: so breitbeinig bin ich in die palästinensische Erde gepflanzt, so energisch bin ich, eine Waffe zu führen, ein Pferd zu reiten, eine Frau zu umarmen. Und dann spricht er von sich:

»Seit ich ein kleines Kind war, bin ich Zionist gewesen, ich habe nie Jiddisch gekonnt, nur Russisch. Es war schwer für mich, Hebräisch zu lernen. Ich habe manche Nacht aufgesessen und mich gequält. Ich habe immer wieder russisch gedacht, es war sehr schwer, das Russische herauszureißen aus meiner Seele. Jetzt geht es.

Ich wollte viel lernen und viel wissen. Ich habe auch einen guten Kopf, aber wenn ich etwas anderes gemacht habe, als Arbeiter zu sein, dann habe ich immer ein schlechtes Gewissen gehabt, dann bin ich mir vorgekommen wie ein Verräter am jüdischen Volk. Den Zement, mit dem ich arbeite, den liebe ich, ich muß ihn mit meinen Händen fühlen, ich habe eine tiefe Beziehung zum Zement, ich kenne ihn gut. Ich kann alles mit ihm machen. Die Leute fragen alle, warum ich in Tel-Aviv lebe und nicht auf dem Lande in einer Kwuzah, aber dazu bin ich eine zu große Individualität. Ich muß für mich allein leben. Ich kann nicht mit andern zusammen schlafen. Ich bin ein Mikrokosmos. Ich finde mich nie ganz in mir zurecht. Ich möchte gern wissen, was ich bin. Wenn ich will, dann arbeite ich ein paar Tage nicht. Aber das muß ich können. Wissen Sie, daß es jüdische Seeräuber gab? Das wäre ein Beruf für mich gewesen. Am Meer in Tel-Aviv kenne ich jeden Stein. Das Meer ist mein Element.

Als die deutschen Juden gekommen sind, war ich sehr neugierig, ich hatte so viel von den deutschen Juden gehört. Im »Dawar« hat 1933 gestanden, das war ein Jude und das war ein Jude, da haben wir doch erst erfahren, was die Juden für eine Stellung in Deutschland gehabt haben. Und dann hab ich auch welche kennengelernt. Man kann viel von ihnen lernen, in Hygiene zum Beispiel und Sauberkeit, und die Frauen sind so schön und so schön angezogen, auch wenn sie genau dieselben Sachen anhaben wie die andern, sehen die Sachen anders aus. Aber sie sind eine Gefahr für die hebräische Kultur. Sie haben jetzt eine deutsche Zeitung machen wollen. Aber das haben wir ihnen nicht erlaubt. Wir haben es verhindert. Wir haben es organisiert und in ein paar Stunden war mit der deutschen Zeitung Schluß. Das hat es noch nie gegeben in Palästina, eine andere Zeitung als eine hebräische. Ich sage Ihnen, das ist die Hauptsache.

Dafür haben wir unser Blut hergegeben. Dafür kämpfen wir mit Fenstereinschlagen und mit unserm Leben.«

»Nun ja«, sage ich, »mit dem Leben. Sie haben die Zeitungshändler verprügelt, das halten Sie für jüdisch, national-jüdisch, wie man hier sagt. Gestatten Sie mir zu bemerken, daß ich das nicht für jüdisch halte. Ich glaube, Sie ahnen gar nicht, daß Sie ein Russe sind, gebildet, erzogen, bewegt von den Methoden der zaristischen Polizei.«

»Ich bin ein Pionier, ich bin nach Palästina gegangen. Ich will die Renaissance des jüdischen Volkes, dafür muß alles geopfert werden. Auf nichts kommt es an. Es kommt darauf an, daß Palästina gebaut wird. Sie sind alle nicht erdisch genug. Auf die Erde kommt es an. Ich kann mich auf die Erde werfen und den Boden küssen. Und wenn hier ein deutsches Theater wäre und ein russisches oder ein englisches, dann würde ich persönlich eine Dynamitschnur legen und alles in die Luft sprengen. Die Juden sind für Palästina da, Palästina ist wichtig, nicht die Juden.«

»Sagen Sie einmal, warum nennen Sie sich Sozialist? Was verstehen Sie unter Sozialismus?«

»Eine Form, das jüdische Volk für den Zionismus zu organisieren.«

Der jüdische Held

Das erste Fundament ist gegossen. Das Faß wird auf den Bauplatz gerollt. Um den Holztisch sitzen die Arbeiter in kurzer Hose und ärmellosem Trikot und trinken Bier. Die Sonne sinkt über Sand und Neubauten, der Himmel ist gelb und orange auf der einen Seite, blau und rosa auf der anderen. Einer der Arbeiter, ein ganz langer, ist weiß von Kalk und trägt einen wilden mexikanischen Hut. Jetzt hebt er sein Glas, sagt: »Ein jüdischer Bau, mit jüdische Arbeiter, auf jüdischem Land, le chajim kol jisroel.« Einer, klein, mit schwarzer Hornbrille, steht plötzlich auf: »Es lebe die Zweite Internationale, le chajim.«

»Le chajim«, rufen die anderen.

»Ich wünsche Ihnen«, sagt einer zu einem Intellektuellen aus Deutschland, »es soll werden gelegt auch bald der Grundstein zu Eurem Haus.«

»Ach Gott«, seufzt der Intellektuelle.

»Man denkt immer, es werd nicht, aber dann werds doch.«

»Jetzt ist hier alles voll mit hohe Häuser«, sagt der Glaser, er ist ganz klein und hat viel schwarzen Bart im Gesicht.

»Man denkt an nichts. Aber ich hab gewohnt hier vor vierzehn Jahre, wie die Pogrome gewesen sind. Wir haben gestanden im Hof von unserm Haus, und vors Tor sind tausend Araber gestanden. Wir waren nur drei, einer hat ein Eisen gehabt, der andere eine blau-weiße Stang, blau-weiß, wie die jüdische Fahn, und einer ein Revolver, und da haben wir gestanden, nur wir drei, und haben geheert, wie die Araber gekommen sind, und ich hab gescheppert mits Maul vor Moire (mit dem Mund vor Furcht geklappert). Und dann haben die Araber das Tor aufgerissen, und als sie gesehen haben, daß wir sind gestanden drei Mann bloß mit e Stang, e Eisen und e Revolver, haben sie gedacht, es wären die Häuser alle bis oben voll mit bewaffnete Menschen, und da haben ses Tor wieder zugemacht.«

Es ist die alte Legende, es ist die alte Verblüffungstaktik aller Völker. Friedrich der Große betritt vor der Schlacht bei Leuthen das Hauptquartier der Österreicher: »Bon soir, Messieurs«, und die Österreicher glauben, Armeen stünden hinter ihm. Aber der Glaser aus Krakau weiß das nicht. Er sagt nicht: »So stand ich und so führte ich meine Klinge.« Er ist viel weiter, er stellt das Heldentum wahr dar: »Ich habe gestanden, aber ich habe gezittert vor Furcht.«

»Es sind viel Juden erschlagen worden damals«, sagt er. »Einer war erst drei Tage im Land. Und es wäre alles gar nicht nötig gewesen. Da war aber der Nazif, der High Commissioner, Sir Herbert Samuel, ein Jude, und was hat man ihn geehrt, der hohe Raw Kook aus Jerusalem hat ihn in der Schul an die Tora gerufen. Se hab'n geehrt wie'n König selber, und dann, als die Araber angefangen haben zu schlagen die Juden, da hat er sich nicht getraut, das englische Militär kommen zu lassen. Wenn der Plumer noch dagewesen wär, e englischer General, ich sag Ihnen, es wär kei Jud erschlagen worden. War doch jetzt in Casablanca in Französisch-Marokka dasselbe, da war der Gouverneur auch ein Jude, hat sich auch nicht getraut, das Militär zu rufen. Nu, is es nicht schrecklich mit de Juden?«

»In Chulda«, sagt ein Arbeiter, dem ich diese Geschichte erzähle: »1929 waren wir auch nur zweiundzwanzig Juden, und viele hundert Araber haben die Kolonie überfallen. Von uns ist nur einer gefallen. Und der nur, weil er seinen Hut holen wollte. Als alles vorbei war, hat der Jung gesagt, ich habe draußen meinen Hut gelassen, ich hol ihn. Es hat sich eigentlich keiner was gedacht. Und peng, war er weg.«

Und ich denke, so sind meine Freunde im Weltkrieg gefallen. Beim Kaffeeholen und beim Zigarettenanzünden.

Nachwort
Im Schnellzug nach Haifa. Aus Berlin

Wo ist Berlin? Gabriele Tergits Roman »Käsebier erobert den Kurfürstendamm«, erschienen 1931 bei Rowohlt, spielt zu einer Zeit, als diese Frage noch mit Sicherheit zu beantworten war. Die topographisch genaue Schilderung verspricht Verläßlichkeit, denn der Bericht handelt von einem Berlin, das sich von den Lesern dieses Romans wiederfinden läßt: »Die Kommandantenstraße zu Berlin, halb schon Konfektions- und halb noch Zeitungsviertel, beginnt an der Leipziger Straße (...) und verliert sich in der Proletarier- und Fabrikgegend der Alten Jakobstraße.« Am Dönhoffplatz, »fast schon in der Kommandantenstraße«, lag die Redaktion der erfundenen »Berliner Rundschau«, die in dem Roman so eine wichtige Rolle spielt.

Die Kommandantenstraße zu Berlin liegt auf den aktuellen Stadtplänen genau unter dem roten Strich, der die Stadtbezirke Mitte und Kreuzberg voneinander trennt, vor wenigen Jahren verlief hier die Mauer. Die Straße liegt zwischen den beiden Stadthälften, die sich mühsam einander wieder annähern. Im Norden der Kommandantenstraße liegt der Spittelmarkt, künftiges Geschäftszentrum vielleicht, im Süden die in den fünfziger Jahren errichtete Otto-Suhr-Siedlung, und die Alte Jakobstraße ist sogar zur Hälfte hier und zur Hälfte dort angesiedelt, im Süden trifft sie sich mit der Lindenstraße (an der das Berlin Museum liegt mit dem von Daniel Libeskind entworfenen Erweiterungsbau für das Jüdische Museum) an der Gitschiner Straße, im Norden verläuft sie hinter dem Märkischen Museum und mündet in die Köpenicker Straße. Berlin Museum und Märkisches Museum: Zwei Aufbewahrungsorte für Berliner Kultur und Geschichte, liegen an zwei Eckpunkten in einem Gelände, das immerhin für sich beanspruchen kann, die tatsächliche geographische Mitte der Stadt zu bilden: Würde man die Fläche Berlins auf einem Brett aufzeichnen und ausschneiden und das Ganze dann auf einer Nadel balancieren, bliebe sie an einer Stelle in der Alexandrinenstraße im Gleichgewicht.

Wo ist Berlin? Die von den Vermessungsingenieuren und ihrer praktischen Tätigkeit angeregte Idee, dieses ganze Berlin »auszuschneiden« und neu zu positionieren, ist verführerisch. Das wäre eine schöne Sache: Berlin herauszulösen aus den vielen Zusammenhängen, die eine direkte Konfrontation mit der Stadt so schwierig machen, und es an anderem Ort wieder niederzusetzen. Stellen wir uns einen Moment vor, jemand hätte das getan, und wir würden uns in dem Gelände bewegen, das diese Verschiebung hinterlassen hat. Dann wäre es gar nicht verwunderlich, daß es kein »Zeitungsviertel« mehr gibt und kein »Konfektionsviertel«, und in der Gegend der Alten Jakobstraße keine Mietskasernen und keine Fabriken. Daß hier Öde wäre, Brache wie nach einem großen Sturm. Ruinenfeld. Abräumgelände, freie Fläche. Dann würde eine Beschreibung so aussehen: »Wer die Alte Jakobstraße oder Alexandrinenstraße von Mitte nach Kreuzberg entlanggeht, stößt hinter der Sebastianstraße auf ein mehrere tausend Quadratmeter großes ödes Gelände, von Gesträuch und Unkraut bewachsen.« Kein Traum, der Text stammt aus dem Stadtmagazin Steinschlag vom März 1996. So sieht es hier wirklich aus, und wer mit den Romanen oder den Berliner Feuilletons von Gabriele Tergit, die Jens Brüning vor einiger Zeit veröffentlicht hat,[1] durch das Gelände geht, mag sich zwar gelegentlich wie in einer Kulisse vorkommen, die gar nicht anders als durch solche Verschiebungen erklärbar sein kann, aber am Ende bleibt nichts übrig als die Einsicht in diese unglaubhafte Realität: Das ist aus Berlin geworden. Da steht man mitten in Berlin und weiß nicht, wo alles geblieben ist. Wo sind die Zeitungen? Wo ist die Konfektion? Wo sind die Fabriken? Wo sind die, die das alles beschrieben haben, als wollten sie es festhalten, bevor es verschwindet?

»Tergit, Gabriele (actually Elise Reifenberg née Hirschmann), journalist, author; b. Berlin 4 Mar. 1894. R: Jewish.« So beginnt der

Eintrag im »Internationalen Biographischen Handbuch der deutschsprachigen Emigration 1933-1945«, und noch vor der Erwähnung der Eltern (Vater: Fritz Hirschmann, Geschäftsmann, Fabrikdirektor; Mutter: Frieda Ullmann) und dem kurzgefaßten Lebenslauf steht die kurze Eintragung: »E: 1933 C.S.R., Pal, 1938 UK.«

Das »E« steht für Emigration. 1919 bis 1923 studierte die Tochter aus gutem Hause Geschichte an den Universitäten München, Heidelberg, Berlin und Frankfurt am Main, 1924 wurde sie zum Dr. phil. promoviert. Bereits seit 1915 war sie als Journalistin aktiv: beim »Berliner Tageblatt«, bei der »Vossischen Zeitung«, bei der »Dame«, beim »Berliner Börsen-Courier«, als Redaktionsmitglied wird sie zudem bei der »Weltbühne« und beim »Tagebuch« genannt. Damit sind die besten Zeitungen und (literatur-)politischen Zeitschriften der Weimarer Republik versammelt, und Gabriele Tergit war Teil dieser Welt, die sie schreibend, kommentierend, analysierend mit am Leben hielt. Bis 1933.

Von Berlin ist, auf den ersten Blick, in den hier vorliegenden Berichten nicht die Rede. Hier geht es um ein anderes Land: Palästina. Erez Israel. Gelegen im Vorderen Orient, am Mittelmeer, in der Levante, biblisches Gelände, durch die Hände aller denkbaren Eroberer gegangen, zum Osmanischen Reich gehörig seit dem 15. Jahrhundert, britisches Mandatsgebiet seit dem Ende des Ersten Weltkriegs. Nach der Balfour-Deklaration – einem Brief des englischen Außenministers an Baron Rothschild, der die Formel enthielt, die Regierung seiner Majestät betrachte mit »favour« die Etablierung einer jüdischen Heimstätte in Palästina – erhielten die hier schon seit den achtziger Jahren des 19. Jahrhunderts unternommenen Bestrebungen zum Aufbau einer jüdischen Gemeinschaft die politische Vision des eigenen Staates; in einem umstrittenen Gelände, in dem sich fast gleichzeitig Bestrebungen zur Etablierung eines arabischen (»palästinensischen«) Staates formierten. Jüdische Einwanderer aus vielen Ländern, vor allem aus Rußland, Polen und Rumänien, kamen nach Palästina, »eroberten« das Land durch Ankauf und Bearbeitung, schufen landwirtschaftliche Gemeinschaften und Siedlungen.

Aber auch Städte entstanden, vor allem eine, 1909: Tel-Aviv, und die anderen Städte, Jerusalem und Haifa, veränderten mit der jüdischen Zuwanderung ihren Charakter. Das wurde in Berlin nur am Rande wahrgenommen. Einige Schriftsteller hatten Reisen dorthin unternommen, Arthur Holitscher, Arnold Zweig, Richard Bermann, Lola Landau mit ihrem Mann Armin T. Wegner, auch Vertreter der jüdischen Organisationen waren dort, zionistisch eingestellte Reisende wie Kurt Blumenfeld, Kritiker des Unternehmens wie Alfred Wiener. Wie ihr Eindruck auch war, das Land blieb für sie: dort. Jenseits so vieler Grenzen, jenseits vor allem jeder Vorstellung, daß man einmal beteiligt sein sollte, daß man »dort« einmal selbst wohnen sollte.

Zum Beispiel in der Ha-Jarkon-Straße 102 oder in der Gordonstraße 3 in der Stadt Tel-Aviv. Zusammen mit vielen anderen, die sich in dieser Gegend niederließen, in den Quer- und Parallelstraßen der »Rehov Ben-Jehuda-Straße«, die bis heute den deutschen, den berlinischen Anklang nicht verloren hat, den sie in den Jahren nach 1933 erhielt, als die Herrschaft des Nationalsozialismus deutsche Juden nach Palästina trieb, in das fremde Land »Dort«. Diese Gegend ist mein Thema seit einigen Jahren, ich versuche die Wege von Berliner Juden zu rekonstruieren, die nach Tel-Aviv führten, versuche herauszubekommen, wie dieses Tel-Aviv sich verändert hat durch den Zuzug der Berliner.[2] Ich habe viele Interviews geführt, Archivalien studiert, Reiseberichte gelesen, immer auf der Suche nach dem Moment des Zusammenstoßes, nach dem Augenblick, da »Berlin« sich mit »Tel-Aviv« trifft, das Mitgebrachte mit dem Neuen, nach dem Moment, der so viel Kreativität hervorgebracht hat – und so viel Trauer. Trauer über den Verlust der Zugehörigkeit zu Berlin. Trauer auch über die Unvollkommenheit des neuen Zugehörigkeitsgefühls gegenüber Tel-Aviv. Man will Tel-Aviv dankbar sein, für die Rettung, für die Aufnahme, für die Gelegenheiten, die dieser Ort immerhin bietet, der so anders ist als das Land; aber die Dankbarkeit – überhaupt ein schlechtes Gefühl, aus dem leicht Ressentiment erwachsen kann: Was wollen sie noch alles verlangen? – ist gebrochen. Man wollte hier nicht sein. Man wollte in Berlin sein. Jetzt muß man froh sein über das kleine Stück Berlin, das sie einem hier einräumen, nein, das alle Berliner sich hier gemeinsam erzwingen, Tel-Aviv gegenüber, der Neuen, aber auch Warschau gegenüber und Odessa und Bukarest, die schon vorher da waren und auf einen manchmal herabsehen mit ihren paar Jahren früherer Anwesenheit. Und gerade diese paar Jahre machen so viel aus, weil die Warschauer und Bukarester wohl auch aus Not kamen, aber doch nicht im letzten Moment.

Man sitzt in Tel-Aviv und fängt an zu schreiben, Berlin im Kopf. Das Land bekommt seine Chance. Das Schreiben ist eine wundersame Tätigkeit. Was im alltäglichen Leben schwerfällt: Tel-Aviv und das ganze Land von Berlin und aus deutscher Sicht zu erleben, womöglich zu kritisieren – und Anlaß gibt es ja genug, aber gleich kommt wieder die undankbare Dankbarkeit in den Sinn, oder der Nachbar weist einen zurecht –, das geht beim Schreiben viel besser. Hier ist man zu Hause, in einer eigenen Welt, die ja beinah ortlos ist, an der Schreibmaschine, am Rückzugsplatz. Tel-Aviv vor dem Hintergrund der Berliner Erfahrung zu beschreiben, das geht. Viele haben es getan. Niemand hat es so gut, so ergreifend getan wie Gabriele Tergit.

Und deshalb haben diese Texte sehr viel mit Berlin zu tun. Was beschrieben wird, ist zunächst vom Rückblick geprägt. »Überfahrt 1933.« Das erste Thema aller, die gehen, immer wieder beschrieben; aber nirgends so: »Auf dem Schiff fahren jetzt die Deutschen. Bald viele, bald weniger viele – ein unaufhörlicher Strom. Sie stehen an der Reling, im städtischen Anzug, in langen Hosen. Der Wind kommt, die Sonne, sie haben nur eine Reisemütze, als einziges, das sie sportlich macht, sie sehen aus wie Herren, zu denen der Arzt gesagt hat: ›Ihre sitzende Lebensweise verlangt, daß sie einmal eine Schiffsreise machen, Ihre Nerven gründlich auskurieren‹. Es sind [gestrichen und ersetzt durch ›waren‹] keine Flüchtlinge mit roten Betten und geschnürtem Bündel, es sind nur Reisende, aber der Boden wurde ihnen unter den Füßen weggezogen und ihre Namen gelöscht von der Tafel der Börsenmakler, Rechtsanwälte und Kaufleute.«

In der folgenden Beschreibung dieser besonderen Gruppe von »Reisenden« wird, verdichtet durch das Symbol der Passage, die von »hier« nach »dort« führt, die ganze Tragik der deutschen Juden offenbar gemacht. Sie alle, die Anwälte und Ärzte, die Verkäuferinnen und die Damen von Welt, die Vergnügten und die Verzweifelten müssen: »ihr vergangenes Leben für einen Irrtum erklären«. Manchen wird es besser gelingen, andere wirken eher ungeeignet, manche freuen sich darauf, andere fürchten sich davor – das Schiff ist, für einen Moment, der große Gleichmacher, der sie alle von Europa wegführt, einem unbekannten Neuen entgegen.

Die Ankunft allerdings wird in anderen Berichten anders beschrieben, freudiger, erwartungsvoller zumindest– zwei Beispiele nur, um deutlich zu machen, wie sehr sich Gabriele Tergits düstere Vision abhebt. Ruth Klinger zunächst, die Schauspielerin: »Am 17. April 1933, im frühen Morgengrauen, näherte sich unser Schiff dem Hafen von Jaffa. 700 Menschen standen an Bord, als sie von weitem das Land sahen. Alle sangen ergriffen die jüdische Nationalhymne Hatikwa. Bestimmt dachten alle das gleiche: Ab heute beginnt ein vollständig neues Kapitel in meinem Leben, alle Möglichkeiten stehen mir offen. Nicht mehr an die Vergangenheit denken, nur noch an eine gute Zukunft! Ich glaube, so fühlten die meisten Einwanderer auf allen Schiffen, Jahrzehnte hindurch. Auch ich war ganz von diesen Gedanken beseelt.«[3] Einen Schritt weiter, vom Schiff schon ans Land: eine Erinnerung des Schülers Martin Hauser: »29. Mai 1933: 5.45 früh – am Horizont nähert sich die Küste und wachsen die Umrisse der Häuser von Jaffa. Trubel, Hin- und Herjagen nach Gepäck und den Beamten der Einwanderungsbehörde, um das Schiff ein Haufen kleiner Boote. Arabische Worte fliegen vom Schiff hinunter und herauf, Pfeifen tönen, Sirenen heulen, Lastträger in verstaubten und verschwitzten Blusen und Hosen, die als Säcke um die Beine hängen, klettern an Stricken aufs Deck, die Füße in vertretenen und verdreckten alten Schuhen in allen Farben. Schwarze Augen schauen unter den Tüchern und Fetzen hervor, die in allen möglichen und unmöglichen Formen um den Kopf gewickelt sind, ehe man sich umsieht, ist der Koffer weg, befindet man sich im Arm eines solchen Burschen und wird ins schaukelnde Boot geschafft. Auf dem Kai wartet unsere alte Berliner Freundin, Frau G., umarmt den völlig benommenen ›Einwanderer‹ und schleppt ihn in einer Droschke durch die Straßen der Altstadt nach Tel-Aviv.«[4]

Anders bei Gabriele Tergit. Der erste Text schließt mit dem Satz: »Und so stand ich einsam im unbefreundeten Kosmos.« Von diesem Standpunkt aus, der sich nur mählich verändert, wird das Land beschrieben, mit den Sinnesorganen erfaßt, die eben in Berlin ausgebildet wurden. »Klima«. »Nur der Norden kennt den Rhythmus der Jahreszeiten, die heilige Kurve aus Blüte, Frucht und Tod.« In Palästina dagegen, schreibt Gabriele Tergit, gibt es nur eine »trockene« und eine »nasse« Zeit. Das ist freilich nur auf einen ersten Blick wahr. Man kann es lernen, die Unterschiede herauszuspüren – ich werde nie vergessen, wie wir an einem heißen Oktobertag mit dem Auto von Tel-Aviv nach Galiläa hinauffuhren, mit den Freunden Carmela Rubin und Shlomo Shva, wie wir Besucher den Tag nicht anders als heiß fanden, und nicht anders als die Tage davor, und wie die beiden nach wenigen Kilometern, am Meer entlang, übereinstimmend feststellten: »Es riecht nach Herbst.« Wie sie uns auf das Aufblühen der herbstlichen Blumen aufmerksam machten – ein feinerer Unterschied als im Norden freilich, aber doch spürbar.

Manchmal ist es ein bißchen komisch und rührend zu lesen, wie der europäische Vergleichsmaßstab auf das Land gelegt wird. »Hoch oben sieht man wie Berghütten in der Schweiz Safed liegen oder Jerusalem.« Nein, das tut weder den Berghütten Recht noch den hochgebauten Städten des Landes. Aber gerade dieser Text, »Landschaft«, ist mir besonders lieb, weil in ihm die große Mühe sichtbar wird, die sich die Berlinerin gibt. Das Land ist ihr fremd, deshalb beschreibt sie es zögernd, Stück für Stück, in einer Annäherung, die beim Meer beginnt. »Dort drüben liegt Griechenland« (sichere, vertraute Erde Europas), aber »dasselbe Meer ist hier«. Noch heißt es kritisch: »Es gibt keine Beziehung zwischen Land und Meer« – ein beliebter Topos der Kritik am jüdischen Palästina. Noch weiß sie nicht von den Anfang der dreißiger Jahre bereits recht weit fortgeschrittenen Bemühungen zur Gründung eigener Schiffahrtslinien, von den schon recht konkreten Plänen zur Einrichtung eines Hafens in Tel-Aviv, die 1936 dann verwirklicht werden.

Vom Meer ins Landesinnere: Was ist das für ein Land? Der erste Impuls will es weghaben, den anderen geben: »Ölbäume, dick und grau, stehen im Getreidefeld. Das ist das biblische Palästina, das unveränderte; es ist das arabische.« Die Gegenüberstellung von »gewachsen« für das arabische Land und »angelegt« für das jüdische wiederholt sich in vielen Details, »Lehm« steht gegen »Holz oder Beton«, das »uralte lange Gewand« gegen die »blaue Russenbluse«, »Pferd und Esel« gegen die »Maschine« – aber auch die »Roheit der Frau« gegen den »Achtstundentag für die Hausfrau«, und die »Verödung und Vernachlässigung« gegen die künstlich und eifrig hervorgerufene, erkämpfte »neue Blüte«.

Der Prozeß, in dem Gabriele Tergit sich mit dem Land vertraut macht, in dem sie ihr schon in Berlin geübtes Staunen auf das fremde Land überträgt, ist zugleich als Prozeß einer zunehmenden Fremdwerdung zu lesen. Da ist von Arroganz nichts zu spüren und nichts von Zynismus, den gewöhnlichen Ingredienzen der berlinisch geprägten Berichterstattung aus Palästina; vielmehr ein Gefühl der alle Wahrnehmung durchdringenden Ortlosigkeit. Ein Gefühl, nunmehr müsse, nach der großen Erschütterung, alles noch einmal neu durchdacht werden, die Haltung zum Judentum, die Einstellung zum Zionismus. Und zu Berlin. Die Erfahrung Berlin, die einem so selbstverständlich zugehörte, die nun entzogen wurde, die sich immer noch meldet, aber nicht mehr zuverlässig ist, wird selbst in Frage gestellt.

In einem »Bord-Merkblatt für die Ankunft in Palästina«, dessen redaktionellen Teil die »Hitachduth Olej Germania« als Vertretung der aus Deutschland Eingewanderten betreute, schreibt Jizchak Grünbaum: »Wir hoffen aber, daß jeder Einwanderer sich hier bald zu Hause fühlen wird, daß er zutiefst empfindet: Hier ist Heimat, die wahre Heimat, zu der er nach vielen Jahren des Wanderns zurückkehrt.«[5] Wie schwer das war, haben viele beschrieben. Wolfgang Yourgrau, der Mitherausgeber (neben Arnold Zweig) der deutschsprachigen linksorientierten Zeitschrift »Orient«, hat dafür eine Formel geprägt: »Einordnung und frühes Leid«.[6] Aber während viele andere sich angesichts der Herausforderung in private Zirkel des Vertrauten zurückzogen, ist Gabriele Tergit der Fremde entgegengegangen.

Fremd ist Jerusalem. Wie lange war die Stadt nur ein Name, dessen Klang immer blasser tönte. Jetzt steht man mitten darin, sieht sich um, sieht – selbst fremd – vor allem das Fremde, sieht – selbst im Konflikt, selbst am Rand – Konfliktgelände und Bruchzonen, nicht die harmonische Ansicht der Reiseberichte: »Die vier Viertel der alten Stadt, das armenische, das christliche, das mohammedanische, das jüdische, streng getrennt, sich hassend, sich nicht kennend.« Die Last der Glaubensstadt, die jeder Besucher empfindet, der ihr gegenüber Stellung ergreifen soll, drückt sich hier in Bildern der Armut aus. »Trostlosigkeit«, »Häuser voll Hunger, Schmutz und Unwissenheit«, »die leidende Kreatur, schmutzig und krank« – Metaphern für den Urgrund der Religiosität, die wie ein durchdringender Schrei über der ganzen Stadt liegt, sie besetzt hält über die Grenzen der Bekenntnisse hinweg. Gabriele Tergit verweist diese Bilder, diese Stimmen, diese Schreie ins Gestern: »nur noch Vergangenheit«.

Leichter geht die Beschreibung der »Geschäftsstadt« Jerusalem von der Hand – aber so wie dort, in der alten Stadt, das Fremde erschreckt, so geschieht es hier mit dem Vertrauten: »Ein Buchladen, ein Radiogeschäft, Innenarchitektinnen eröffnen Läden für Chintz und handgeschmiedete Laternen«. Ist das Jerusalem? Das könnte doch überall sein. »Von der Fliegenklatsche zum Ventilator« – ist das Zionismus? Die alte Stadt erreicht er nicht, noch weniger die im Inneren der Stadt gelegenen Viertel der orthodoxen Juden: »Palästina ist zwanzig Jahre alt, und wenn es hochkommt, vierzig Jahre, aber das Ghettojudentum ist zweitausend Jahre alt.« Ist alles, was »dort draußen« geschieht, in den landwirtschaftlichen Kolonien, in Rechavia, der Geschäftsstadt, in den Bemühungen zur Schaffung einer hebräischen Sprache und Kultur, ist all dies gewichtig genug, den Bildern vom Alten im weißen, seidenen Gewand, der gebückt durch die Nacht geht, ein überzeugendes Neues entgegenzusetzen?

Gabriele Tergit entdeckt das Judentum. Wer hätte in Berlin daran gedacht, daß es diese Juden wirklich gibt, die »bei der Petroleumlampe sitzen und studieren«, die bucharischen Juden, die dem »uralten hebräischen Hochzeitsvertrag« folgen, wer hätte dort von kurdischen Juden gehört? Und doch, gerade in diesen Texten, die sie dem Mosaik Jerusalem widmet, erwacht endlich die Beschreiberin Tergit. Bei denen, die nicht eindeutig zuzuordnen sind, die selbst von den Umbrüchen in ihrem Leben geprägt sind, wie etwa beim Brautpaar, dessen beide Hälften nur in ihrer jeweiligen Umgebung glaubhaft wirken, er in der alten, sie in der neuen – aber zusammenleben müssen sie doch –, bei den Erschütterten findet sie ihre Leute. Und in den Situationen, die Fragen aufwerfen, findet sie ihre Sprache wieder. »Die Engländer im Kino« (1934) – da lassen sich Fragen stellen, da läßt sich die eigene Verunsicherung in die Beschreibung hineinnehmen, da läßt sich kritisch beobachten. »So Völkergewimmel.« *Und ich bin Teil davon.* Das steht nicht dabei, aber so ist es wohl gemeint.

Die am freundlichsten gemischte Stadt ist Haifa. »Haifa baut sich auf vom Meer zum Berggipfel.« Hier wird der Text zum Protokoll reduziert, »unten Hafen, Araber, Altstadt, Handelszentrum.« Pause. »Auf halber Höhe jüdische bürgerliche Stadt.« Pause. »Auf dem Berg Wohnstadt der Begüterten.« Haifa erfüllt die Anforderungen, hier ist »die nördlichste, die orientfernste, die wüstenfernste Stadt in Palästina, hier ist nichts mehr vom Grau der russischen Tiefebene, hier ist wirklich nur noch Hafen am Mittelmeer«. Hier wohnt auch Arnold Zweig. Gabriele Tergit hatte mit ihm, wie einige hinterlassene Briefe zeigen, Kontakt während ihrer Zeit in Palästina. Zweigs Wahrnehmung des Landes wird nicht ohne Einfluß auf Gabriele Tergit geblieben sein.[7]

Zweig, Ende 1934 mit seiner Familie nach Palästina eingewandert, war überzeugter Zionist. Aber er sah sich im Land mit einer Fülle von Herausforderungen konfrontiert, denen er nicht standhalten konnte, wohl auch nicht immer wollte. Der »Mangel an landessprachlicher Verständigungsfähigkeit« zwang ihn zu einem Dasein »innerhalb des ›jeckischen‹ Milieus«.[8] Abgeschnitten von den lebensnotwendigen (auch: den internationalen) literarischen Kontakten, politisch sowohl durch die Unterstützung der Linken, im Kriege: der Sowjetunion, wie durch seine Haltung in der »Araberfrage« vom zionistischen mainstream isoliert, blieb dem streitbaren Publizisten nur der Rückzug in die Existenz des Exilanten. Seine Beiträge in der Zeitschrift »Orient«, 1942/43 erschienen, stehen beispielhaft dafür. Die Zeitschrift wollte sich zum Sprachrohr derer machen, die sich im Hebräischen nicht ausdrücken konnten; sie wurde zum Sammelbecken der Enttäuschten, und vom Standpunkt der Enttäuschung betrachtete sie Palästina. Wie immer Gabriele Tergits politische Zugehörigkeit beurteilt werden kann, eines hatte sie den Kollegen vom »Orient« voraus: die nicht nachlassende Neugier vor der Herausforderung Israel.

In Nummer 11 vom 13. Juni 1942 veröffentlicht der »Orient« ein Gedicht, das »Lied der Jeckes (vielstimmiger Chorgesang)«, eine Strophe lautet: »Wir hätten hier ein ›Bei uns‹ finden sollen. / Man kann nicht immer heulen mit den Wölfen. / Wir wüßten gerne selber, was wir wollen / Nur solltet Ihr uns auch ein wenig helfen!«[9]

Ein »Bei uns« finden – wie sollte das gehen? Walter Zadek fordert im »Orient« eine besondere Vertretung der deutschen Einwanderer auf politischer Ebene, ein »Stämme-Parlament« zur Vertretung »landsmannschaftlicher Interessen«.[10] Das mußte in der jüdischen Gemeinschaft – auf dem Weg zum Staat – Kritik hervorrufen. Im »Mitteilungsblatt der Hitachduth Olej Germania« erhebt Gustav Krojanker starke Vorwürfe gegen »diejenigen (...), die das Land, wenn möglich, wieder verlassen werden, ohne vorher dagewesen zu sein.« Wer, wie Wolfgang Yourgrau, das Land nur als »Zuflucht« empfand, »ein Rettungshafen, den das Schiff anlief, um dem Vernichtung bringenden Orkan zu entgehen«[11], der befand sich hier:

im Asyl. Tatsächlich löste sich der Zirkel um den »Orient« nach dem Krieg bald auf, viele seiner Mitglieder kehrten zurück nach Deutschland oder wanderten in die USA aus.[12] Auch Gabriele Tergit hat das Land 1938, wegen der schweren Erkrankung ihres Mannes, verlassen und ging nach England.

Aber es gibt einen großen Unterschied. Die deutschsprachigen Schriftsteller, die so sehr an »Berlin« dachten, daß ihnen dabei das Land verlorenging, haben sich, so sagt es Ruth Bondy, in den »Nebenlinien« verausgabt. Gabriele Tergit ist nicht bereit, die Abschiebung in die »Nebenlinie« kampflos hinzunehmen. Ja, sie beklagt sich, wie andere auch, über die aus ihrer Sicht arrogante Dominanz des Hebräischen, sie versucht (wie Zweig, wie Max Brod oder Lea Grundig) eine Ehrenrettung des Deutschen und der Deutschen – aber sie öffnet sich dem Fremden ungeschützt. Je fremder die Umgebung, wie im Wohnviertel der Orthodoxen in Jerusalem, Mea Shearim (»Hundert Tore«), um so gieriger entfaltet Gabriele Tergit ihr Beschreibungstalent. Religion. Die Feiertage. Und, weit entfernt vom frommen Jerusalem, das Leben in den neuen Siedlungen. Eins ist so fremd – so weit von Berlin – wie das andere. Woran soll man sich festhalten? Da geben die Texte eine eindeutige Antwort: an Lebensgeschichten. Die »anderen« sind doch nicht weniger fremd. Wenn man sie befragt, wenn man von ihnen Auskünfte einholt, wenn man versucht, ihren Lebensweg nachzuzeichnen, erfährt man vielleicht am Ende etwas über sich selbst. Immer genauer wird die Unterscheidung, immer feinfühliger das Sensorium für die Vielzahl der Lebensentwürfe, die ihr begegnen, für die Umstände, in denen sich europäisches Leben in Palästina neu definiert. Das Kaleidoskop greift weit aus, das ist alles nachzulesen, in der konkreten Beschreibung ist der Text immer stärker als in den nachgeschobenen Überlegungen. In »Zweimal Tel-Aviv« findet sich ein Satz, der mir besonders gut gefällt, weil er die Atmosphäre der Stadt, die ihr innewohnende Dynamik so gut einfängt, selbst noch in der Distanz: »1936 hat sie 150000 Einwohner, und diese Zahl wird hochgesprochen (...), wie Kurse an der Börse.« Angesichts der Provokation Tel-

Aviv greift Gabriele Tergit erstmals zum Zitat. Die beiden Texte, die sie gegeneinanderstellt, enthalten fast alle der positiven und negativen Stereotypen, die über Tel-Aviv zu dieser Zeit bestehen. Die »ville cent-pour-cent juive«, die »all-Jewish city«, ist da schon eine vielbeschriebene Stadt. Viel Neues kann sie nicht hinzufügen, aber deutlich wird: Hier könnte man leben. Hier ist der Bezug zu Berlin am nächsten, greifbar im Straßenbild.

Außerhalb der Stadt geht die Sicherheit verloren. Die liebevolle Darstellung von palästinensischen Existenzen – immer wieder ist darauf hinzuweisen: mit dem Wort »palästinensisch« sind hier immer alle die gemeint, die in Palästina siedeln, die von der englischen Mandatarmacht ausgestellten Ausweise bezeichnen die Staatszugehörigkeit mit »palestinian« – ist auch als Suche nach Lebensbildern, Lebensvorbildern zu lesen. So viele verschiedene Existenzen werden hier gelebt, da muß es doch möglich sein, auch selbst eine zu begründen.

»Zugewöhnen«, wie es jiddisch unnachahmlich heißt, müssen sich alle. In den Beschreibungen der Menschen aus den sozialistischen wie aus den privaten Siedlungen ist immer ein Zögern spürbar, auch bei den Abschnitten, die der Religion oder den Festen gewidmet sind, ist große Zurückhaltung, ja: Respekt spürbar, ein Abtasten eher als ein Zupacken. »Die Ostjuden Palästinas sind uns ganz fremd.« Das ist ein wahrer und zugleich ein sehr erschütternder Satz. Aber hier steht er seltsam da. Das nüchterne »na und?«, das den im Lande eben früher und sicherer Angekommenen auf der Zunge gelegen sein muß, drängt sich einem schon fast bei der Lektüre auf. Na und? Hier gelten eben andere Maßstäbe. Hier wird nicht nach Berliner Maß gemessen. Hier muß sich Berlin erst einmal beweisen. Und kommt dabei nicht immer gut weg. In der Haltung, die Gabriele Tergit der »Galuthexistenz« unterstellt, »wie kann ein Mensch etwas anderes sein als eine Berlinerin?«, erkennt sie ein Stück von sich selbst wieder.

»Erschütternd, durchs Land zu gehen, und den Juden zu suchen, die Quersumme, das Identische. Man greift ins Leere, und es bleiben Sternenhimmel und Wüste und die Einsamkeit.« Und die Erfahrung: Hier bin ich fremd, fremd geworden, fremd gemacht. »Sie«, die sephardischen Juden in Jerusalem, »sie fühlen sich so fremd wie ich, die ich mir erzählen lassen muß, daß ich ohne Ehre gelebt und gelallt habe.« In solchen Formulierungen taucht gelegentlich etwas von der Schärfe auf, die im Briefwechsel mit Arnold Zweig den Ton bestimmt, die auch in den von Gabriele Tergit nicht zur Veröffentlichung freigegebenen Teilen des Manuskripts zu spüren ist, die schließlich (mit) in ihre Entscheidung, das Land 1938 zu verlassen, mündet. Enttäuschung. Verbitterung. Absage sogar. Wütende Angriffe gegen die »Sprachfanatiker« und ihre Mißachtung der deutschen Sprache.

Wie ist diese Diskrepanz zu werten? Hier die Beschreibungen, die Feuilletons, zaghaft, annähernd, mit einem grundsätzlich zustimmenden Unterton, bei aller Kritik – da die Abrechnung, versteckt gehalten, als unzumutbar (für Israel, für ein deutsches Publikum nach dem Holocaust) in den Schrank gepackt im Marbacher Archiv?

Nein, es ist nicht so einfach. Irgendwann wird der ganze Text einmal veröffentlicht werden müssen, Forscher haben jetzt schon Zugang und machen guten Nutzen davon.[13] Aber da ist keine Sensation zu erwarten, die womöglich den Wert der hier veröffentlichten Texte relativieren würde. Die müssen schon so genommen werden, wie sie sind: aufmerksame, detailgenaue, liebevolle Beschreibungen der Möglichkeiten und der Behinderungen jüdischer Existenz im neuen alten Land; Dokumente zudem einer Selbstfindung, die in ihrer Ehrlichkeit beeindruckt.

Als der Käsebier-Roman nachgedruckt wurde, hieß es in einer Rezension: »Könnte Berlin nicht vielleicht wieder so ähnlich werden, so quirlig und überdreht, so glitzernd und zwielichtig, wie es Gabriele Tergit 1931 beschrieben hat?« Die Sehnsucht nach dem vergangenen Berlin hat viel mit der erschreckenden Tatsache zu tun, daß es in der Gegend um die Kommandantenstraße noch heute so merkwürdig aussieht.

»Hier, damit Sie Berlin kennenlernen«, heißt es im Käsebier-Roman einmal, als Meyer-Paris dem Fräulein Dr. Kohler einen Stadtplan überreicht. Wer das verlorene Berlin kennenlernen will, muß es dort suchen, wo Gabriele Tergit Berlin verlorengegangen ist.

Joachim Schlör

Anmerkungen

1 Gabriele Tergit: Atem einer anderen Welt. Berliner Reportagen. Hrsg. u. mit einem Nachw. versehen v. Jens Brüning. Frankfurt am Main 1994.

2 Im August 1996 erschien im Bleicher Verlag (Gerlingen) das Buch: Tel-Aviv: Vom Traum zur Stadt, in dem diese Forschungsergebnisse zusammengefaßt werden.

3 Ruth Klinger: Die Frau im Kaftan. Lebensbericht einer Schauspielerin. Hg. u. eingel. v. Ludger Heid. Gerlingen 1992, S. 139.

4 Martin Hauser: Auf dem Heimweg. Aus den Tagebüchern eines deutschen Juden 1929–1945. Bonn-Bad Godesberg 1976, S. 56.

5 An die Einwanderer aus Deutschland! In: Bord-Merkblatt für die Ankunft in Palästina. Sommer-Ausgabe 1935, S. 7.

6 Wolfgang Yourgrau: Einordnung und frühes Leid. In: Orient (Haifa). Teil I in Heft 28/1942, S. 1–5, Teil II in Heft 30/1942, S. 2–7. Erfunden hat er die Formel wohl nicht, denn bereits 1940 schufen Gerhard Jacobsohn und A. Besser eine Revue mit diesem Titel. Vgl. dazu Gerhard Jacobsohn. Verse aus vergangener Zeit. Tel-Aviv 1974 (ein Jahr nach Jacobsohns Tod als Privatdruck für Freunde und Gefährten erschienen).

7 Eine ausführlichere Darstellung ist unter dem Titel »KanTon Iwrit« im ersten Band der von Karl-Erich Grözinger herausgegebenen Potsdamer Jüdischen Studien (»Sprache und Identität«) beim Verlag Lambert Schneider, Gerlingen erschienen.

8 Arie Wolf: Die »Verwurzelungs«-Kontroverse Arnold Zweigs mit Gustav Krojanker. Kommentar zu einer Pressepolemik in Palästina 1942. In: Jahrbuch für Exilforschung, Band 7/1989, S. 202–211; hier S. 202.

9 Tristan Leander: Lied der Jeckes. In: Orient, III. Jg., Nr. 11, 12. Juni 1942, S. 24.

10 Walter Zadek: Ein einig Volk – von Stämmen. In: Orient, No. 13, 26.6.1942, S. 17–20.

11 Wolfgang Yourgrau: Heimat oder Asyl. In: Orient, No. 27, 2.10.1942, S. 1–4.

12 Walter Grab. Der Kreis für fortschrittliche Kultur in Tel Aviv, 1942–1946. In: europäische ideen: Israel. Hg. v. Andreas W. Mytze. Heft 47/1980; S. 49–51. Vgl. dazu auch: Walter Grab: »Nicht aus Zionismus, sondern aus Österreich«. In: Hajo Funke: Die andere Erinnerung. Gespräche mit jüdischen Wissenschaftlern im Exil. Frankfurt/M. 1989, S. 115–148. Ausführlicher stellt Grab selbst die Geschichte vor in: Der Kreis für fortschrittliche Kultur in Tel Aviv

(1942–1946). In: Conditio Judaica. Judentum, Antisemitismus und deutschsprachige Literatur vom Ersten Weltkrieg bis 1933/1938. Interdisziplinäres Symposium der Werner- Reimers-Stiftung Bad Homburg v. d. H. Dritter Teil, hrsg. v. Hans Otto Horch und Horst Denkler. Tübingen 1993, S. 399–414.

13 Beispielhaft die Dissertation von Monica Lumachi: »Prima viene la morale, poi la porcellana dipinta.« Gabriele Tergit: l'esperienza di vita e l'attivitá di una scittrice ebraico-tedesca dalla repubblica di Weimar all'emigrazione. Tesa di laurea, Universitá degli studi di Firenze 1993.

Jens Brüning, 1946 in Oldenburg i. O. geboren, Studium in Berlin, seit 1980 freiberuflicher Autor. Herausgeber von »Blüten der Zwanziger Jahre« (Gabriele Tergits Gerichtsreportagen und Feuilletons, 1984), »Atem einer anderen Welt« (Gabriele Tergits Berliner Reportagen, 1994). Zahlreiche Radiosendungen, Aufsätze und Vorträge zum Exil 1933 bis 1945.

Joachim Schlör, 1960 in Heilbronn geboren, Studium in Tübingen und Tel Aviv, Wissenschaftlicher Mitarbeiter am Moses Mendelssohn Zentrum, Potsdam. Veröffentlichungen u. a.: »Nachts in der großen Stadt« (1991, 1994), »Wenn ich Dein vergesse, Jerusalem« (1995), »Tel Aviv: Vom Traum zur Stadt« (1996).

Der Fotograf *Abraham Pisarek,* 1901 in Perzedborcz bei Lodz geboren, 1983 in Berlin gestorben, lebte von 1924 bis 1927 in Palästina. Schwer an Malaria erkrankt, verließ er das Land, arbeitete dann in Berlin und sammelte weiter Fotos aus Palästina. Der britische Mandatspaß, den er in Palästina erhalten hatte, sowie die Tatsache, daß er mit einer »arischen« Deutschen verheiratet war und Kinder hatte, retteten ihn vor dem Abtransport in ein KZ.

Teddy Kollek und Amos Kollek

Ein Leben für Jerusalem

Aus dem Englischen von
Werner Peterich und Jizchak Barsam

Band 11269

Als Sohn einer in der österreichisch-ungarischen Donaumonarchie ansässigen jüdischen Familie wurde Teddy Kollek 1911 in Wien geboren. Nach dem Ersten Weltkrieg schloß er sich einer jüdischen Jugendorganisation an. Unter Einfluß des Zionismus sah es Kollek bald als sein Lebensziel an, in Palästina zu siedeln. 1934 erhielt er das Einreisevisum in das damals noch britische Mandatsgebiet und arbeitete in einem Kibbuz. In der Nazizeit und im Krieg half er von England und der Türkei aus gefährdeten Juden bei der Flucht. Er lernte viele einflußreiche Zionisten kennen, die maßgeblich am Aufbau des Staates Israel beteiligt waren. 1947 war er in geheimer Mission in Amerika. 1948 wurde er zunächst Leiter der Amerikaabteilung des Außenministeriums und ging dann für einige Zeit an die israelische Botschaft in Washington. Später war er Chef im Büro des Ministerpräsidenten Ben Gurion. 1965 wurde Teddy Kollek zum Bürgermeister von Jerusalem gewählt. In drei Nachworten arbeitet Teddy Kollek die für Jerusalem bedeutsamen Ereignisse auf und entwickelt seine Vorstellungen für die Zukunft dieser Stadt.

Fischer Taschenbuch Verlag

fi 1254 / 4

Amos Kollek

Es geschah in Gaza

Roman

Aus dem Amerikanischen
von Michael Bischoff

Band 12850

Assaf Ryke, Autor, Filmer und Sohn von Eltern, die namhafte Protagonisten der Pionierbewegung waren, ist zum Reservedienst nach Gaza beordert. Er wird Zeuge, wie sein bester Freund durch einen Terroranschlag in einem Jeep verbrennt. Die umstehenden Araber flüchten. Assaf bekommt einen Tip und stellt Stunden später den Täter: einen halbwüchsigen palästinensischen Jungen, der von Angst und Gewaltbereitschaft gleichermaßen durchdrungen ist. Es kommt zu einem Handgemenge, das für den Jungen tödlich endet. Die folgenden Ereignisse kulminieren in einer Lebenskrise Assafs, der sich schuldig am Tod des Palästinensers fühlt. Aus dem eher unbekümmerten ›großen Jungen‹ Assaf wird ein Zweifelnder. In New York, in einem Hotel unter Huren und anderen Gestrandeten, wo er schreiben wollte und Ablenkung zu finden hoffte, spürt er seine Erbärmlichkeit um so deutlicher. Das Militärgericht, dem er sich schließlich – zurück in Israel – stellt, hängt den Fall zunächst tief. Assaf bleibt mit seinen zermürbenden Fragen, seinem bedrängten Gewissen allein.

Fischer Taschenbuch Verlag

fi 2110 / 2

Kinder der Opfer – Kinder der Täter

Psychoanalyse und Holocaust

Herausgegeben von
Martin S. Bergmann/Milton E. Jucovy
Judith S. Kestenberg

Aus dem Amerikanischen von Elisabeth Vorspohl

Band 13937

Erinnerungen von Überlebenden werden durch das Prisma der Psychoanalyse betrachtet und daraufhin untersucht, wie menschliches Verhalten durch Extremtraumatisierungen geprägt und dauerhaft bestimmt wurde. Nach ihrer Befreiung durch die Alliierten haben sich die Opfer der nationalsozialistischen Terrorherrschaft in alle Welt aufgemacht und sich mit dem Neuaufbau ihrer materiellen Existenz beschäftigt. Ein »Vorhang des Schweigens« sank zunächst herab. Offenbar war eine zeitliche und räumliche Distanz notwendig, bevor – nach einer Art Latenzperiode – die Überlebenden ihre Erinnerungen zulassen konnten und auch die Therapeuten fähig waren, sich mit diesen neuartigen Problemen auseinandersetzen zu können. Erfahrene Psychoanalytiker berichten in Fallgeschichten von Kindern der Opfer des Nationalsozialismus und von Täterkindern. Die Autoren setzen sich dabei mit grundlegenden theoretischen und klinischen Aspekten ihrer Arbeit auseinander. Sie zeigen, daß es in bestimmten Zusammenhängen vergleichbare Beobachtungen gibt und daß die Entschädigungspraxis deutscher Behörden einer Fortsetzung der Verfolgung mit anderen Mitteln gleichgekommen ist.

Fischer Taschenbuch Verlag

fi 3316 / 1

Michael Walzer

Exodus und Revolution

Aus dem Amerikanischen von
Bernd Rullkötter

Band 11835

Der neben John Rawls wohl einflußreichste nordamerikanische Sozialphilosoph Michael Walzer hat ein Buch über eine Vorstellung von größter Wirksamkeit im westlichen politischen Gedankengut geschrieben – die Vorstellung einer Rettung von Leid und Unterdrückung, einer diesseitigen Befreiung und Revolution. Er verfolgt den Ursprung jener geschichtsmächtigen Hoffnung bis in die Geschichte der Befreiung Israels aus Ägypten zurück und entschlüsselt das 2. Buch Moses, den Exodus, als das »heilige« Drehbuch politischer Befreiungsbewegungen. Die Flucht aus der Knechtschaft, der Zug durch die Wüste, der Bund am Berge Sinai, das Gelobte Land – diese Stationen fügen sich zu einer Grammatik innerweltlicher Erlösungsvisionen zusammen, die das revolutionäre Schrifttum bis in die Gegenwart beherrscht hat. Walzers Thema ist nicht, was GOTT getan hat, sondern was Frauen und Männer getan haben, zuerst im biblischen Text selbst und dann, mit diesem Text und all seinen Umschreibungen in der Hand, auf der offenen Bühne der politischen Weltgeschichte.

Fischer Taschenbuch Verlag

fi 1307 / 5

Daniel Ganzfried

Der Absender

Roman

Band 13501

New York, zur Zeit des Golfkrieges. Auf der Aussichtsplattform des Empire State Buildings treffen sich Vater und Sohn nach langer Zeit zum ersten Mal. Unsicherheit prägt ihr Verhalten, Verlegenheit. Daß der Gesprächsfaden nicht abreißt, ist Georg zu verdanken, dem Sohn. Seitdem er als Volontär in einem Büro arbeitet, das den Aufbau eines Museums zum Gedenken an den Holocaust plant, und Tonbänder abhört, auf denen Überlebende ihre Erinnerungen festgehalten haben, glaubt er sich auf der Spur der eigenen Vergangenheit. Die Stimme eines Mannes, der statt seines Namens nur seine Häftlingsnummer erwähnte, kam ihm bekannt vor. Dieser anonyme »Absender« von zahllosen ergreifenden und doch weitgehend nüchtern erzählten Geschichten über seine Kindheit in Ungarn zwischen Assimilation und jüdischer Tradition, über die Zeit der Verfolgung bis zum Abtransport nach Auschwitz sowie über seine Emigration nach Schweden und Palästina könnte sein eigener Vater sein. Jetzt will er mit ihm über seine Vergangenheit sprechen. Dieser Roman greift erstmals die drängenden Fragen der »zweiten Generation« auf.

Fischer Taschenbuch Verlag

fi 3005 / 1

Yaakov Shabtai

Erinnerungen an Goldmann

Roman

Aus dem Hebräischen von Stefan Siebers

Band 10846

Shabtais Roman, der in der Konzentration auf die Schicksalhaftigkeit des menschlichen Lebens und in der Ausbreitung von dessen Vielfältigkeit eine moderne Variante von Balzacs *Comédie humaine* ist, entwickelt sich um drei miteinander befreundete Männer im Tel Aviv der 70er Jahre: Goldmann, Caesar, Israel, alle im mittleren Alter und in ebenso komplizierten wie banalen und unbefriedigenden Lebensläufen. Ausgehend von diesen drei Männern, in einer kunstvollen, aber nie gekünstelten Technik des Vernetzens, greift der Roman aus auf die Schicksale von deren Eltern, Frauen, Geliebten, Brüdern und Schwestern, Großeltern, Bekannten, Nachbarn und Jugendfreunden – ein Familienroman, der sich zum Gesellschaftsroman weitet, wobei ein Grundmotiv all der all der zahllosen Lebensgeschichten, die der Roman skizziert, zurückverfolgt, in ihren wichtigen Momenten aufschlüsselt, ist, daß Hoffnungen stets zerbrechen, Lebensentwürfe in Ansätzen steckenbleiben, Unternehmungen scheitern. Mit dem Tod von Goldmanns Vater beginnt der Roman, mit dem Selbstmord von Goldmann neun Monate später schließt der Roman.

Fischer Taschenbuch Verlag

fi 1125 / 3

David Schütz

Gras und Sand

Roman

Aus dem Hebräischen von
Judith Brüll-Assan und Ruth Achlama

Band 13164

Emanuel, der Erzähler dieses Romans, unternimmt den Versuch, die Chronik seiner Familie zu schreiben, was ihm zu einer verzweifelten und wütenden Abrechnung mit seiner Mutter gerät. Sie hatte ihn und seine drei älteren Geschwister in den Jahren des Nationalsozialismus einer Nachbarin überlassen und war – für die Kinder völlig unverständlich – einfach verschwunden. Nach dem Krieg wurden er und sein Bruder nach Palästina geschickt, wo die beiden sich in dem fremden Land alleine zurechtfinden mußten. Bei einem Familientreffen in Deutschland, viele Jahrzehnte später, begegnet er seiner Mutter zum ersten Mal wieder. Der Sohn klagt schonungslos die Auseinandersetzung mit seiner Mutter ein und konfrontiert sie mit ihrer Vergangenheit: Lotte-Miriam, jüdischer Abstammung, hatte damals die Verantwortung für die Kinder abgelehnt und ihren Weg alleine gesucht. Nun verweigert sie dem Sohn die uneingeschränkte Offenlegung ihrer Person. Emanuel ist aber geradezu besessen von dem Gedanken, die verstreuten Einzelteile der im Dunkel liegenden Vergangenheit zusammenzusetzen. Er muß schmerzhaft lernen, ihr Schweigen und ihre Not, aber auch ihre Lebenskraft zu akzeptieren und für seine Chronik eine vorläufige, unabgeschlossene Form finden.

Fischer Taschenbuch Verlag

fi 1050 / 4

Ora Schem-Ur

Mord in der Knesset

Kriminalroman

Aus dem Hebräischen von Mirjam Pressler

Band 12583

Die Amateurdetektivin Alisa Honigsberg, genannt Ali, lebt in Tel Aviv und verdient ihren Lebensunterhalt mit dem Übersetzen von Liebesromanen ins Hebräische und mit gelegentlichen journalistischen Arbeiten. Von ihrer Freundin Lydia erfährt Ali von dem trostlosen Ende einer Liebesgeschichte: Gali, Lydias sechzehnjährige Tochter, ist vom Verehrer ihrer alleinerziehenden Mutter, dem Knesset-Abgeordneten Se'ew Chakim, geschwängert worden. Lydia und Gali sind zur Abtreibung entschlossen, aber vor Lydias Zwillingschwester soll die Geschichte verheimlicht werden. Deshalb nimmt Ali den vermeintlich schüchternen Teenager für ein paar Tage in ihrer Wohnung auf. Doch Gali entpuppt sich bald als wahre Nervensäge. Und dann wird Chakim erstochen aufgefunden – während eines »Betriebsausflugs« von Knesset-Abgeordneten mit Kollegen und Freunden in die Judäische Wüste. Ali soll für ihre Zeitung darüber berichten. Und ihre Nachforschungen führen sie mit einer Reihe von Personen zusammen, die alle ein Motiv haben...

Fischer Taschenbuch Verlag

fi 454 / 14